衣胞地

李明官

著

中国出版集团　现代出版社

图书在版编目（CIP）数据

衣胞地/李明官著. --北京：现代出版社，2017.10 （2023.7重印）
ISBN 978-7-5143-6529-0

Ⅰ．①衣… Ⅱ．①李… Ⅲ．①长篇小说－中国－当代
Ⅳ．①I247.5

中国版本图书馆CIP数据核字（2017）第243940号

衣胞地

作　　者	李明官
责任编辑	杨学庆
出版发行	现代出版社
地　　址	北京市安定门外安华里504号
邮政编码	100011
电　　话	010-64267325　010-64245264（兼传真）
网　　址	www.1980xd.com
电子邮箱	xiandai@vip.sina.com
印　　刷	北京佳信达欣艺术印刷有限公司
开　　本	710×1000 1/16
印　　张	17
字　　数	190千
版　　次	2017年10月第1版　2023年7月第3次印刷
书　　号	ISBN 978-7-5143-6529-0
定　　价	59.80元

目　录
CONTENTS

一、迁坟

一条七吨农用水泥船缓缓行驶在古老的泰东河上。

我六岁那年，大寒初交，一干本家族人，乘船前往十里开外那个偏僻的荒垛上动迁祖坟。天气奇冷，河水结有尺把厚的冰碴，一篙钻下去，只是溅起一撮白花花的冻渣。

船上计十二人：二祖，大伯，父亲，族兄及他的两个儿子，家兄和我，还有大祖的四个外孙。

里下河一带农村，迁坟有诸多讲究和忌讳，譬如，动迁时辰须在交冬数九，人员必是家族中的男丁，人数成双不成单……虽有十二人之众，但真正的劳力也就六成而已。二祖行年八旬有奇，已届耄耋之属，布满寿斑的面容，一双昏花老眼偶尔微睐，苍老怠倦如一只行将冬眠的土獾。二祖以羸弱之躯，扶着一根桑木拐杖尚且颤颤巍巍，拿锹动土，岂不是要了他本已苟延残喘的半条老命。他能坚持着来，硬撑在凛凛朔风里，本身就是一个奇迹。与其说是不放心晚辈们的毛手毛脚，怕他们粗鲁的动作惊扰了先人的百年好梦，毋宁说他是在支撑着一个家族的门面。白发皓首，静对苍穹，带给人的不仅仅是物象意义上的视觉奇观，更是意象意义上的心灵震撼。二祖矮小的身姿，于船舷甫一落定，大家心底忽然有了一种安稳笃定。

二祖而外，我和两个本家侄子都是穿着开裆裤的黄口稚童，来祖茔，纯粹是习俗使然，凑凑热闹罢了，力气活还得其他人来。

大祖的四个外孙大富、大贵、大平、大安，两人在船前用厚重的钉耙"嗨哟嗨哟"地砸打结得严严实实的冰冻，两人在船艄拼命摇橹撑篙。其余的劳力在船舷用榔头夯击冰块。我们几个小毛猴偎着二祖，竖起耳朵，听河面冻开的"嘎嘣嘎嘣"声，那裂向远方的缝隙，在冬日懒散的阳光下，显得格外炫目壮观。

从一星挂天的凌晨，直行到日上三竿，我们的船才靠上了垛子。

那是一处四面环水的孤垛，南高北低，桑榆槐柳几乎覆盖了大部。祖茔于北边临水的半坡上，一溜四穴坟，呈东南西北向排开，高祖、曾祖居中，大祖和我祖父祖母分居左右。三脉河流从远处蜿蜒而来，真所谓四野旷宽，秀水潆洄。

父亲颇为自得，当初请来看地的风水先生乃前清贡生，很有些学问。他曾指着这块地，摇头晃脑地说：无水则风到而气散，有水则风到而气聚，故"风水"二字为地学之最重。而其中以得水之地为上等，以藏风之地为次等。他看着手中的罗盘，眼中露出惊羡的光，此地外蕴水，内纳风，兼得二者，实在少见，并一口断定我们这个家族日后必出大富大贵之人。

但风水先生的话似乎并不灵验，直到现在，我们这个家族官做得大的就是大伯和父亲，前者无非是做了两任村支书，后者也不过做到了乡卫生院院长而已。此二职，倘遵循古制，当在十品之列，往高处说，亦不出从九品之席。县太爷贵为七品之尊，尚且有"芝麻官"之谑称，遑论其余。

与贵已系无缘，富的迹象好像也没有，倒是有一年秋后，二祖从一群衣不蔽体的上河一带泥瓦匠手里，用稻谷贱价换回几百块光洋，如果再倒手的话，赚回一进三间大瓦房应该是不成问题的。也难怪，那群人一副饥不择食的样子，信誓旦旦地说是替一财东家拆墙时偶得，星夜携出，闻听二爷人好，厚道仗义，故而水陆兼程，迢迢赶来，做笔客主两便的交易。二祖是杀猪匠，远近闻名，他杀猪和旁人不同，别人都是左道麻绳右道索，他不用，只是将猪赶出圈，至槽桶附近，猛一掀猪蹄，然后乘猪仰跌颈脖朝上的瞬间，顺势送过点红刀。一刀齐柄，有时连手都伸进了那血窟窿。他喜欢人家称他的手艺干净利落，而不希望有谁讥讪他心狠手辣。方圆十数里，一般没有人敢和二祖较劲。

但他这次阴沟里翻了船。

在那些泥瓦匠廉价的恭维声中，二祖有些轻飘飘的了，加之见他们本分可怜的样子，他没多加思索，就扒了家里的粮堆，那是足足四亩上等水田里的一季收成啊！

几个泥瓦匠撑走了三吨船满满一中舱加摺的稻谷，仿佛从地面蒸发了似的，音迹杳无。

二祖在第三天的黄昏忽然感到了不妙。

彼时，他刚刚洗完澡，大裤拖鞋，一个人坐于庭院里的竹椅上，捧着黄铜水烟壶，悠闲地咕噜咕噜着。那张竹椅很有些年头了，沥风沐雨，经霜承露，昔年的皮青篾黄早已褪尽，唯留汗渍而成的一片暗红。

对面的东花墙与檐牙间，缀起了一张蛛网。蛛网大小和家里盛烙饼的竹笸差拟，形状亦仿佛。几茎纬线，无数经线，撑起了一张奇特的陷阱。二祖眯缝着三角眼，细看那网，颇得八卦之神韵。蛛网上粘着一些小昆虫，蚊蚋、蝇子、飞蛾、豆娘、小青虫，偶尔也有垂暮的蜻蜓，双翅缠满了蛛丝，在网上无助地拍打着。而那一豆蜘蛛，快捷地绕着蜻蜓吐丝，很快，就将猎物裹得严严实实。远远望去，可怜的蜻蜓仿佛浮在一团雾中。

二祖忽然一激灵，一口烟雾憋在嗓眼里。他重重地咳嗽一声，倏忽躬身，踢飞拖鞋，径往卧室蹿去。

他捧出那些用青花布包裹得严严实实的光洋，解开，抓起一把，排在手里，愈看愈不对劲。那些袁大头质地灰暗，不似之前经手的锃亮。捏一枚鼓腮猛吹，旋置耳边，其声沉钝。二祖有些眩晕，心中暗叫不好，忙叠起一摞，搁于天井里的老火砖上，抽出点红刀，也没怎么费力气，那圆圆的什物便迎刃而解。奶奶的，还不如一堆草纸结实。尽管后来二祖常常自我解嘲，但当时，他立即如洪迫颓堤，一下子瘫了下来，额角源源不断地往外冒冷汗，遭外人嘲笑，受家人谴责，颜面扫地倒在其次，如何度过漫长的冬闲和春荒，使一大家子人不饿肚皮那才是最要紧的事。

一筹莫展的二祖后来被二祖母一顿臭骂，灰头土脸地到外地收毛猪去了。而二祖母则拖家带口，去了胡堡古镇她那富庶的娘家蹭食，直到翌年小满才又候鸟一般，将雏而归。

这次被骗，不但使二祖颜面丧尽，从此人前难以抬头，而且，从侧面进一步验证了风水先生的话纯属无稽之谈。我们这个家族的富贵之梦，就此告破。

但这次动土迁坟，并不是整个族人存心为之，试图借此改改风水，实在是情非得已。我们的祖籍并不是衣胞之地范家庄，而是去此西南十余里的小李庄。因为家族争斗，我的两个远房族祖动起了叉耙，在巷子里追逐着。最后的结果是，杀红了眼的两人，一人肩膀被钉耙筑出四个窟窿，使耙者却被逼跌入一露天茅坑，复吃一叉，命殒当场。

长辈们多次和我谈及这场械斗，但因为年代已久，或是为尊者讳，大抵语焉不详。我后来偶得一本残败的《李氏宗谱》，细览之下，得其仿佛：李氏嗣族，乃自西南隅邻近之小李庄而迁，凡四代。祖父辈中，有李尧李香者，因天旱稻田夺水之争，致出人命。尧为伯，其子俱已成人。香为仲，子幼，争水力不能逮，亦无帮衬，义愤填膺，归家磨刀霍霍，扬言同归于尽。尧子闻之，敲把叉齿直，扑入乃叔家，一叉入心窝。时香奄奄一息，尚手舞足蹬，凶手恶向胆边生，操砖砸其手足，俱烂。后为掩盖凶迹，抛尸入牛汪塘。

东台县接报，沿官河（泰东河）而下，缉拿元凶。尧子已远遁他乡，不知所踪。尧为顶罪，被执。后以稻谷若干赎回，云，兄弟阋墙，情急失手也。

在庄上辈分虽高却无力弹压的曾祖，对着械斗的人群，声嘶力竭地叫嚷了一通"本是同根生，相煎何太急"后，怏怏而回。他自觉愧对先人，一气之下，卧榻不起。这位曾经设馆执教的老塾师，临终前一再叮嘱自己的三个儿子，不要贪恋一点薄薄的族产，尽快离开这个是非之地。在安葬好老塾师后，他的三个儿子：大祖、二祖和我的祖父放弃了家产，相继来到偏于一隅的范家庄，在村后的一片荒蒲滩上安家落户，并逐渐站稳了脚跟。

如果不是大祖和祖父殁后归葬祖茔，小李村的族人似乎已经忘记了他们还有一支高辈分宗亲流落在外。多年以后，我作为范家庄村民委员会主任前去小李村公干，在那古朴的巷道里，和一位捧着早饭碗，蹲在门槛旁的白须长者交谈时，老人无意中听说我和他同姓，随口问了我的字辈，甫一报出，老人大惊失色，陡地立起身来，两眼怔怔地看着我。他歪斜着头，用充满惊奇的眼神，从头至脚，一遍一遍地打量着我，他的沟壑纵横的脸上写满狐疑。我见老人手上端着的粥碗倾斜了，薄薄的米汤正一点一点地洒在砖阶上，几只鸡在忙着抢食，便善意地提醒他。

老人仿佛从梦游中醒过来一般，定定神，放下碗，又揉揉眼睛，一迭声地嘟囔着："没想到，没想到，真没想到。"一边说，一边扭过头，冲门里喊一声，"喂，都出来啊，小祖宗到了。"

我吃了一惊，正想问明缘由，从里屋间已涌出一群男女来。懵懂间，老人哈哈笑起来，"都是你的晚辈呢"。

我忙问过老人的字谱，算下来，晚我两辈。我忍俊不禁，和一帮子老少都笑了起来。

我来小李村，是因为一桩婚约纠纷。范家庄的一个小伙子和这里的一位姑娘去年定了亲，三媒六证，大团大糕，很是热闹了一番。然，好景不长，男方后来忽然访出女家有暗疾，决意要退亲，女方死活不允，先是闹得天翻地覆，接着又不淡不咸地拖了下来，一耽搁就是两年。眼看着又是一个年关在即，男方着了急，请求村里出面帮助调解。这样，在一冬阳煦煦的早晨，我带着村治调主任和民兵营长，一路说谈着来到小李村。

之前，我们一行已经来过小李村一次，但因双方话不投机，火药味甚浓而作罢。加之两村干部各护其民，分歧严重，首行无功而返。不仅如此，刚跨入小李村村部时，我还受到了一群妇女的围攻，一位头戴红方巾的中年女人，指着我破口大骂："你的良心叫狗吞了，见人家生病，就想一脚踹开，先前，眼睛是不是留着偷屎去了。"

我无言以对，只能朝她笑笑。正尴尬着，又颤悠悠上来一婆婆，她一本正经地教训道："为人要心善，昧良遭雷轰。小伙儿，不能望见人家姑娘有病，就脚底抹油，丧德啊！"

当事者乃与我年龄相差无几的白白净净的愣头青，看到这一切，早已吓得躲在会计室里不敢露面。

后来，看着实在闹得不像话了，小李村支书一拍桌子说："干什么呢都？这是范家庄李主任，你们和人家胡搅蛮缠什么呢？真是！"

一语如石击水。那个骂我眼睛不济的中年妇女，眨眼间钻入人群，不见了踪影。以雷轰训诫的老婆婆，也推说头晕，拨开人群，一溜而去。

这次再来，真是先机在手。不但上次误骂我的村民心存歉疚，而且，这里不少人都晚我几辈。别的姑且不论，单是那支书，就晚了我三辈。一切都是水到渠成，事情处理得十分顺利。我离开小李村的时候，族中人都夹巷道欢送。多少年来，这事在远近几十处村落一直传为美谈。

我六岁那年的祖坟迁移，是全县统一行动。上面提出的口号是：积极倡行火化，全面清理土散坟。十边隙地，角角落落里的坟都铲平了，我们那高大惹眼的祖坟，偏偏又在小李村的大田里，怎么拖也拖不下去了。

我不知道高祖和曾祖是怎么一回事，甚至大祖和祖父下葬的情形我也不知晓，因为那时我尚未出世。在那对我无比神秘的祖墓前，尽管大伯和父亲一直在断断续续地交谈，我仍听不出个所以然来，死亡带走了多少没有表达的秘密。

一群人在坟冢前燃了榆木香，点了白蜡烛，放了几只通天响和两挂小鞭炮，二祖踽踽至前，嘴中喃喃地祷告了一番。祭礼毕后，开始动土。二祖支着骨瘦如柴的胳膊，勉强端起铁锹，动了第一抔坟土。其他人随后七手八脚地动作了起来。挖的挖，筑的筑，时辰不大，隆起的土丘已与地平。再下去三五锹，几处墓葬尽在眼底。高祖之棺木已然坍塌，一枚枚锈迹斑驳的铁钉历历在目。曾祖是前清秀才，有过功名，勉强称得上"士"，故，棺而外尚有椁。他的墓穴虽然考究了一些，但长年的土埋水蚀，不仅桑木外椁散了架，一口柏木内棺也显出了败相。棺盖斜在一边，棺壁也腐出几处窟窿，唯剩几根坚实的框架支撑着，岌岌可危。

大伯和父亲小心翼翼地揩去朽木上的浮土，默默相视，一时感慨万千。

父亲忽然跳到坑深处，在一丛褐色的，仿佛蓇葖田土，又仿佛稻脚草的什物前翻拨着。大伯似乎也在一瞬间回过神来，挫挫身，跃下，和父亲一起拨弄着。原来，曾祖归天后，将他做塾师时的一堆线装本陪了葬。不外乎"四书五经"。父亲说，乡塾课徒，水平并不十分之高，大抵是死背一通《三字经》《百家姓》《千字文》而已，并不能训诂。偶有稍通《大学》《中庸》《尔雅》《诗经》者，便是人中龙凤了。曾祖满腹经纶，却无力兴隆一方教化，实在心有不甘。临终前，望着吊在房梁上缠满蛛网和塞在床沿业已尘封的故纸堆，复睃巡一圈躬耕垄亩，辛勤稼穑的后人，老人家长长地叹了一口气，用颤颤的手指点着，哽咽一声："带走"之后，灯枯油尽。

在把一堆泛黄的旧书填入柏木大材中时，父亲还是存了个心眼。他私下留了几本，意想不到地成为我日后的启蒙，让我至今受益匪浅。那些书直到今天，仍静静地躺在我的书柜里，我视若珍宝，平时舍不得让人染指，只有每年的六月六，才拿出来和家里红红绿绿的衣衫一起，排在天井里的小青砖上晒一次。这是一个简单却雅致的活计，寻两张条凳，搁一扇门板，亦可腾出澡桶、箩筐，不凑手时，缸盖、筛子也能派上用场。这时辰，坐于门槛，眯缝着眼，静听熏风的指笋掀翻书页的哗哗声。那神情，那惬意劲儿，直如农人蹲坐上窄窄的田埂，怀着莫名的激动，聆听麦苗拔节或稻子灌浆的声音。书在夏阳下静静地排列，尽管它们不会言叙，但每本书都有自己的故事。那些飘散在空中的樟脑和陈木的气味，让我在这个炎夏，如有神启。

而那些随殓的书，早已融为一抔黄土，怎不令人唏嘘不已。

二祖深陷的眼窝里，忽然无声地溢出两行老泪。大伯背转身，抽抽鼻子。父亲的眼圈也红了。

祖父祖母是两口薄材，虽未塌倒，也已倾在了墓道里。棺材前的木座上，一只茶杯大小的粮油缸缀满了黄土。跟着曾祖念过几天私塾的父亲叹一口气："厚衣之以薪，葬之中野，天命不可违，古风如此，古风如此啊！"又伸出手去，捧起，一遍一遍虔诚地擦拭着。

大祖的棺材厚大粗重，保存得最为完好。虽是早于我祖父祖母而殁，在地下长埋了三十余年，依然间架完整，黑漆森森。

大祖一生走南闯北，积攒了颇为殷实的家私，但他的多难人生，令人扼腕。

大祖是我们这一带方圆十数里有名的牛贩子，看牲口特别在行。他是一个身材高大、精明能干的人。削发垂辫，圆领大襟，对清朝习制尤其尊崇，常常手握一本老皇历对晚辈们指指点点：金钱鼠尾，乃新朝之雅政；峨冠博带，实亡国之陋规。此乃清初入关所颁布的剃发易服令，亏得他念念不忘。大祖有遗老情结，却命途多舛，不入雅席，只能从事下九流的营生：贩卖牲口。这种理想和现实的反差，每常让他陡发无名之火，在家中掼碗摔碟，责天骂娘。因此，一家老少畏惧大祖，虽是生活在同一屋檐下，实则避之唯恐不及。

尽管脾性躁烈，其实，大祖心地善良。秋深冬凛，披一件油腻腻的羊皮短袄，叼根三尺长的旱烟杆，长年奔波在时堰、溱潼、吴堡、戴窑、草堰一带的集镇村庄，贩卖水牛黄牛、毛驴骡子，兼替人家挑拣各类牲畜。他一般总在就近走动，遇有特殊情形也远走。范围无非是东台、大丰、滨海、泗州、高邮这些县城。再远一点就是去川陕。

大祖一生命途坎坷，遭际曲折。他的原配我的大祖母，是白驹场一户盐丁的女儿，粗手大脚，不谙女红。田里的活计样样拿得出手，操持家务也是井井有条。她是一位贤淑的长者，在整个家族，乃至全庄口碑极佳。然而，天不佑贤，她在而立之年便得了痨病，拖了大半年，丢下大祖和四岁的女儿，咽了最后一口气。三年丧满，大祖已过了不惑之年。不孝有三，无后为大，在这种潜意识的支配和族人的撮合下，大祖又迎娶了九里外郭家堡的一位寡妇作为填房。这次，那寡妇拖了两个油瓶，一个五岁的女孩和一个三岁的男孩。那女孩就是大富大贵的母亲，那男孩，后来成为大祖送命的阎王。

阴物不能经宿，眼看已过晌午，我们急忙收敛好七零八落的物什，拜别祖茔，匆匆回转，还有十几里的水路呢。

新迁的坟址位于范家庄东首的罗汉寺高墩处。罗汉寺乃里下河一带著名的"九寺十八堡"之一。传闻明初，朱洪武基业甫定，为防止当地民众感念张吴王恩德，蓄谋颠覆大明江山，遂对本地土著进行大规模迁徙，使得聚族而居的先人们流离失所，辗转他乡，最远的甚至被谪移至烟瘴四起的边远云贵。江淮大地，一时人烟稀落，村舍寥寥，萧瑟荒疏，鸡犬不闻。尽管如此，朱明王朝仍心存戒意，着护国军师刘伯温进行暗访。一日凌晨，刘伯温在西南上河口朝东北方向察看，但见这一线沃野千里，田畴莽莽，圩堤蜿蜒，水雾蒸腾，有龙脉之象。刘军师大惊失色，遂就近招募工匠劳力，在沿线数百公里大兴土木。他在所谓的龙爪处修砌十八座砖窑，谓之"窑堡"，以泄龙气；又在龙头龙身龙尾等处，广建庙宇，以镇龙腾。九处寺庙各以神佛命名压邪，范家庄的这座寺庙得名罗汉寺。庙有九十九间，分前、中、后殿，两厢庑廊齐全。寺内石塔累累，林木森森。庙地凡三十六亩，历年来，梵音不绝，香火缕缕。是庙曾坍圮，清光绪年间，经闾里士绅仗义捐纳，整葺一新。惜乎抗战烽烟骤起，日寇每次下乡"扫荡"都驻扎于此庙。高耸的庙宇，宽敞的殿堂，可以遮风避雨，着实给日军带来不少方便。时国民党军新编第三旅张星炳部，结集于范家庄西北十七里处的杭家堡地带，该部多为乌合之众，纪律涣散，战斗力弱，遇日寇一触即溃，屡战屡败。城门失火，殃及池鱼，恼羞成怒的张三旅在一个月黑风高之夜，匆遽拆毁了古庙，并将殿前一棵三百余年的老银杏锯走，以作枪托手榴弹柄。范家庄后来有人在张三旅部效力，见那木质枪托纹理细密，滑润养手，实非一般材质可比。

　　锯树人乃东台西溪古镇一王姓木匠。本地匠人闻听张三旅抓人锯树，早已望风而逃，不知所踪。罗汉寺乃附近十数座村庄捐资所建，老银杏上的寄名成千上万，方圆几十里敬若神明，谁敢造次？不明就里的王木匠和几个徒弟锯了一夜，终于放倒了这棵磨盘粗的树，也倒塌了无数民众的信仰，怀揣二十大洋，喜滋滋回返。但他没有福分消受，甫进门槛，便仰面跌倒，半身不遂，三日而殁。

唏嘘已是几天之后的事。

那一晚，范家庄人在睡梦中隐隐听到嘈杂声和零星的枪声。翌日天明，村人蜂拥而至时，罗汉寺恢宏庄严的庙宇已荡然无存，所有的木料皆不翼而飞，唯剩残垣断壁，碎砖瓦砾横陈在凉凉的雾气里。守庙的老僧也双手合十，坐化于那棵被齐刷刷锯断的银杏树下。"狗娘养的，没法小姐，有法梅香。拿一座不会说话的大庙出气，算什么英雄好汉！有本事，等日本人来，冲上去拼刺刀。"村人发了一通牢骚后，在凌乱不堪的现场，各各搜寻了一些略值几个钱的什物，草草收殓了老僧，又回庄上过起了平静的日子。

其实，村人草葬老和尚显出了一种不厚道。庄上十多条巷子，一色的老火砖铺就，皆为老僧捐资所购。范家庄因为飞阁重甍的罗汉寺和气魄井然的巷道而成为十里八乡的集市，每年的农历三月初三，都要在这里举行盛大的庙会。彼时，赶集的人熙熙攘攘，摩肩接踵，极一时之盛。范家庄人因此摆摊设点，赚了不少香火钱。而施惠于村庄的老僧却没有能够善终。

庙产到底失落了多少，已经无从考证了。我上小学二年级时，曾去同桌家中玩。热心的同桌从床头一只粗可拥臂的大木桶里抓米花给我吃，借着窗外昏暗的光线，我怎么看那木桶都有些别扭。猎奇心急，就要同桌点来一盏灯，这一看真是非同小可，那竖在地上和我差不多高，直径有二尺的木桶，居然是一尊菩萨头像，耳朵、鼻子、唇角都凿平了，唯两只眼珠隐约可见。这是一段整木镂空的炒米桶，不知神佛有灵作何感慨。不宁唯是，直至现在，庄子河东人家的水码头石阶，都是六角形的白塔座铺就。虽经岁月磨砺，足蹬鞋覆，依然莲座历历，云衣缈缈。那些石阶，小的径可盈尺，大的可覆桌面，可以想见原来石塔之高。

如今的罗汉寺，唯一信物是那株被放倒了的古银杏旁逸出的一枝嫩蕾，亦已合臂之粗了，略呈斜势的树冠似一把巨大的扫帚，仿佛要荡涤满天的烟云。

祖圹在罗汉寺西北处，邻着一块叫凤凰墩的坡地，隔河是东台城里一位翰林的祖田，称为官帽地。原先说是两处风水宝地，可惜后来被人破了，而且与庙宇为伍，因此，并不为庄上人墓葬首选。但大伯和父亲年少时经常在这里剜牛草，日久天长，不但熟悉了这儿的一草一木、一土一水，且无形中又多了一份亲近感。何况，一视之下，阴址前临十里沃野，后枕一泓清流，左为四水交汇，右有古木森森，气畅脉开，风生水流，气势上就先胜一筹。

依着风水走向，四座高大的坟丘隆起于晴天丽日之下。大伯从别处移来了几棵桑槐于坟基；父亲则将我家院子里的两棵小柏树挖出，细心地栽到祖父祖母的坟头。

入土为安。

二、青石磨坊

我常常以不能亲睹先人的尊容为憾。

"不仅仅是你，连你哥哥都没有见着爷爷奶奶。"父亲在一个秋日午后，坐在老家的屋檐下，眯缝着眼，注视着远处东花墙下，幽幽地指点着我，"那时，家里开着磨坊，你还没有出世，还差十余年光景"。

是的，那时我二姐刚刚呱呱落地。在两口青石大磨的吱呀歌吟中，二姐以女婴尖脆的啼哭刺穿了祖父祖母昏花老眼中的最后一线侥幸之光。失望至极的祖父祖母在空荡荡的堂屋间木然而立，眼神黯淡，像风中飘忽摇曳的一豆灯芯。祖父斜了一眼在一旁吵闹着要喝红糖茶的大姐，脸色阴沉，能挤得出积云和雨水。祖母先是故作镇静，继而朝卧在床上的母亲一翻白眼，踱踱三寸金莲，嘴里嘟囔了一句什么，把一个极其不满的瘦小背影丢给了一屋子的人。

我想象不出这个残酷的小脚老太婆是如何忍心丢下作为产妇的儿媳，独自一人去了村后三分半厘的菜地上迎风号啕的。她的哀泣和絮絮诉说，在西风里一定很悲壮。

那菜地，两面环水，一面连着旷辽的田畴，唯一的通道是蜿蜒的一带河坝，坝上长满了厚嘟嘟的晚扁豆，深红色的扁豆在夕照里显得那么凝重。

祖父随后也拖着沉重的步履跟了出来，他不是担心祖母有什么不测，亲历了第一个孙女的老太婆还不至于脆弱到纵身跃入村后的大泊中。不过，他觉得自己长期待在屋子里脸上总有些挂不住，于人于己尤为不便，遂也趁势迈出门槛，与其说是不放心祖母，不如说是给自己找个台阶下。但作为一家之长，举止总不能过于草率，而让晚辈们指手画脚。他在临出大门之前，灵机一动，从门缝后拖过一柄锄头，说是到菜地上锄锄草、松松土。

其实，父亲心知肚明，巴掌大的一块地，天天盘在上面，哪有那么多草好锄，土好松，一个不太高明的借口罢了。但父亲看了祖父一眼，嘴角扯起一缕苦涩，没说什么，他不能目无尊辈长上。但心底的无奈和酸涩那样分明地刻写在了脸上，以至多年后，当大姐的女儿呱呱降临人世时，我觉得立在堂屋里即将成为外公的父亲神情紧张，看似漫不经意地在方块箩底上来回踱步，但仍倾着耳朵，极力地想听清卧室里的谈话。当母亲悻悻而出时，一种无奈、沮丧、懊怨、悔恨的神情交织在父亲脸上，我心中一凛，觉得这神情像楔入我脑海中的一枚锐利的铁钉，从我记事时起，便影子般尾随着我，让我惶惑不安。

如影随形的其实不是父亲，而是祖父。

祖父与我缘悭一面。实在不只是我，即便是长我六岁的兄长，亦与祖父母擦肩而过。根宗意识浓厚的老人们，怎么也想不到，弄瓦的母亲居然在他们逝去不久便开怀弄璋。如果他们再坚持两度花开花落，便可见到家族中的第一个男丁了。在那个蛰虫惊起的季节，兄长用雄性洪亮的惊啼，改写了家庭在庄上直不起腰的历史。可怜祖父祖母的抑郁一直被薄薄的一口棺材板盖得严严实实地带到了黄泥土下，抱憾终身。

祖父祖母去世时都是半百挂零，并非高寿。但他们很知足，谓已过了三十三岁的本寿，夫复何求？遂在生命的最后时刻，讳疾忌医。祖父是在暮春时节走的，草颠花拂，触目皆生机，而他这个瘦削的老头连多看一眼的气力都没有，只是用一双失神的眼睛，看着在磨坊前跳绳的大姐二姐，伸出手指点点，未几，枯瘦的手臂疲软地垂落床沿。这一年的秋分，祖母也显出不妙，先是失神，后是发痴，继而卧榻，屋后榆树上的枯叶尚未落尽，祖母便咽下了憋在喉咙里最长的一口气。严格地说，不像是落下一口气，倒像是轻轻嘘了一声，很惋惜的样子，目光当然也是满屋游移着找寻大姐二姐。但我想，与其说她在寻找，不如说在希望，或者说她相信，传宗接代的使命不会葬送于三代单传的父亲身上。

五十年前，屋后菜地上两位老人的谈话我没有听到，尤其是祖父重重的咳嗽，但他一脸的沉郁都被父亲一丝不苟地承袭了下来。我在大姐家堂屋里见到的父亲的神情，和挂在我们家堂屋东墙壁上的祖父简直是一个模子里刻出来的。

祖父阴郁的目光从小便笼罩着我。那是一个宽不盈尺的长方形镜框，暗红色的漆边，一个狭长脸，短发，蓄着山羊胡须的老人漠然地垂着眼睑。彼时，照相不普及，是用了几斗稻谷请东台城里的画师描的，父亲常说"移"，其实就是现在的素描写生，厚质的纸，碳棒圈出的线条，眼睑和鼻梁处略皱一下，显出一种立体感来。老一辈的人都说挺像。但这话于我没有一点用处，我没有见过祖父，少了凭借和参照，像与不像也便无从说起。我小时候，一直以为墙上挂着的是个老婆婆，是祖父男生女相，还是我潜意识里的问题，实在说不好。直至后来，渐渐懂事，终于明白这个暗红木框里的和父亲极像的老头是祖父时，我才忍不住问了一声："奶奶为什么没留下一张像呢？"父亲的眼圈便有些发红，他啧啧着嘴叹一口气，说是生活的困顿加之祖母的撒手之快，根本来不及找人移像。所以，直至今日，祖父在我头脑中尚有一个生硬模糊的影像，而祖母于我却是连一点幻觉都没有。

祖父遗像成天默默地注视着我们，关注着家庭的变迁，我有时在昏黄的晚间看他一眼，觉得这个神秘兮兮的老头似乎正捋着山羊胡子，翘翘眉睫，有什么话要对我说，但又每每难于启齿，阴阳相隔，有多少遗憾存于心际。但我毕竟还能看看祖父那幅了无生气的相片，聊发幽思，而于祖母，我却不能描摹其情状于万一，岂非人生恨事。于此，父亲似乎也有难言之隐，因为仅作家计潦倒说而耽搁移像一事，未免牵强，毕竟其时，我们家的境况还算殷实。除种有几亩薄田外，家中开着一爿磨坊，养着的两头膘肥体壮的毛驴，成天价把青石磨拖得"轰轰"作响。

依着东院墙，十二根粗硕的毛竹支撑起一座棚子，干净，宽敞，四口青石大磨陈于其中，很有气势。乡邻们常携了粗粮来磨，轰然的磨齿相触声便回荡在庄子的北头。

青石大磨是很费了一番周折才弄到的。我们这儿属里下河平原地带，别说崇山峻岭，连小丘陵都不见，石料尤其金贵，凿石器，特别是像我家这样粗大的石磨子，是必得苦心搜寻的，在某种程度上可谓可遇不可求。但祖父一次去时堰古镇赶集时，发现了这两口青石大磨。他躬下腰，低着头，掖好旱烟袋，开始和人家讨价还价。

卖主是个石匠，这两口磨子纯属偶得，不是他的家产。他先在一户破落地主家打短工，日子过得蛮舒适，谁料，主人在一个月黑风高之夜不辞而别，婢仆们在搜劫了值钱的家当后作鸟兽散，等他闻讯赶来时，偌大的一户人家已杯盘狼藉。讨工钱已是无门，他在空荡荡的回廊间睃巡了一番，忽然眼前一亮，见两只完好无损的青石磨子仍搁在农具棚边，凭着石匠特有的职业机敏，他认定这两口磨子石料既好，做工又佳，遇上识货的，是能卖个好价钱的，抵抵辛苦应得的工钱，还是绰绰有余。

摆上集市不一日，便遇见了我的祖父。祖父是个识宝的，他从石磨的材质和凿工上感到这是一对不可多得的好家伙。他伸出手指，沾一点唾液在石磨上来回蹭几下，心中便燃了罩灯似的。真是上好的石材啊，硬而不脆，润而不软，是一种忍耐性极好的石料。这种料子，一般在南方的山体之北，且是半脊处方可寻得。祖父的啧叹一直没离过嘴。石匠把这一切都看在眼里，他不动声色地称这对青石大磨是祖产，已延续了几十代，只是年年作为族里的信物，非但不用，反时时修葺，不使有一处微末缺损。祖父自然不会听信他们鬼话，于是便一再压价，纠缠了近半天，围观的人圈得水泄不通，叫好者有之，挑唆者有之，作无聊市井之嚣者有之，石匠一脸无动于衷。

祖父因太想得这两块青石磨，加之时间不早，回去还要赶十几里路，过几条大河，遂最后一次咬咬牙，沉下脸，且做欲抽身而返之状："就五担稻！"

石匠见好就收，顺水推舟，很大度地扬扬手，笑出了一口黄牙："好，就依你老，成交。"

结果是运磨子的船刚到村口，便遭到闻讯而至的祖母一顿截骂。

后来，几经辗转，祖父又从别人手里搞来两口同样的青石大磨，配成两对，磨坊顿然气派了许多。

买驴子倒是没费什么周折，有我大祖包揽。

大祖是我们那儿方圆十数里出了名的牛贩子，他的故事很多，而最传神的是邻居麻老队长告诉我的。早些年，庄上一户人家的牛病恹恹的，半死不活，耕田既不能，宰杀又吃亏，遂想上市卖出。然一头病牛，能值几何？万般无奈，找到大祖。

念及同庄之谊，大祖沉吟良久，脸一侧："到时随我上集。"

赶集这天，把病牛牵到一空旷处，和那些欲售的牲畜一起。牛主人心慌，人家的都是活蹦乱跳，这牛，怎么看都像是丢了魂似的。大祖不动声色，只是闷着头，一烟窝一烟窝地猛抽烟叶子，直把铁烟盅儿烧得通红。远远地，大祖望见一人匆匆而来，像是要买牲口的样子，便背着手，踱过去。因是闻名遐迩的牛贩子，买卖上的事宜，大家都乐意请教大祖，那买主亦不例外。

大祖带其至病牛前，买主啧言："这牛怎么像病了似的？"

"病？哪能！"大祖吐一口浓痰，趁其不备，伸出滚烫的烟窝，在牛裆中一倒腾，"瞧，瞧，这是病牛？凶着呢！"

那牛便应声直蹦，欲拜四方似的。软裆处如何禁得住烧红的铁烟窝之烫！伤痛难忍的牛总要撒蹄半天，而买主早已眉开眼笑地和先前还愁眉苦脸的卖主成了交。

庄上人都说大祖绝，活该无后。他的确没有子嗣，只生了一个女儿，即我的大姑，命途多舛地终了一生。

两头驴子是大祖从时堰集上赶回的，标准的山东货，说是山东驴子种口好，虽叫声不敢恭维，但气力大，膘肉好，干活和传宗接代都没有问题。

这样，父亲便辞了替人家看牛剐草的苦差事，回家一心一意地经营起磨坊了。

那时候，百十户人家的庄子仅此一家磨坊，别无分店，因此生意奇好。尽管我家居于庄子的北头，长年"吱呀吱呀"的磨粮声仍不绝于耳。那种古朴的行当，使晚生了十余年的我至今仿佛还能嗅到五谷的芳香、烟火的气息。

磨坊里有磨道和箩道。磨道中间有盘着的两座土台，台上是青石大磨。磨盘四周是牲口道，两头壮驴被蒙上眼睛，日复一日、年复一年地重复着自己的蹄印。箩道是用小火砖垒起的长方形的舱子，中置箩筐，并由四根粗绳悬吊于房梁之上。这是置了驴子之后才垒圈起来的。驴子未回时，磨坊是以人力为主的。祖父母、父母轮流上阵，一人推磨，一人用从屋后藤架上摘下一劈为二的大瓢，盛了麦子或黄豆、玉米什么的，瞅准磨盘中的圆孔，倾过瓢身，准确地丢点。在磨齿与粮食的咬嚼中，雪白的面粉出来了，黄稠稠的玉米糁、红艳艳的高粱糁出来了，磨坊里的人脸上便漾出了生气。不单是一个人，还可以两个或三个人共同推磨，这就必须用上三角架了。早已被岁月的风雨侵蚀得腐朽了的三角榆木架，已在一个下雪的冬天成为父亲炖"九里香"（牛蹄）的柴火。父亲向我说起时，鼻翼翕动了几下，这不仅是一种味觉，更是一段缅怀。那时，那张榆木三角架是怎样的漂亮得志啊！父亲眼神中露出无限的惊羡和向往：那架子，粗硕结实，用桐油保养得像烈日下壮汉的古铜色臂膀。一手搭上去，满掌，像定做的一般。那种水到渠成的感觉真是惬意得无法言叙。

用三角架开磨，大抵是在年关岁尾、节庆婚丧期间。人家大量地用糯米磨粉，用麦子磨面，光凭小打小敲的手推已应接不暇了。而一动三角架，须全家齐上阵。祖父祖母那时虽在中年，但实际上已进入了生命的秋季。而大姐二姐的出生，无疑又给这对老枝提前抹了一场秋霜。从身心上，他们俱已显出龙钟之态。所以，粗重之活已不可推卸地落在父母身上。父母似乎也有一种内心深处的愧疚，干起活来格外卖力。当然，大姐二姐也相继长大了，但于繁重的磨坊劳作，她们所做的只是添乱而已。

幸好，有两头膘实的毛驴。然而，力不从心的祖父当初思之再三，只舍得买一头驴子助力。

他的动议甫出，便招致乃兄——我的大祖的一顿数落："推磨磨，这累死人的活计，你还想让九宝子（父亲）干下去？四口大磨套一头驴子，亏你想得出！干脆，置上两头驴子，我出面，膘口价钱都好说。"

当祖父迟疑着说出手头紧时，大祖倒挺爽快："我是个无后的人，万贯家产丢下来也是水上的浮萍，不晓得漾到哪块。这样，屋后的两棵泡桐你扒了，今儿晌午就动手，明儿，我去时堰走一趟。"

祖父有些于心不忍，大祖屋后的两棵青皮梧桐已长了六七年了，所谓十年树木，再有个几年熬下来，是能成材，卖出更好的价钱来的。但苦于**囊**中羞涩，且大祖已决意去时堰走走，他也便不好再推什么。

两棵粗硕的梧桐是请地邻唐木匠和斜对门的麻老队长一干人挖扒的，费了九牛二虎之力，直至日薄西山才剔尽残根余枝。随即，被木器行的三角眼老板叫人拖走了，付现洋三块。祖父捏着银圆边，鼓腮，猛吹一口气，又疾速放至耳旁，满面舒展，听得出是正宗的袁大头。这边心事既了，祖父开始牵挂大祖去时堰的进展了。

古镇时堰，旧属海陵郡，建镇有千余年历史。集镇呈簸箕状。镇北为水势浩渺的泰东官河，旧时漕运、今之交通皆赖此水道。与泰东河的滔天浪涛相反，西闸关内一条蜿蜒绕镇的小河显得娴雅别致。居民们多临河筑房，隔水相望，颇有秦淮河房之风致。春晴秋雨，窗含水韵，帘卷呢喃，裙裾窸窣，临镜慵妆，下楼声、启扉声、汲水声、银钗落地声和远处的市声形成强烈的反差。古镇内明清建筑尤多，麻石小巷井然。布店、绸缎店、酱园、木器行、铁匠铺市井繁华，极一时之盛。而镇东大街尽头的牲口市场，更是热闹非凡。常有上河、下河、东台、草堰、海陵、高邮乃至山东的牲口贩子云集于此，操着四腔八调，大谈生意之道，海吹胡侃，煞是闹腾。

大祖念过几年私塾，加之圆滑，在这一群牛羊驴马贩子中很快脱颖而出。外地来的贩子都以与其结识为荣，本地的也争相与之招呼。他和地方上的头面人物也颇有交情，故而在我们那一带很吃得开。

大祖是从一个刀疤脸的山东牲口贩子手中牵回两头毛驴的，一公一母，日后配种倒是不用操心。刀疤脸被大祖硬拖到临街的小酒馆里，海灌了一顿，抹抹胡子出来后，便很豪爽地减了半担稻钱，大祖乐得眉毛一颤一颤的。

两头驴子在我们家丁头府磨坊里安了身。祖父祖母日见枯槁，母亲似乎又有做不完的家务，磨坊实际上是由不到三十岁的父亲支撑着。忙完了春夏，又忙秋冬，日子便在单调枯寂的"吱呀吱呀"声中，和那些黄豆、荞麦一起，"哧溜哧溜"地钻进磨眼，消逝得无影无踪。转瞬，过去了许多时光。

磨坊像个小社会，充满了人情世故。谁家粗粮足，谁家细粮缺，甚至谁家有几口糙砂缸，谁家有几只泥瓮子，操持日久的父亲都熟如掌纹，以至邻庄一远亲来我们庄上访亲，不去媒人家，而是左拐右撇地甩了一行人，悄悄地趸闪入我家那座充溢着浓浓的臊腥味的三间大磨坊里，一坐就是半天地向父亲追寻探问别人的家底。农村人信奉成人之美，一般不说人家长短，好的，就锦上添花地描述一番；差的，就避重就轻不淡不咸地聊上几句。但我家的这房远亲非同寻常，是个人精，四十大几的徐娘，鬓插栀子花，头抹蛤蜊油，足蹬绣花鞋，俏丽干练。她坐在长凳上，薄施脂粉的脸不住地往父亲跟前凑，左一声大兄弟，右一声大兄弟的，叫得父亲既十分厌恶，又颇难为情。但她的终极目的并不是要来续上我家这门穷亲戚，她套近乎的心机极深：想从父亲口中探得自己掌上明珠未来婆家的根底。檐下头低，当那头不耐烦的驴子走到她跟前，一个响亮的喷嚏，弄得她一脸的沤酸气她都没恼，只是一声"哎哟哟"，又笑容可掬地掏出一方镶花边的手捏子，扇扇擦擦完事。

父亲到底还是嫩了点。他一来手上活计实在多，二来也想早点打发走这难缠的远房亲戚，严格地说是该称其姨表姐的，遂在不经意间，透露了男方家屋里的大缸底下垫着穰草，中置一木板，仅上面覆盖着一层薄薄的稻谷的秘密。

结果可想而知，一门亲事枯黄。

我的山羊胡子的祖父闻知原委，不由分说地抄起笤帚，满磨坊撵着父亲揍。直至今天，父亲说起此事仍心有余悸：宁毁十间屋，不拆一段缘。

院墙东边，紧挨着我家磨坊的是一条曲折的南北向幽巷，宽五六尺光景。巷子的一端连着大砖街，一端通向田野。磨坊附近是一片丛林，桑、榆、楝、槐……几乎集中着村庄所有的树种。一株硕大的楝树竟至斜斜地悬过一枝来，每年的暮春时节，总要把素雅的淡蓝色花瓣撒满屋脊，又在一阵熏风中播扬到庭院里。在迟钝的磨声、细碎的蹄声和父亲粗重的喘息声中，光阴疾速流逝。

这期间，磨坊里出了点事情，从而一点一点地向它宿命中的冬天逼近。

大祖那拖油瓶的儿子始终不肯随我们这个家族的姓，人前人后自称老郭。他的大号其昌，取"百年歌好合，五世卜其昌"意。这郭其昌不学好，二十大几，仍是光棍一条。后来，和一有夫之妇姘居，遭到男方家人的追打，遂和庄中的几个二流子一起去时堰投了"还乡团"，烧杀抢掠，无恶不作。一生走南闯北，臂膀上能跑马的大祖在训诫时，又被恼羞成怒的逆子一枪托砸上后颈，气恨交织的大祖如黄梅天的一堵土墼墙，轰然倒塌，一病不起，在一个风清月白的夜晚，永远地闭上了他那张能说会道的嘴。迫于众口，那郭其昌倒也极尽孝道，披粗麻，戴重孝，请和尚，放焰口，大有浪子回头，竖子可教之迹象。"六七"既过，在与祖父的交谈中，其昌得知我家磨坊生意十分红火，遂心热手痒了起来，表示愿意搭股。祖父一口回绝：避之唯恐不及，焉有惹鬼上门的道理。郭又搬出诸多亲戚本家来说情。碍于大祖曾掘树相助之情，更畏人走茶凉类的风言，祖父终于勉强答应了。郭其昌入股的资本是在邻乡"扫荡"时抢得的两头水牛。

但随着战事频仍，人们朝不保夕，生计开始犯愁，磨坊的生意亦江河日下，日见萧条，到最后实在是难以为继。祖父咬咬牙，在那年的秋后，捧出全部账册，和郭其昌摊牌核算。乱世难为商，分成自然远不是他想象中的那么丰厚了。面对着祖父快速拨拉着算盘的手指，郭其昌始终阴沉着脸，一个劲地吐烟雾，一言不发，直至将所得掖在宽大的裤腰带上，回过头来，盯着在磨坊里对着驴子发呆的父亲一阵冷笑。

　　翌日，父亲被保长带到时堰。祖父不得不以三担稻谷赎回。

　　一家人惊魂甫定，后邻又为地盘欲动干戈。人家一门六丁，祖父自觉底气不足，然又不甘心祖宅平白无故地为他人所占，遂进行持久式的软磨，但到底还是在抗争中被人家挪去不少地皮。等到祖父祖母重疴缠身时，半间磨坊竟被悄然蚕食。直至20世纪90年代初，我在村中任职，目睹翻建房屋的后邻，居然从天井里挖出了我家的一块界碑，真是百感交集，恍如隔世。

　　而使磨坊元气顿丧的致命一击是那头母驴的难产。朔风怒号，雪花纷飞的三九时节，那头山东母驴临产。驴犊先是从母体中垂下一蹄，接着，又露出半条腿，之后，挣扎了一番，再无动静。村中无兽医，赶往十里开外的时堰去搬救兵，无异于远水救近火，显然是下下之策。祖父急得像热锅上的蚂蚁，连连跺脚骂那个平日里没事总在村中晃荡的阉猪匠，这会儿连个鬼影子都见不着。一家人大眼望小眼，束手无策。公驴泪眼汪汪地立在一旁，前蹄不时刨刨地面。母驴痛苦地呻吟着。已见破相的磨坊芦席顶时时"吱溜"一声钻进一缕寒风、几絮雪片，让人浑身一凛。母驴的身边垫了许多柔软的穰草，食槽里尚有半盆精饲料。一盆开水也渐渐凉了下来，血迹污污的草已换了十几回，但母驴的叫声终于在"呼呼"的西北风里渐趋衰微，直至于无。

　　祖父重重地叹了一口气，祖母双手掩面。父亲铁青着脸，一语未发，母亲的双肩也在不住地耸动着。祖父忽然一拳捣在木柱上，喃喃不已："两条性命，两条性命啊！"

　　提起驴子，我们往往首先想到愚笨，似乎这便是驴子的代名词。其实，这真是天大的冤枉。父亲每次坐在檐下的藤椅上，一边品着大叶子绿茶，一边望着磨坊旧址，总要提醒我，驴子并不愚，它有灵性。我们家的那头母驴和胎驴死去之后，形单影只的公驴显得心灰意懒，拉磨打不起一点精神，而且常常无端地泪流满面。这是父亲多次摘下蒙在它眼上厚厚的罩子后的惊奇发现。再过了些时候，那唯一的驴子愈发步子迟钝，日见苍老了，拉起磨来，气喘吁吁，大汗淋漓，耳朵高竖，颈脖间的青筋条条暴起，一副力不从心之态。父亲每次都是高高扬起鞭子，又叹息一声，无奈地垂下，对于一个身心俱疲的生灵，鞭策又有多大意义呢？

　　第二年开春，祖父贱价卖了这头驴子。

　　谷雨时，不断漏的磨坊坍圮了一角，两对青石大磨未及搬移，被埋在草泥间。随后，芒种接踵而至，农活又纷繁了起来，那青石大磨更无暇顾及了。直至秋风袅袅，淫雨不绝，冲刷走覆盖在青石大磨上的衰草泥屑，露出了半盘磨台。磨盘上斜斜的石槽痕一条条清晰地排列着，仿佛石匠刚刚凿过一般。

三、光阴

转眼间，新旧政权交替。

大伯像一条惊蛰时节的蛇，休眠了一个漫长的冬天后，闻雷而动。

实在，大伯是个极其工于心计的人，他能写一手漂亮的虞世南小楷。范家庄成立农会之初，县土改复查工作队的一位施姓指导员曾慕名上门动员他出来工作。

施指导员在范家庄人心目中可是非同一般。新四军北撤的时候，他奉命来范家庄锄奸。惩处名单和人数，已在此前一天的深夜内定，会议是在时堰镇东首的祁家楼秘密进行的。与会的一女乡长婆家是范家庄人，闻之心生恻隐，星夜回村，走漏了消息。庄上的保、甲长纷纷南逃。有的躲进时堰镇，有的躲到东台城里，甚至有的远走高飞，往江南的无锡、镇江去了。

华氏族长家选老于锄奸名单中赫然在列。

华家选虽是地主，然在村中人缘极好，辈分又高，村人惯以选爹称之。他所购置田产，俱为省吃俭用使然，俗谓：从牙齿缝里啬出来的。故而，他留在村里，并未他往。也是在劫难逃，活该他出事。几日后，秋雨飘零，适逢庄上人家办婚席，宾客恭推选爹入座上席。同列尊席者，不是别人，正是率一众人马前来执行任务的施指导员。

施指导员一袭便衣，精干强悍，目光如炬。宾主杯盏交错，把酒甚欢。酒酣耳热之际，施指导员悉知选爹尊姓大名，剑眉微蹙，不动声色。

宴席既毕，施指导员对家选言说："选爹，天黑路滑，乌灯瞎火的，我们顺道送你回家吧。"

不明就里的老人被搭上一条船，在暗夜里行进。至一四面积水的孤垛，说："到家了。"

老人跌跌撞撞爬上岸，风高月黑，荒芦萧萧，心中疑惑：这是哪里啊？

施指导员一扬手："送你回老家。"

那一声沉闷的枪声，或为风声所淹没，同席者早已进入甜美梦乡。

从此，施指导员成为范家庄人的一个梦魇。

面对施指导员期待的眼神，大伯眨眨三角眼，权衡了一下利弊，推说双亲年迈，孝悌为重，不宜在外奔波而婉拒。其实，他心里的小九九拨打得正热闹：国共双方摩擦不绝，新四军和国民党军队、"还乡团"的拉锯战一刻也没有停止，鹿死谁手还没定数。范家庄作为南北对垒的分水岭，时常有新四军活动，也少不了"还乡团"骚扰。在这种动荡的形势下，为任何一方做事，都是将头拎在手上过日子。

这样，他一边帮着二祖打下手杀猪，一边观察着时局。

终于，在一个隆冬之夜，郭其昌偷偷跑回范家庄，来到大伯家，两人密谈到东天泛白，晨霜扑檐才分了手。

第二天，大伯设法找到施指导员，坚决要求为革命工作。施指导员有些诧异："怎么，你父母身体硬朗了？"

大伯忙拍着胸脯："修、齐、治、平，后者为重，后者为重。"

施指导员也是个读书人，对大伯忽然激赏起来，他拍拍大伯的肩头："好好干，革命队伍不会埋没人才的。"

大伯迅速被任命为村出纳，成为我们这个家族第一个与官沾了边的人。

几天后，周围一带的国民党军队全部向大西南溃逃，盘踞在时堰的

"还乡团"分子纷纷落网，受到人民政府的制裁。小头目郭其昌却在此前便没了踪影，有人看见他逃往苏南了。

村子里的中共地下党也一一公开了身份，堂庙口扫地的刘老头，小学里敲钟的孙大，卖榆木香的张疤子，整天笑眯眯的唐木匠，都是。甚至郭其昌的舅老爷，我的二姑父朱子善，居然曾经是新四军溧北区通讯员。庄上人惊讶得眼珠子差点掉下来。

这些地下党虽然资格比大伯老，但基本上都是斗大的字认识不了一淘箩，他们只能在村中担些虚职。善于投机钻营的大伯，后面有施指导员撑腰，很快掌握了实权，成为村里的风云人物。到成立初级社时，他已经是名气在外的范家庄农会会长了。

我的大姑为此愤愤不平。

大姑是大祖的亲生女儿，大平大安的母亲。大姑年少时十分俊俏，鹅蛋脸，柳叶眉，樱桃唇，一双大眼睛水汪汪的，十足的美人坯子。一家养女千家求，前来保媒的踏破了门槛。大姑自幼失恃，乃父又忙于生计，无暇顾及，心性日野，自视甚高。纨绔子弟，大户人家，附庸风雅的她一概看不上。大祖因为姑娘还小，人又长得标致，也就随她。孰料，十四岁那年，一场天花使她面目全非。光阴流逝，眼看着年岁渐长，大姑仍待字闺中，一家人焦急万分。嫁出门的女，泼出门的水，大祖发了话，只要有人家能收容她就行了，还想怎么的？

倒真的有一位小伙子抬着自制的花轿，迎娶了大姑。

是庄上王铁匠的儿子王邦余，他一直暗恋着大姑。之前，看到大姑家门口做媒的走马灯般，他丧失了勇气，觉得自己的非分之想真是癞蛤蟆想吃天鹅肉。现在，见识了大姑家由门庭若市到门可罗雀的全过程的王邦余，在由衷地爱恋大姑之余，又滋生起深深的怜悯。尽管王铁匠自

028

恃家道殷实，对儿子娶一满面疮痍的媳妇十分不以为然，但到底拗不过心意已决的王邦余，遂顺水推舟，在一个正月头上，吹吹打打，成其好事。

王邦余成了我的大姑父。

王邦余实在不是省油的灯，他早年在江西求学就已经入了党，比庄上资历最老的张疤子都早，甚至比一枪断送了他年轻性命的新四军溧北区游击连施指导员还要早一年。

当别人用羡慕的口吻谈及八面威风的大伯时，大姑总是不屑地一撇嘴，朝向我们："瞧他那德性！如果你姑父在的话，他跟在后面拎草鞋都不配。"

此言或许不虚。新四军北撤前，识字断文、能写会算的王邦余已做到了乡财经，掌管全乡钱粮经济大权，是一方举足轻重的人物。在那非常时期，虽说大姑一家人忐忑不安地生活着，但他们仍然感到了一种位居人上的荣耀。

风云骤起于1947年秋季，新四军北撤，反动地主武装"还乡团"和国民党散兵游勇纠合一起，四下里反攻倒算，十分猖獗，几乎每天都有土改积极分子被打死的消息。时堰的"还乡团"放出话来，在新四军里做事的，只要立马洗手不干，可以既往不咎。如果有兴趣到时堰这边效力的，大碗喝酒、大筷叉肉自然不在话下。王邦余开始犹豫了，毕竟，骨子里，他仍是一介书生。

大姑说："要不，我们到外地避避风头。"

王铁匠倒是挺中庸的，他告诫儿子："我们两边不做事，双方不得罪，走到哪儿都说得过去。"

王邦余到底听了乃父的话，丢下手头的工作，出门躲了起来。三军未动，粮草先行，正紧锣密鼓进行北撤的新四军，忽然少了一个乡财经，那种焦虑可想而知。

新四军溱北区委给游击连施指导员下了一道死命令：务必在短期内将该区戴徐乡乡财经王邦余押解归队。考虑到人才难得，不到万不得已，不要妄开杀戒。

王邦余在江西老同学处躲了半年之久。翌年清明，看看风头已过，他又悄悄回来祭祖了。尽管白日里人前人后招呼着，忙得热闹，到了晚间，思前想后，王邦余还是不敢睡在家里，怕"还乡团"，更怕新四军游击队找上门来。庄上本家亲戚的家里肯定也不能住，他脑子里过电影般闪了好久，终于想到了隔巷的姜四家。姜四和王邦余是同龄人，穿开裆裤时就一起玩，王做乡财经时，常常接济生活拮据的姜家。

但有着严重洁癖的姜四不念旧谊，死活不让落魄的王财经住在他家牛棚里，虽然已经是大半夜了，他依然拼命把王邦余往露气浓浓的巷子里推。

活该王邦余有此一劫，两人正推搡着，从北边夜巡过来的施指导员闻声贴着墙角，蹑手蹑脚地靠近，到得跟前。

施指导员大喜过望，一拍王邦余肩头："兄弟，你让我找得苦煞了！"

王邦余扭头一看，心里一咯噔，但他很矜持，拨开施指导员的手："你想怎么样？"

"怎么样？"施指导员见王邦余没有好声色，心里来了气，"你小子闷声大发财，屁都不放一个，就拔腿开溜。上面可是把找你的任务交给了我，这不，天天在催我呢。我猜算这两天你也该回来一趟了，烧纸化钱，奠祭先人嘛！"

"我回不回来关你们什么事？"

"哎，话可不能这么说，账目总该要交接清楚吧。"

"我王邦余一不偷二不拿三不贪污，上对得起祖宗，下对得起良心。"

"更深人静的，你嚷嚷什么？"施指导员压了压喉咙，"跟我回去说清爽不就得了。"

"哪有这么容易，我虽说不帮你们办事了，可也没有投敌，你凭什么拉我走？"

王邦余一边说，一边甩开了施指导员拉着他衣襟的手，迈步往巷子南头疾奔。

"慢着！"施指导员连忙扑上去，一手搭上他后肩。但他不是人高马大的王邦余的对手，被他反手一抄，打了个趔趄，王邦余趁势又撒开长腿，一溜儿小跑。

"站住，站住！"施指导员喝叫的同时，哗啦一声拉上枪栓，对着王邦余的头顶放了一枪。王邦余怔了几秒钟，随后更加没命地向前蹿去。施指导员叹了一口气，借着微弱的星光，对着王邦余飞奔的小腿扣了扳机。范家庄是游击连活动的堡垒村庄，绝对不可以枪杀此处村民，何况，上级有过交代，轻易不要出人命。

王邦余应声而倒。

姜四早已躲在破被窝里，浑身抖得筛糠一般。

天色微明的时候，庄上人沸腾了，他们在巷头看到了奄奄一息的王邦余。

施指导员不想要王邦余的命，但他这一枪是致命的。也许是星夜黯淡，也许是枪法欠佳，那颗本想射到王邦余腿上的子弹，却鬼使神差地击穿了他的裆部，人们发现时，他整个下身都泡在血水里。那时医疗条件很差，唯一的去处是十二里外的古镇时堰，尽管仍然为"还乡团"控制，但伤者毕竟已经脱离了新四军一方，按理，是不成什么问题的。很快，在庄前的堂庙口找了一只小划子，王铁匠和我大姑上了船，父亲一脚踏上船，小划子直晃。

大姑在船艄发了话："兄弟，船小，容不下。你有这份心，做姐的就满足了。"

大伯也在一旁劝说着，父亲不情愿地抽回了脚。临发船，王邦余躺在中舱里，一迭声地叫渴。大姑扭头看见码头上站在人群里的朱子善，忙向他讨教。

朱子善毕竟有过行伍经历，懂得一些战场救护，见大姑问话，就随嘴一撇："没事，口渴了，就捧点河水让他喝。"

这样，行进在蜿蜒的河道上，王邦余一路喊渴，大姑就一路就着船舷，侧身拢手，捧了清凉的河水让他吮吸着。喝着喝着，王邦余流血不止，身下垫的穰草都染红了。水路行了还不到一半，他就两眼朝上一插，颈脖一软，头歪在了小划子的面梁上。

王邦余走的时候，才二十挂零，我的大姑正有着身孕。

从此，庄上有两人一直都躲着大姑，一为姜四，一为朱子善。有时，在巷子的一头远远看见大姑的身影，他们立马掉头就回。甚至，经常在范家庄一带活动的施指导员，也不太好意思在这里露面了，毕竟误出了人命。

20世纪90年代初，曾经做到楚城县委宣传部副部长的施指导员在我家庭院的扁豆架下，和父亲谈及这段往事，也是扼腕不已："如果听了我的话，仍回溱北区委，邦余兄弟进步肯定比我大。他的学问、才干都是大家公认的嘛！"

施指导员为此曾受到上级处分，被行政记过一次。

王邦余究竟有多大的才学，我不知道。一次偶然的机会，得见他为人家写的一份墓志铭存稿，真是大开眼界。那是一张十六开的熟宣，字取唐人星录小楷意，文有桐城派之风，起句为："惟本庄华氏，德泽闾里。先世葬庄南之高岗，林木森森，秀水萦回。垄亩九顷，一望无尽。是地也，极人文之盛，得风水之先……"

收尾更见其真性情："夫含生负气之伦，有知觉则有疾苦，有疾苦则有拯济。虽后辈晚生绕榻伴簟，交易寒暑，亦无以回天矣。呜呼，相思相望不相亲，天为谁春。从兹，年年闻得鹧鸪鸣，而不闻殷殷叮嘱矣。人过则留其名，雁过则留其声。远目逝水，悲不能抑。睹物思亲，因成韵律。

繁花满目亦断肠，帘影幽幽嗟高堂。

露凝中庭凉似滴，月泻西厢凛如霜。

重壤不隔云水襟，众口尚碑棣棠香。

故园非是梁园暮，庄缶击处啭流响。"

王邦余的这篇墓志铭，成为里下河一带碑文的范本。

难怪大姑提到王邦余，眼睛总是一亮一亮的。

又过了些年头，大姑的婆婆也走了。瓜田李下，大姑守着鳏居的王铁匠也不是个事，遂在第二年秋后，带着女儿，远远嫁给大河东烧窑的一个哑巴。她和我那哑巴姑父后来生了大平大安兄弟俩。

大姑对大伯成见颇深，根子通在大伯善于投机，为人居心奸邪。他和二祖见大祖无后，遂蓄谋其家财。他要大祖到他们家合住，说是好有个照应。大祖起初有些动心。后来，见他们父子常常将自家的东西借而不还，心里就不太乐意。等到大祖母丧后，大祖想再纳一房时，这父子俩急得什么似的，横竖不同意，天天在大祖门前吵吵闹闹。那时，我的祖父祖母还健在，前去相劝，却遭到恶言相向。

大祖终于看清了他们的嘴脸，一气之下，也不管时辰八字，婚娶宜否，一顶花轿，匆匆抬回九里外郭家堡的那寡妇，连带拖回两只油瓶。

大姑常常对着大伯的背影，从鼻子里嗤出一声："什么狗屁，这样的货色也做干部？瞧瞧他那德性，斜眉吊眼的，一看就是个大奸臣。"

大姑对大伯的评判应该说是恰如其分的。大伯在一方为官的口碑极差，对上溜须拍马，极尽谄媚之能事；对下声色俱厉，敲诈勒索，而且生活奢靡，甚为人所不齿。他不但和本庄那些不三不四的女人勾搭，甚至窜到外村去找相好的。他常津津乐道于自己在一年的深秋，肚脐上覆一只茶碗，连续游过四条大河去会情妇的壮举。

大伯最后栽在色上。

他做农会会长第二年的大暑，和一个富农的儿媳搭上了。那女人生得小巧玲珑，白白净净，细眉杏眼，挺鼻梁，一口齐整整的糯米牙。逢人未曾开言先一笑，两个浅浅的酒窝更增添无限妩媚。这媳妇其实是个很周正的人，在庄上并无半点闲言碎语，不知怎的，竟偏偏和大伯眉来眼去地黏上了。一日夜晚，那媳妇和十几个人正在堂庙口的空地上乘凉，大伯叼根烟，从远处慢慢游移过来。众人见农会会长来，纷纷抽出屁股底下的小板凳让座。大伯也不客气，接过一张凳，紧挨着那富农媳妇坐下，扯起喉咙，胡乱侃了一通国际国内形势，然后，借故公务繁忙，抬抬身，走了。屁股临离开板凳前，他暗中用肘弯碰了碰富农媳妇的胳膊，那女人心领神会，大伯的身影刚刚在巷尾消失，她也故意连打了两个哈欠，伸伸懒腰，说是困了，随后拎了小板凳回家。这一切，被她的在对面人家檐下乘凉的小叔子全瞧在眼里。小叔子见我大伯前脚刚走，他嫂嫂后脚便也回去，心里起了疑窦，但事关重大，他没有吱声，只是不动声色地注视着嫂嫂的一举一动。那媳妇把板凳送回堂屋里，看看其他房间里都是乌灯熄火的，想必家里的人都睡下了，她从水缸里舀了些水，浇在两只门窝里，然后四下里瞅瞅，确信没有什么破绽了，才依着大伯的暗示，一溜儿小跑地消逝在茫茫夜色中。

那小叔子跟踪到大伯家充满猪膘味的门口，见里面门闩已经插好，他不怎么敢喧嚷，一来自己家成分高，在庄上低人一头，而我大伯是堂堂的村农会会长，弄不好，捉奸不成，反受其辱；二来，再怎么说，这也是一桩丑事，家丑岂可外扬。但不给这对不知羞耻的露水男女一个警告，他们这戏还不知道什么时候才能收场，任由他们就这样厮混下去，终究不是个事情。他眉头一皱，计上心来，飞快地奔回家中，拿来一把大铁锁，从外面把门牢牢锁定。然后，又悄悄喊来一干本家族人，携了长凳，静静地坐于大伯家门前，守株待兔。

后来，大伯饱吃了人家一顿老拳，磕飞了一颗门牙，躲到外庄去了。

那小媳妇倒没怎么受到家里人的责难，但她羞愧难当，终日忧戚，茶饭不思。本来，她也是时堰镇里的大家闺秀，知书识礼，惜为成分所累，远嫁到我们庄的一户富农家，从此，人前人后，赔着笑脸，夹着尾巴，小心翼翼地为人处世。真是心比天高，命比纸薄。当大伯那一手俊逸的行楷以公告的形式出现在范家庄的议事栏里时，她被深深地震撼了，想不到穷乡僻壤居然是藏龙卧虎之地。这样，和大伯擦肩而过时，她常常又回眸一笑。我那大伯是何等精明之人，那媳妇酒窝里盛着多少内容，他都读得懂。一来二去，两人相见恨晚。他们暗中往来已经有大半年了，如果不是这次东窗事发，我那懵懂的大妈至今还要蒙在鼓里。当然，她动辄往娘家跑，也变相为大伯和富农媳妇的幽会提供了方便。

在那年大暑的一个黄昏，雷声大作，庄上人都纷纷涌到田里抢场去了，那小媳妇乘隙梳洗一新，随后，一根麻绳，将自己年轻的生命悬在了二梁之上。

不为萝卜不挑菜。晚上，气急败坏的这家人，强行踢开大伯家的门，将媳妇的尸体横在大伯家的家神柜上。

事情惊动了上头，大伯的农会会长被一撸到底。我们这个家族出的第一位芝麻官就这样昙花一现。

但官运似乎总和我们这个家族若即若离。大伯被解除官职，和庄上一帮人远走江西贩运木材后，我的精于算术的父亲，又开始被这种光环笼罩，幸运地成为村里的总账。

父亲本来是可以脱离茅草棚和土墼墙，脱离清贫寒酸的村居生活而成为一名城里人的。但因为是独子，祖父死活不依，他的飞黄腾达之梦瞬间化作泡影。50年代初期，高级社组织了一期农业学校速成班，父亲仗着几年私塾的底子，在贫下中农协会代表的举荐下，也报名入学了。在所有的课程中，他的珠算尤其突出，已经达到盲打的水平，一组数据在他手下噼里啪啦，眨眼间就累计出来，让全班同学个个惊得合不拢嘴。父亲的这一手绝活，缘于平时跟在祖父后面算豆腐账。尽管我家磨坊后来生意萧条，以至关闭，但父亲却因此精谙算术，并成为他日后揽管范家庄财务的一道台阶。

庄上和父亲一同在速成班的另外两人，一个去了无锡国营纱厂做财务协理，一个去了县城信用社，都捧上铁饭碗，变成吃皇粮的人。多年以后，父亲谈起这桩事，仍存抱怨。但也不能全怪祖父，因为那时，他的次子，我唯一的嫡亲叔叔得了天花，连续一周高热不退，终于在一天的下晚夭折。十来岁活蹦乱跳的幼子，顷刻间从祖父眼前消逝，他的悲痛可想而知。

多年之后，我曾经有过落寞无奈的记述：又是一年烧痕青。每年总在这时，回范家庄添坟。我们家有两处须添：小位子（小河西）的祖坟，北姜垛髫年而逝的叔叔之坟。小叔之坟，都是我和家兄一起，添完了祖坟后，从小河西，穿后坝，过陈家田，经窦家荡，沿黄泥沟南走，到沟头即可见孤零零的一丘微隆，荒芦萧萧。我们并不知道土冢里的人是何模样，但一种与生俱来的血脉亲情，让我们心生敬畏。我们一丝不苟地用大锹铲去坟上的枸杞芦柴和一些叫不出名目的灌木，塞上鼠洞蛇洞，拍实日晒雨淋风干的浮土，然后下河坎，寻一处湿地，最好有一片盐巴草（狗牙根），锹势微斜，一般六锹，挖出一只圆锥形坟帽，起上，慢慢修整。两只挖好，在坟头上下对垒，然后祷告焚纸钱。黄山谷诗云"贤愚千载知谁是，满眼蓬蒿共一丘"，可谓淡然人生之真实写照。

今年的程式大抵仿佛，想偌大一片窦家荡，当依旧淑气蒸蔚，黄鸟婉转；黄泥沟一带，亦是晴光寂寂，绿萍参差。

我亦曾于一个寂寂的霜降时节，独自一人，鬼使神差般往北姜垛看秋水荻花、远天流云。至黄泥沟，桥畔一丛晚扁豆花开得尤其精神，虽经霜打，淡蓝和浅粉相杂的花，依旧向天，迎风袅娜。心里没来由地一阵温软，莫名地感动。在日渐肃杀的季节里，我相信，这些温煦的花絮，会让我的亲人的灵魂从容平静。我唯一的嫡亲叔叔，静静地躺在这片蒿薹中七十余载，我们缘悭一面，早逝的他，像掠过树梢的一息风丝，横过水面的一道波纹。没有图片，也没有文字记载，他的影像，甚至连已过八旬的父亲都开始模糊了。漫长的岁月里，陪伴他幼小身躯的，是遥茫黯淡的星光，是萧萧悲歌的杨树，是喑哑呜咽的黄泥沟。西下的夕光，给这片显得冷凛的土地留下了最后一抹暖色。我望着微微隆起的那一抔黄土，于肃穆中生出敬畏。

当然，这些悲情都是后话。

幼子新丧，祖父舍不得长子出门远行，也在情理之中，"父母在，不远游，游必有方"。加之彼时，父亲和我母亲刚刚定亲，开赌场的外公家也生怕节外生枝，遂和祖父一道，力阻父亲远足。父亲叹息一声，解开业已打点好的行囊，闷着头坐在门槛上。

父亲既然从农业速成班毕业了，就要为公家做事。现在想来，那个速成班颇类如今的党校，出来了，总能捞得一官半职的。赴外未能成行的父亲看来只有留在范家庄了，好歹也是为人民服务。但村里一位老资格的贫协会长提出异议，认为族兄甫因错误去职，又让族弟出来掌权，恐怕不太妥当。好在父亲和大伯不一样，在村中口碑极佳，况且，村里的文化人又寥若晨星。加上其他人一力举荐，说是一娘尚且生九等之人，何况是族兄弟，持反对意见者闻言缄口。父亲最终坐到了范家庄东南的大队部里，拥有了一张桑木账桌和一把漆得红堂堂的十五档算盘，做了这座千口之庄的总账会计。到军管时，又做了一分为二的范家庄东营营长。"文化大革命"初期，他已经是范家大队党支部书记了，坐了庄上的第一把交椅。

时局动荡。这时，从省重点中学楚城中学毕业出来一批学生，他们卷着铺盖，回到广阔的农村，战天斗地来了。其中，有五人回到了衣胞之地范家庄。他们各自在所属生产小队劳作多日后，开始不安分起来，感到自己一肚子学问，不能就这样全烂在腹中，他们忍受不了繁重的体力劳动，不甘于日出而作，日落而息的机械僵化的祖祖辈辈一脉相承的生活，他们是经过世面的人，血液里流淌着一种说不出的躁意，浑身上下似乎冒着邪火。这样，他们利用晚上开了几次碰头会，成立了"范家大队卫青造反司令部"由绰号"水獭猫"的第一生产队会计做了司令，那位曾经串联到北京，受到伟大领袖接见的瘸腿高中生做了高参。

瘸腿高参是我的后邻，因地皮之争，与我家有隙。他觊觎着村级政权，又苦于无从下手。为达到抢班夺权的目的，造反司令部成立不久，他们处心积虑炮制了一桩流血事件，企图嫁祸于父亲。

那年的隆冬腊月，风高天黑。父亲从公社开会回来，走到家门口的夹巷旁时，忽然听得里面哭声嘤嘤。父亲循声用手电筒照去，见一人蹲着，抱头而泣。

"谁？"

父亲连喊几声，那人抬起头来，原来是瘦削阴鸷的水獭猫。

父亲再三追问缘由，水獭猫只是干号，并不作答。父亲忽然有些厌烦，准备拔脚走开，想想，交冬数九的，再怎么有意见，也不能把人冻坏，遂脱下自己身上的黑短大衣，走上前为他披上。水獭猫用一种奇怪的眼神瞄着父亲，脸上的肌肉抽了抽，又垂下眼睑。孰料，父亲前脚刚跨进门槛，水獭猫猛然杀猪般喊起来：杀人了，救命啊——他的话音刚落，一群人仿佛从地下冒出一般，手电筒、罩子灯、马灯，直围着父亲晃。在一道雪亮的灯柱下，水獭猫的前额赫然出现一小窟窿，血正源源不断地向外涌着。

父亲讶然得张大了嘴巴。

"走，到大队部去说理！"瘸腿高参躲在暗处带有煽动性地嚷了一声。一群人簇拥着父亲，来到村子东南角的大队部。

在大队部雪亮的气油灯下，父亲扫视了眼前的人，见都是些平时寻死觅活要入党提干，被自己挡了的那号子，心里有了数，从容坐下。

瘸腿高参把眼睛斜向父亲："我们司令被人打黑枪了！怎么回事？"

父亲不动声色。

瘸腿高参一翻眼："若要人不知，除非己莫为。"

"什么意思？"父亲脸一沉。

瘸腿高参嘿嘿一阵冷笑："我们司令今天晚上走到你家夹巷时，被人从后面砸了一砖头。凶手跑得快，司令一把没抓着，就拽下他一件大衣。"

说着，让人从后面递上父亲的那件黑短打，送到父亲眼皮下，阴阳怪气地："支书大人，你不会不知道这衣服是谁的吧？"

水獭猫也在一旁嚷嚷着："是啊，是啊，那人溜得快，脚底抹了油似的，我被砸蒙了，没能赶得上。但他的背影，就是化成灰我也辨得出来，瘦瘦高高的，梳着分头。"

父亲脸上横过一抹不屑："舌头伸得出来，也要缩得进去。红口白牙的，你看着我的眼睛说话。"

水獭猫有些气急败坏："看就看，怕你怎的？"

但他挑衅的眼神甫与父亲锥子般的目光相触，便又不由自主地撤回，嘴上却又不肯服软："就是他，我看得清清爽爽的，他对我们革命的造反派恨之入骨，时刻想着打击报复。"

瘸腿高参忽然神经质地带头振臂呼起口号："革命无罪，造反有理！"

他的腿忽然灵便了起来，居然一下子跨上了大队部的办公桌，一些人也挽臂捋袖地喧嚷起来。

父亲鄙夷地扫他一眼："下来！"

瘸腿高参微微一怔，正想说什么，水獭猫抹抹脸上有些僵着的血，气急败坏地冲上前来："姓李的，你霸着大队的印把子不放，压制我们由来已久。我这个造反派司令一直就是你的眼中钉、肉中刺，必欲除之而后快。你这次蓄谋害我，简直是心狠手辣，一砖头想要我的命哪。"

瘸腿高参似乎也缓过神来："对，说，你为什么要砸我们司令，出于什么动机？"

见父亲没言语，他又斜着眼睛，唾沫一喷三尺："很显然，这是资产阶级当权派对革命造反派的疯狂镇压，狼子野心，何其毒也！"

父亲没答瘸腿高参的话，扫一眼水獭猫："你的眼力倒不错啊，黑咕隆咚的还能看见我梳一分头。"

水獭猫连忙应招："我，我就是看见你梳分头了，就不作兴我有夜光眼。"

父亲嘿然一笑："你还真是属猫子的，什么时候爬上岸了，我这大衣真的是你拽下的？"

瘸腿高参见势不妙，忙接上话茬："反正，是你用砖头砸的，你说，这乌黑死冷的天，除了你还有谁在巷子里转悠着，伺机下手？再说，这黑大衣也是你的，人证物证俱在，你还有什么可抵赖的！"

父亲逼视着水獭猫，"我是怎么砸你的"？

"从后面一洋砖。"

"那怎么砸到了你前额上，难不成这砖头还会拐弯？"

见水獭猫有些愣神，瘸腿高参又祭起法宝，呼起了口号。

正僵持着，大富领着一帮人来了。虎背熊腰的大富已经担任第一生产队的队长了。和他一同来的还有几个大、小队干部以及我们家的一些远亲。他们听到父亲被人挟持到大队部，遭到围攻的消息后，心急火燎地赶来了。大富平时性子慢，这一次却急了，他远远看到水獭猫跃跃欲试地想对父亲动手动脚，冲上前，对着那张血污陈横的脸就是一个耳刮子，水獭猫猝不及防，被打得连旋几圈，眼前金星直冒。但面对人高马大的大富，他翻翻眼珠子，嘴里嗫嚅着，响屁没放一个，挟着父亲的黑大衣，一溜烟儿跑了。

"吃沤草的东西！"瘸腿高参在心里刻毒地骂了一声。为了收拾残局，他故技重演，踉着不灵便的腿高喊，"革命的造反派们，他们动手打人了。要文斗，不要武斗。人不犯我，我不犯人……"

没有喊完，一声闷雷般的吼叫滚过来："死下来吧你，丢人现眼的。"

他循声望去，见老大队长也来了。老大队长是瘸腿高参的表叔，为人耿直。瘸腿家兄弟众多，家境贫寒，时不时得到表叔的接济。如果不是表叔，不要说念高中，瘸腿怕是早就过继给滨海的一条渔船上了。因此，瘸腿对父母不怎么的，对表叔却是十二分的恭敬。

老大队长看重父亲的品格才识，父亲敬重他的为人，相处多年，两人从未有过一句高声，大队领导班子团结得如同一个人，这也是庄上造反派夺权迟迟未能得手的主要原因。

老大队长对瘸腿有养育之恩，从小学到高中，一切开销俱是他打点。学生时代的瘸腿勤奋上进，老大队长看在眼里，喜在眉梢。但是，在高中即将毕业的时候，瘸腿开始不安分了，和学校里的活跃分子拉帮结派，把学校弄得乌烟瘴气。更为严重的是，瘸腿后来还参与社会上的帮派武斗，是闻名遐迩的"6·24楚城县千人群殴"的组织策划者之一。那时，听到风声的老大队长心里就有一种隐隐的不安。瘸腿回村务农时，曾到表叔门上拜访，老大队长趁机点拨他，无非是做人要实在之类的话。瘸腿头点得如鸡啄米般。

起初几天的农活，瘸腿那帮子人倒也做得一丝不苟，像模像样。时间一长，他们骨子里的那种不安分又蠢蠢欲动。正好，伟大领袖刚刚公开发表了《我的一张大字报》全国上下群情激奋。瘸腿他们乘势而起，组织一帮同好，成立了造反司令部。老大队长见这些人出工不出力，整天在大街小巷里吆吆喝喝，游手好闲，十分来气。

他找到为首的瘸腿，劈头盖脸一顿骂："你看看你的现报样子，吊着个膀子满庄转，二流子似的，丢上人的脸。"

那次，正巧我父亲路过，见老大队长火气正盛，忙走上前。因为和瘸腿家有世怨，父亲尽管也看不惯他的所作所为，但不便多说，劝了几句就走开了。瘸腿私下里认为父亲是火上浇油，他望着父亲远去的背影，狠狠地咽下一口唾沫，把这笔账算到了父亲头上。这次的苦肉计就是他初试牛刀。

瘸腿有些畏惧表叔，又见那些大、小队干部个个对他横眉怒目，心里发虚。三十六计，走为上计，遂色厉内荏地干号一声："我到上头告你们！"那群乌合之众也作鸟兽散。

但后来，随着"文化大革命"的愈演愈烈，父亲还是没有能够躲过一劫。他先是被关在村子西南的碓房里写反思材料，接着，又在一个风雪载途的隆冬，被远远发配到骆马湖水利工地上去了。

直到20世纪70年代中期，父亲才重回范家庄，依旧做他的党支部书记。

不久，郭其昌回来了。

我的二姑父朱子善一头撞见郭其昌，立即揪住他的前襟，劈手一巴掌，嘴里骂个不停。

郭其昌莫名其妙地挨了一巴掌，十分窝火。他觉得自己真是倒霉透顶，刚刚从牢狱里出来，就平白无故地吃人一掌。自己躲在江南的那些日子，是人过的吗？解放前夕，郭其昌自知罪孽深重，人民政府不会轻易饶过他，遂只身一人，落荒苏、锡、常一带，先是在人家的饭馆酒肆里打工，混个口食。一段时间下来，油汤油水的倒也养得他红光满面。但好景不长，随着镇压反革命的风声日紧，郭其昌惶惶不可终日了，坐着，站着，走着，他总觉得有人在盯梢。甚至，半夜里老鼠在床角的窸窣窸窣，风刮过树梢的声音，都让他心惊肉跳。这样，在一个风高月黑之夜，他顺手牵羊地取了店主的一些财物，又从陆地转到水上，买了一只破木船，在苏南的河汊里敲起了白铁皮，聊以填饱肚皮。

　　1955 年的暮秋，他和到了生命尽头的蚂蚱一样，没能躲过宿命中的一劫，在赖以生存的小木船上被捕。

四、夏殇

　　朱子善迎面赏给内弟郭其昌一个耳光，事出有因。1947 年仲夏，尚在乡财经任上的王邦余，带着一组小分队秘密来范家庄征集军粮，突遭"还乡团"袭击，征粮民兵四死一伤，损失惨重。

　　那时，夏至已过，小暑初交。那一天真是寂静，静得如一潭死水，让里下河腹地的范家庄人有了一种不祥的预感。而这种感知几个小时后便令人猝不及防地成为事实。懵懂的村民们仿佛梦游一般，陆续开启家门蹒跚而出，惊惶的脚步声后来便响成一片地涌向村后那条拦河大坝。

　　有人喃喃着，如呓语，但更多的人保持沉默。

虽然是早上，闷热还是固执地从人们心底一点一点地兜升起。天蓝澈得透出一种悲凉，而饱满的云仿佛凝滞在空中，一动不动。河坝上缄默的人群一溜儿木桩般定定地竖着。

一切都如梦如幻，但死亡是真实的。漂浮在河面的那具尸体已被一丛丛缀满细碎的白色小花的野花生圈缠住。他的面部在水草中半掩着，看不清表情，那是一种静态的生命消亡。而前方不远处的河坎上，侧躺着的那人似乎还在流着血，他近旁的泥土被染得深黑。河水在轻微地簇着波浪，临水的血迹被一丝一缕地慢慢撕荡开，像极了飞天抖落的猩红臂绸。

空气中混杂着火药味，尖啸的子弹声依稀在耳。死亡像一只巨大的蝙翼遮住夕阳的一瞬，那么疾速地覆盖上一群粗布大褂、神色凄惶的人们的瞳仁……

农历的六月初九，一清早，范家庄四周便炒豆般噼噼啪啪响起了枪声。最先觉察并迅速做出反应的是集聚于村庄上空荫荫绿树和错落参差的屋脊上的雀子们。它们用荒乱的翅膀扑击声和惊惶的哀鸣，预告着灾难正披着黑色袈裟，在不远的村口向人们张望。

新四军溧北区戴徐乡财经王邦余一下子嗅出了血腥的味道。

这一天，他是带着五个民兵来范家庄预征夏粮的。

范家庄是一个有四百来户人家的中等规模的村落，四面环水，原先都有木桥通往庄外的。抗战时，为阻止日本鬼子汽艇的长驱直入，遂将庄西、庄后的两处木桥拆去，挑筑河坝。蜿蜒远去的长坝成了护卫村庄的屏障。

范家庄那时隶属溧北区戴徐乡，地理位置十分特殊，向北，是新四军华东野战军第二军分区的地盘，新四军游击队活动频繁；向南，则盘踞于古镇时堰的"还乡团"经常下来骚扰。似乎约定俗成，一般来说，"北边人"至此基本不再向南活动，而南边人到此，也轻易不再向北涉足，村庄是南北双方名副其实的分水岭。

邦余姑父记得太清楚了，那天凌晨他是先行经过了周密侦察的。天才麻麻亮，这位瘦削精干，有着一双鹰隼般锐眼的年轻的乡财经便身着粗布裤头背心，打着赤脚，戴一顶灰不溜秋的破草帽，在村庄北边的河坎上佯装钓鱼，然后不时地扭过头来，目光从草帽底下越过肩头遥遥伸向静静的庄子里。他甚至屏住气，像一只机敏的提防弹弓的鸟或一条警觉的戒备撒网的鱼，凝神地探听着村里的一息半点蛛丝马迹。在这非常时期，任何一点小小的纰漏都会带来血的教训，在棺材盖上、死人堆里摸爬滚打着的邦余姑父十分明白这一点。

庄子里出奇地静，几缕笔直的炊烟在渐渐明晰的天幕上游走着，鸡鸣犬吠声中，隐隐夹杂着起床声、开门声、抱柴声、担水声、淘米声、捶衣声，一切都于约略的凌乱中显出生活的质地。而几嗓子拖着长长尾音，渐传渐远的"洋光脆饼、夹酥烧饼卖哎——"的吆喝，更让人忍不住抽动鼻翼，仿佛闻到面饼香和葱花香。整个村庄因此显得生动活络起来。

已经有人在初夏的熹微中拍着大脚板，拿着钩耙下水田薅秧草了。他们三五一群地谈说着天气和收成，闲聊着家长里短，那些似乎还沾着睡意的声音，已越过庄子后那狭长的河坝，在清旷的田野上回荡。

邦余姑父看看时辰不早了，顺手往身边的草包上按了按，那是一只隔年稻草编结成的草包，已失去了韧性和起初的青黄色泽，并日渐瘪软了下来。他一直想请对门的二婶再编一只，这只旧的就淘汰了。但现在还不能，那草包虽不中看，里面却藏着一把真家伙。邦余姑父轻轻拨去搭在包底的一撮蒿草，一柄已握得发亮的驳壳枪静静地躺着，此刻，它只能保持缄默，还不曾到说话的时候，但机会有的是。邦余姑父嘴里嘟囔了一句，开始把他那做样子的芦竹鱼竿、鞋绳鱼线和一把二号缝衣针弯成的鱼钩，小心地收起，这不能少，作为道具，每次都得依赖着它呢。

王邦余扛着鱼竿在田塍小径穿行。他的心情很好，像白的云蓝的天。他的步子悠闲自得，像在河沿觅食的几只苍鹭。但它们不会使枪，看着这些散漫的瘦家伙，邦余姑父在心理上占有了绝对的优势。之后，鱼竿在他肩头晃悠得更厉害了，那串缀着的六粒鹅毛的浮子也随着一颤一颤的。六粒，王邦余偶一回头数着那些细白的浮子：多么吉祥的数字啊。

新四军北撤后，在原地坚持的大抵是地方武装。国民党散兵游勇和一些土生土长的地痞流氓、土豪劣绅，乌合纠集，组成了臭名昭著的反动武装"还乡团"，烧杀抢掠，无恶不作。由于敌我双方力量悬殊，联防队只能以夜间活动为主，白天基本隐蔽着，老百姓昵称为"夜猫子"。

为了催粮，王邦余决定大白天到范家庄走一趟。当然，这个大胆的行动，在更大程度上，取决于他一大清早近两个小时的全面侦察。

王邦余带了五个人来：民兵班长潘昌黎、班副朱恒全，民兵李小六和赵来旺、杨扣虎。潘昌黎班长是邻近的小甸庄人，又是范家庄的女婿，新婚不久。他的老丈人，就是住在庄东墩子上的王铁匠，王邦余是他的大舅哥。王铁匠为人直爽、犟头，故有"王老倔"之称。如同默许儿子参加革命一样，王铁匠知道女婿也在北边做事，他不说好也不说丑，遇有人追根刨底的纠缠，他一反常态，耐着性子，慢言慢语着就把这个敏感的话题扯远了。但他去年腊月毅然让女儿过了门，这就表明了老人家的立场。更多的时候，人们看见的王铁匠衣衫褴褛、胡子拉碴，但如果留心一下他注视你的眼神，那种固执和决绝是会让人心中一凛的。

王铁匠的居家十分简陋，几张芦席搭顶，几块土墼垒墙，庭前门后都是河。他的几个儿子和他一起聚祖坟而居屋宇前后和柳编圈成的天井里，长满了杂树，桑榆楝槐，甚至还有一棵不知是哪辈先人遗下的粗可一臂的白果树。杂生的丛树间，牵缠着丝瓜和扁豆。黄艳艳的丝瓜花和红灿灿的扁豆花间杂在一处，仿佛东方一缕欲出还隐的朝霞，让贫困的院落顿然鲜亮了许多。

王铁匠推开栅栏，提着水桶准备到门前的码头上挑水时，迎面撞来了他的女婿潘昌黎。

早饭当然是要吃的，但一头露水的潘昌黎不肯，说是部队上有纪律，不准惊扰老百姓。

王铁匠一听，心里窝着火："才扛了几天枪，就甩大袖子。你这是在家里还是在外头？"

潘班长嗫嚅着："要不，我付伙食费。"

"付你个大头鬼！"王铁匠一口唾沫喷出三尺远，他真来了气，"部队咋就把你调教成榆木疙瘩了，清汤寡水的，没点人情味。"

潘班长憋了半天，红着脸讪讪道："老，老人家，你听我解释。"

王铁匠眼睛瞪得灯盏大："你到部队上舌头也不好使了，连叫人都不周全了。我可告诉你，你就是出息成三头六臂，我这个糟老头还是你丈人。"

正尴尬着，王邦余远远地过来了。

吊着旱烟袋的王邦余知道是父亲和妹夫翁婿俩在较劲，嘿然一乐：

"潘班，要不，你替老丈人挑几担水，把缸里灌满了，再把房前屋后的瓜果茄子给浇浇，天井里扫扫干净，怎样？这样捧起人家的饭碗来，怕是安逸了吧。"

王铁匠神色朗润了起来："我儿到底是财经，识字断文，见过世面。哪像我这女婿，木头瓜子，一点不开窍。来来来，一块弄早饭吃。"

王邦余连连摆着长长的旱烟杆："父亲，我可没空给你老打短工，还有好些粮要催呢。征不齐全，百十来号饭缸子可就要饿肚皮喽，那种'空城计'我可唱不来。"

潘班长移过丈人肩头的水担，大步流星地奔向码头。腾空了手的王铁匠一把攥住王邦余的胳膊："儿啊，你也在家好好吃顿安逸饭，不要急着开溜，我们爷儿俩成年累月都碰不着几次，春上，要不是你一枪放倒了'刀疤脸'，不要说那头黑牤，就是我这把老骨头怕也化灰了。"

这是今年四月头上的事。王铁匠嫁出女儿不久，盘踞在时堰的"还乡团"团副马荣旺便探得了消息。马荣旺是范家庄东南五里开外的大马庄人，祖上倒是本分厚道的农耕人家。到了他这里，不知怎的，破了风水。他先在本村和几个二流子吆五喝六地办了个什么"精武会"，一心想弄出当年大刀王五的那种声势，梭镖、长棍、九节鞭，抡起来虎虎生风，一身蛮力在两臂滚成肉坨。一般地，三五个壮劳力近不了他的身。他曾在张星炳的"野三旅"里做过勤务兵，后因与士兵争吵，失手伤人性命而远遁江南。在南方的崇山峻岭中，他几经辗转，又成为一名匪首的贴身保镖，练就了一手精湛枪法，能浮在水面，弹无虚发。他曾有过一人背贴麦田墒沟，双手使枪，连伤十数人的战绩。后来还乡时，众喽啰一举把他抬上了团副宝座。

但一脸杀相的马荣旺难得亲自出马，一来他知道自己在里巷声誉极差，走到哪里，老百姓背地里指头便点到哪里，唾沫星便喷到哪里。大人夜里吓唬啼哭的孩子，往往一句"马荣旺来了"，比什么都管用。二来，马荣旺生得肥头大耳，满面横肉，极具个性，又是本地人，目标太大，出行容易被人认出，走漏风声。所以，和往常一样，这一次点王铁匠的"红"，他没有亲挽袖子，而是派了把兄弟"刀疤脸"出阵。

"刀疤脸"是上河溱潼一带的，为人阴险狡诈，是马荣旺的得力干将。他太阳穴前的那道月牙形疤痕倒没有什么劣迹，是小时候放牛时被不安分的牛角触出的。"刀疤脸"常常用一块像日本鬼子的膏药旗般的镇江膏贴在那疤痕上，看上去就不是个周正的人。"刀疤脸"虽对戴徐乡一带地形不太熟识，但也有好处，他是外地人，本地人也不怎么注意或者说认识他，这种巨大的隐蔽性为他侦察偷袭带来了便利。

他是装作牛贩子，从范家庄一位在太阳底下拣陈豆的婆婆口中，探得王铁匠的行踪的。

王铁匠那时正在离庄子四里多路的荒洼地里耕田。春天的阳光柔媚鲜嫩地照着，一切都是暖洋洋的。苇梢有鸟儿在叫，水面不时地"叮咚"一声蹦出一尾亮晶晶的鳑杆子，菜花的芬芳夹杂着碧草的青涩气息，使人昏然欲睡。

王铁匠的夹袄早已脱下堆放在田埂上了。他揩揩额角不断沁出的汗，看来，单衫子也要卸一卸了。他望着面前翻卷起的一大片一大片泥花，亲昵地拍了一下黑牯子的厚实颈脖，便抬步向田头迈去。

但他很快怔住了。

他的衣服旁，不知什么时候已影子般贴上一个瘦悍之人。那人身着一袭粗布衣裤，头发凌乱，赤着脚，一双草鞋搁在旁边。面目上，那人倒也不怎么凶，甚至还对王铁匠笑笑，显得很和蔼的样子。

大概又是哪个过路人不凑巧，来借袋烟火吧。王铁匠想着便走拢上前去。

他忽然对那人右太阳穴上的一块遮羞布般的大膏药产生了反感。这个侍弄了一辈子庄稼的老实人，骨子里一直排斥这种东西。他认为只有庄上的混混，二流子才贴这不伦不类的破布头，实在人家，有了病患，是宁可拔火罐、熬中药的。

王铁匠有些不悦地挨着那人坐下。

闲扯了一阵子后，那人冷不防冒出一句："你儿子最近转悠到哪里去了？"

王铁匠一格愣，"他离家出走几年了，二指宽的条子都没捎回来过，我强如绝后了"。

"你女婿好些时不登门了吧？"

王铁匠心头一激灵，侧过头打量了那人半天，沉住气说："嫁出去的女，泼出去的水，我才不管他们那码子闲事。"

"在北边做事可得当心喽，那可是头拎在手上过的日子。"来人阴阳怪气地说，"还是老老实实在家种田过日脚稳当。"

"南边也好，北边也好，腿长在他自个儿身上，我才懒得去捞那穷事管。一日三餐，吃饱喝足，万事大吉。"

"嘿嘿，这次你可吉不了，"王铁匠的满不在乎终于让那人按捺不住。他冷冷一笑，从裤腰里掏出一支冰凉的家伙，冲王铁匠晃了晃，"不瞒你老儿说，大爷是从南边来的，奉马副座之命，给你提个醒窍儿，你必须在三日之内，捎信给你那短命女婿，连人带枪到南边来，或者就一心归命地种田，南北两边都不做事，我们也不追究，怎样？"

王铁匠见那人出言不逊，心中有气，也没搭话，叉开两条长腿便向田心跑。

"慢着,"那人堵住王铁匠,瞧了瞧四下里空荡荡的旷野,"我这带话的可不能白跑一趟,你这头黑牯子抵算脚力正好。"说毕,窜上前来就夺牛缰。

种田少了牛还不要了人的三魂七魄!王铁匠哪里肯撒手,两人争执着。那黑牯先是茫然地望着两人,后来似乎警觉起来,瞪着双眼,前蹄烦躁不安地刨着松湿的泥土。

"你到底松不松手?"在牛高马大的王铁匠面前,那人一时占不上便宜,又迟迟不扣扳机,倒不是因为他尚存一息向善之心,而是在范家庄这"两夹攻"地方,他怕枪声会招来"四爷",那就很麻烦。这样,在冒着火药味的纠缠中,那人从腰后又拔出一样东西,随手一扬,一道寒锋在王铁匠眸子中疾掠而过。

"砰!"子弹毕竟还是比刀子快得多。抢牛人不敢开枪,可王邦余敢。一直躲在芦苇丛中瞭望范家庄的王邦余,早就盯上了这个不速之客了。从他幽灵一般自蜿蜒的田塍小径遥遥而至,又坐到王铁匠搁在田头的那堆衣服旁,王邦余黑洞洞的枪口便一直没有离开过他。

惊魂甫定的王铁匠直到和王邦余一起把那人抛入清流湍急的东大河之前,揭开了他太阳穴的那块膏药时,才听得王邦余愤愤地唾了一口:"刀疤脸。"

话说到这个份儿上,再推辞难免使父亲难堪甚至不悦。王邦余侧过头,摆摆手,"好,好,就算我欠家里一回短活,下次加倍补上"。在王铁匠三面临水的院子里,在那浓浓的桑影榆荫下,就着半盆水咸菜,王邦余灌了满满两大碗薄粥。

民兵李小六从庄南头的外婆家打着饱嗝出来的时候,巷道两边蹲在门槛旁捧着早饭碗的熟人都和他打着招呼。李小六是范家庄西南窑场人，那里和范家庄多沾亲带故，亲戚间走动多，所以，大家平素挺熟的。从小在外婆家长大的李小六更是四脚白，家家熟。几个愣头青甚至丢了手中的斗碗，来摸李小六肩头的长枪。李小六忙不迭地推挡着，这可不行，这可不行，走了火不得了。在众人的起哄抬杠、推拉搡拽中，李小六连连跺着脚。

枪声就是在这时响起的。

李小六和一帮青皮小伙儿都傻了眼，以为不知是谁无意中搂了火。要是伤了人，那可是非得被狠剋一顿再关禁闭不可的。半个月前，李小六已尝过这滋味了。何况当时情况也没这么严重，就是在抢闹中，枪托撞了一位的嘴，磕了颗门牙。挨疼的都说没事了，忙着替李小六求情，但王邦余硬是不答允，脸阴得像黑老包，都能挤出二两雨来了。狠熊了李小六一顿后，把他关了禁闭。在那低矮潮湿的柴秸棚里，李小六度日如年地过了一整天。这次，出了这么大的事，那还了得。

但李小六惊惶之心很快一凛：枪声与自己无关。

范家庄东南角上一声清脆的枪响之后，又是一阵噼噼啪啪炒豆般的炸响，并有群鸭上栏般的嘈杂声由远而近地涌进村庄。那是一种歇斯底里的狂嚣，是一种渔人立在岸边，看着网起瞬间的得意。

一庄人为之色变。

王邦余拎着短枪，弓着腰，一溜儿小跑地从大砖街的东头奔了过来。他的目光中蓄满惊疑和愤怒。他想不到风平浪静的范家庄，此刻却掀起了如此巨大的波澜，就像出海作业的渔船那样，刚刚还是晴空万里，突然间乌云翻滚，风雨骤至，船和网都是小事，人命关天啊。

紧接着，潘昌黎也气喘吁吁地跟了上来。他甚至没有来得及抹去嘴角的米浆，那种慌乱是显而易见的。

和李小六以及其他三个民兵会合后，他们一起向显得格外寂静的庄后飞奔。范家庄后是一条狭长的河坝，往北直奔新四军华中二分区的地盘，就是再借几个胆给"还乡团"，他们也不敢踏上那块土地放肆。然而，胆大包天的马荣旺这次下了一着险棋，给了这组民兵小分队致命的一击。

其实，在枪响之前，马荣旺率领的"还乡团"已完成了对范家庄的包抄夹击。准确地说，"还乡团"是在潘昌黎替老丈人担完了满满一大缸水后，捧起第一碗薄粥，坐在小板凳上有滋有味地嚼着咸菜时抵达庄子东南角的。骄横暴戾的马荣旺一改以往每到一处横冲直撞、鸡犬不宁的惯伎，他分出十余人，截住一条早起下田的鸭船，趁晨雾尚未完全散去，悄悄渡过庄前的大泊，经九顷三、窦家荡，直插范家庄后的陈家田。

陈家田和村庄之间唯一的通道便是那条狭长的河坝。

几个"还乡团"团丁连忙抢占了制高点。那是蹲于田垄间的一座四穴祖坟，坟墓上长着茂密的芦穄，芦穄宽大的叶片在夏日的晨风中窸窣作响。那些嫩绿的穗头正努力地从紧紧包裹着的泛着青白色泽的茎壳里挣脱出来，显出那样旺盛的生命力。到了秋天，这些穗头便逐渐由红转黑，又被农户们很悲壮地放倒，一颗颗饱满的穗粒在农人粗大的手掌中被捋去，碾压得光滑柔软的秸秆被制成各式的扫帚、掸子、锅刷，与泥土脱离了的生命以另一种形式存在着，但它们能等到秋风飒飒吗？

芦穄丛生的坟包，正对着逶迤而至的河坝。这方前临浩渺碧水，后傍莽莽圩堤的风水宝地，此刻于宁静中陡添一层杀机。从芦穄根部伸出的十几支黑洞洞的枪管，所有的准星一齐瞄着河坝，每一支枪管后面都歪着一张脸，眯缝着一只眼，一只要吃人的眼。

新四军地方武装和"还乡团"的仇恨可谓不共戴天，一方捕获到另一方的人，眼皮子不眨一眨便往死里整。因为是本土作战，双方对地形都了如指掌，奔袭扑击比起正规部队来更为直接。在某种意义上，他们之间的敌视是村落和家族式的。冰冻三尺，非一日之寒，几年来的拉锯战中，随着双方人员伤亡面的不断扩大，这种沾亲带故的牵连式的仇也便愈结愈深。

马荣旺对范家庄的切齿由来已久。在他少年的时候，一次走亲戚来范家庄看大戏，戏毕，已是暮霭四合，他趁着天黑，顺手牵羊，把河东一户人家撂在屋后的犁轭扛起就走。孰料，行不多远便被逮住。偷农具，在农耕时代可是件了不得的事。义愤填膺的村人狠狠斥骂了他一顿，后来还是念其年少，放了他一马。自此，马荣旺在心里埋下了仇视的种子。多年后，他那当伪保长的三舅又被新四军锄了奸。今年春上，他的拜把兄弟"刀疤脸"又在范家庄神秘失踪，像芦苇梢头的一滴露水跌入河里，一点动静都不曾有。马荣旺惊恐之余，脸上堆起浓浓的杀意。

王邦余是在带着民兵们沿小巷疾奔至范家庄后的河坝上时，才发现自己犯了一个致命的错误，他小瞧了这帮"还乡团"。庄后的平静与庄前的喧闹反差太大了，这有点不正常，但问题到底出在哪里，又一时说不出，反正就是感觉着不太妙，有些异样。就像雷雨到来之前，让人汗毛孔全憋着，浑身不舒坦；又像时霉天，困在潮湿阴冷的草棚里，哆哆嗦嗦，心悬悬的。

王邦余一边疾走，一边紧张焦虑地搜寻着以前有过的类似的感受。

思维是被枪声撕裂的。

等到王邦余惊骇地抬头看时，跑在前面的两个民兵赵来旺和杨扣虎已被一阵排枪放倒。赵来旺只"哎呀"了一声，便像一捆晒瘪了的穰草，沿着坝坎软塌塌地滚下河去。倒下的瞬间，他奋力地抡了一下手臂，似乎想抓住什么，但空中不存在救命稻草。这样，他的长枪甩在半空旋了几旋后，又"啪"的一声，结结实实地摔砸在地上。那支来不及开口的老破枪，可怜得像一根壮志未酬的烧火棍，孤独无助地跌落在尘埃里。而杨扣虎更直截了当，他甚至连哼一声都没来得及，便摊开了双手。他的胸部和头部各中一弹，从弹窟里汩汩而出的鲜血让人目眩。他的一双单眼皮向上翻着，有点像屋檐口风干的鱼。那失去神气的灰白色眼球，似乎凝着太多的疑惑。是的，谜一样的疑惑他再也不能揭开了。

机灵的李小六和着枪响的节拍，顺势翻滚下了河里，他深深地扎了一个猛子，躲到一丛肥茂的菱盘下面。

民兵班副朱恒全则纵身蹿上与河坎中通的一个孤垛，他迅速趴在河沿，对着西北方向的坟地开枪。虽说很快便被对方的火力压制，但那边的人毕竟收敛了许多，只在坟包间探头探脑，再不敢把整个身子露出来了。

放了几枪后，朱班副脱下麻栗小褂，挂在近旁的一丛杂树上，然后，悄悄泅水到对岸的稻田里，沿着蓄满保穗水的深墒，泥鳅一样向北滑去。北方，是他的老家，二分区的土地，那里的日头正红火着呢。

潘昌黎班长是在坟包后面枪声响起时迅速俯卧下来的，可惜还是慢了半拍。他觉得自己右腿膝关节触到地面的一刹那，有点不由自主。来不及回头探视，他顺手在麻痒处一抄便明白了是怎么回事。奶奶的，偏偏这时候。他咬着牙骂了一声，随手在坝沿的盐巴草上擦了擦，一股极浓的血腥味便扑上了鼻头。

　　平心而论，潘班长的枪法远不像他的为人那样令大家佩服，但这次，机遇却出奇地好，他就这样趴着，对着坟地瞄准，一连放倒了三个耐不住性子试图冲上来的家伙。坟地那边的人也不敢太放肆了，只是探出一星头皮，拼命往他这边放枪。子弹有时擦着潘班长的耳畔呼啸而过，有的"咚"的一声很无奈地钻入河中。有几发在他面前二指处飞下，打得坚硬的白质土四溅。那种声音，容易使人想起一截拦腰折断的芦竹，被冬天的风硬生生地灌进去的情状。

　　僵持了近一炷香的时间。

　　潘班长知道不能再拖了，他感到受伤的那条右腿已越来越不属于自己了，像朱班副还俗前的师傅所言：身外之物。每次和朱班副争辩，他总是引经据典似的抬出和尚师傅的这句话。潘昌黎便笑骂一声：听那老秃驴的。不过，这一回，真的让老秃驴说中了，不听，怕也是不行的了。

　　坟包后的"还乡团"蠢蠢欲动，身后的庄上又传来疯狂的喊杀声。潘班长不再恍惚，他知道，再不走就彻底脱不了身了。

　　他拎起长枪上的帆布带，就势往肩头一挎，身子一侧，滚下河坡。前脚刚跨入河中，坟包后的许多脑袋便伸了出来。"还乡团"团丁"嗷"的一声号叫，向坝上蜂拥而来。

　　潘班长在宽阔的河面艰难地游着，他的右腿已十分僵硬了，起不到一点作用，倒是渐渐凝起来的血口子，被河水一阵冲荡，又豁放了开来，水面上像是哪家新嫁娘在汰洗着的一条艳红的被面。

　　前面就是一块垛田了。潘班长划动的双臂渐渐慢了下来，一步之遥的成功往往容易使人松懈，他就在梦幻般的憧憬中呛了两口水。夏天的河水真是清凉啊，潘班长一激灵，忙奋臂疾划，只几下便游靠到长满茅草的河坎边。

这处河坎太陡了。潘班长想了想，解下背上的长枪，呼的一下扔入上面的稻田里。然后，他揪着河坎上锋利的茅草，蹬着左腿，一点一点向上攀挪着。

他知道，身后有无数枪口在瞄着自己，但他懒得管，就像尖利的茅草锯开他的手掌，他毫不在乎。

什么时候天空响起了一声闷雷？潘班长觉得胸口憋得厉害，那一声雷进得他脑壳都要开裂了。一种厚厚的咸咸的似乎又有点黏腥的东西，直往喉头泛。他觉得自己办喜事时吃的那条刮鳞时破了胆的鱼都没有这样苦涩。他努力地侧斜过头来，望着天空，四周没有一息风，太阳明晃晃地照着，比唱大戏时的气油灯还要炫目。

但他感到了寒冷，在六月里。

潘班长觉得眼睛睁着挺累，就像早先在村里的草台戏班里搭伙跑龙套样，总是不停地蹦来蹿去的，浑身骨头都散了架。但终有月上西天、戏散人尽的时候，他想自己也该拉幕了，歇一歇，攒足了劲好继续往上爬，爬上去，钻进那片稻田就没事了，就能回家了，还来得及吃媳妇做的午饭。还有娘，父亲去世得早，日渐苍老的娘总是在晨昏倚门而望，生怕儿子再不回来似的。这次回去，说什么也要把家里的那一亩半稻田水车足了才走，不过现在不行，太累了，真的该好好歇歇了。

潘班长一手搭着半边田埂的时候，仓促疲惫地放下了眼眸的幕布。

他的面前，一大片一大片的水稻正进入旺盛的扬花灌浆期。

断后的王邦余猫着腰沿坝根抽身而返时，大概想到了大隐隐于市。但已来不及了。他折回范家庄，刚在巷尾的一间杂草丛生的牛棚前犹豫着，马荣旺便带着一群喽啰，从巷头远远奔来。他们一边发枪，一边高声叫嚷着。子弹打在脚边的牛汪塘里，污黑臊气的泥水溅了王邦余一脸一身。他来不及抹一把，拐在墙角还了几枪，但对面的攻势没有减弱，像一群馋嘴的猫儿觊觎着挂在檐下的鱼干。

北边的嘈杂声随即也传了过来，南北两路的"还乡团"对王邦余形成了合围。王邦余情知不妙，冒着弹雨，从一家打谷场上着地三滚，又飞快地穿过几条夹巷，来到庄子西北梢一处高高的河坎上。他掖好短枪，连想都没有想，便一个猛子扎下了河……

那一个猛子到底钻了多长时间，王邦余已记不太清楚了。他在水底潜行时眼睛是睁着的，双手拼命地划，双脚使劲地蹬，他觉得自己从来没有用过这么大的力气。那段时间，他仿佛在穿越死神的隧道，稍有松懈便前功尽弃。他在水底翕动着嘴巴，太阳穴别别地跳，头脑一阵昏涨，要窒息了似的。但有一点他十分清楚，只要自己一露头，无数子弹便会像击中水面漂浮的葫芦那样，顷刻间四分五裂，血肉横飞。

王邦余憋住了一生中最长的一口气。这使得他在以后的岁月里，哪怕看到鸭子在浅水滩上埋头淘食，都条件反射般忍不住一阵惊悸，无端地为它们揪着心。

一猛子钻了有半里路的样子，王邦余脸色铁青地在一丛芦苇里缓缓仰起，茂密的苇草让他捡回了一条命。他长长地出了一口气，定定神，天仍是一样的天，云仍是一样的云，太阳依旧火辣辣地照着。遥远的对岸人影绰绰，似乎在向他这边指点张望着。

河水圈着王邦余的颈脖，一漾一漾的，几点零散的浮萍贴着他的脸颊往上移，痒痒的。王邦余没动，他喘着粗气，脑海中走马灯般闪着刚刚发生的一切，觉得像在梦魇之中。他轻轻地晃了晃脑袋，抖落水珠和一些附着的水草，摸摸掖在裤腰的短枪，还在。他想起踏上范家庄后河坝，枪响之后，六个人先倒了两个，潘班长和朱班副是挨在一起，还了几枪后向西突围的。那么，李小六呢？这个稚气未脱，才参加民兵不到半个月的小伙子，可一直是跟随着自己的呀，怎么一眨眼，他竟走脱了呢？

李小六躲在菱盘底下，十只脚趾透过滑腻的浮泥，紧紧抓着河床的黄板土。他心中只有一个念头：决不能让身体浮上来，否则会要了自己小命的。李小六可不想这么早就像一颗流星那样，从遥遥的夜幕倏然划过，便坠入无底的深渊之中，连一息声响都没有。他的手足都泡得麻木了，但他仍坚持着，就像有一年他和表哥一起下河摸螺蚌，在河心泡得唇青嘴紫，母亲沿河岸撵着，喝叫着，并不时地拍着双膝，跺着脚要他们上来……

李小六很快便觉得不对劲。喝他上岸的声音粗野凶残，裹挟着一股杀气，和母亲焦虑中隐现的心疼是有着本质的区别的。

与马荣旺冰冷的眼神对接时，一股凉气自李小六脚后跟直贯脑门。他为自己没能憋住那关键的一口气而懊丧不已。如果再坚持一分钟，不，哪怕三十秒，再浮上来换气的话，走过了的"还乡团"也不会发现自己的。或者，倘若出水时的动作幅度小一点，怕是也能逃过一劫的。但这些假设在那么多黑洞洞的枪口面前，已没有多大意义了。

湿淋淋的李小六刚在马荣旺面前站定，便挨了一脚，跟着，又是一枪托砸过来。瘦弱的李小六似乎被打坏了，他一瘸一拐地被"还乡团"裹挟着蹒跚在范家庄的巷道里。

家家闭门，户户掩扉。

马荣旺感到了没趣。他眼中放出一缕凶光，决计除去李小六这个累赘。走到庄心，他敲了一家的门，我的二祖应声而出。二祖一看这架势，嘴里溜出一句："乖乖，吓煞人呢。"

马荣旺一巴掌扇过去："老杀头，讨谁的便宜？"

二祖一捂嘴，门牙脱落了，他窝着腮帮："乖乖，下手这么狠。"

"还穷嚷嚷！"马荣旺又要扬手，旁边有人劝住了。"乖乖"是这里的方言，"儿子"的意思，二祖平日叫惯了，改不了口，而今遇到丧门星，故而平白无故地遭了冤枉揍。

在斥责中逐渐有些清头绪的二祖不敢再带口头禅，便无措地问一干人有甚事。马荣旺一仰脖子："借刀。"

"做甚？"

"杀人！"

问得简短，回得急迫。二祖讶然得眼珠子差点没掉下来，一声"乖乖"在喉咙里旋了半天，又生生逼回了肚里。

在大呼小叫的催促中，二祖磨磨蹭蹭了许久，才从搭在院墙东侧的草棚中翻出一把缺刃生锈的菜刀来。

马荣旺很恼火："老杂种，你这是刀子还是锯子？杀人，哼！怕是连块豆腐都劈不开！"一边说，一边狠狠地把刀掼在二祖脚下，挖了二祖一眼，一挥胳膊，"走！"

李小六迟疑着不肯走，他从马荣旺，从这帮"还乡团"的眼中看到了自己的末路。他故意拖拖绊绊的，拖延着时间。

但走到庄南夹河木桥上时，马荣旺已陡起杀心。

李小六期望外婆庄上的人能出来替他说个情，他天真地认为都是本乡本土的，有什么过不去的河、说不到的话呢？

被马荣旺推搡在地时，李小六已感到了不妙。枪响之后，他为自己幼稚的念头羞愧不已。他觉得自己活得不像个男子汉，临死之际应该想办法弥补。于是，他努力挺了挺身子，张着嘴，试图想喊出什么，但喉咙终于像破裂的水管，声音还没送上来，便在半途泄了气。

李小六没有闭眼，他的本来就滚圆的眼睛绷得更大地注视着前方。二十步开外，便是他再熟悉不过的外婆家了，疼爱外孙的外婆一定记得，还有九天，就是李小六的十七岁生日了……

范家庄一仗，征粮民兵四死一伤，"还乡团"伤三人，战况一目了然。

不久，王邦余被撤去乡财经一职，调入临近的溱南区祁官乡降级使用。

范家庄事件，不但王邦余，许多人都百思不得其解。是"还乡团"偶然撞入，还是有人告密？从"还乡团"精细的兵力部署和有针对性的偷袭手段来看，一定是事先摸清了村里的情况。那么，断送了四条人命的泄密者究竟是谁？上级指令，一定要把事情弄个水落石出。

"北边人"篦梳子般把范家庄家家户户都过了一遍。那一天，庄上的保长、甲长和几家地主富农都蜷缩在房中，连大门槛都没出，因此，排除了他们泄露的可能。但民兵征粮是悄悄进行的，消息总不会像鸟一样，长了翅膀飞出去吧。还得捺下性子来查。很快，一个人被纳入视线。

三十七岁的朱子善，尖嘴猴腮，油腔滑调，曾在新四军溱北区做过公勤员。后耐不住纪律约束和艰苦的游击战斗，仗着自己有一手做烧饼的祖艺，回范家庄开了铺子。他的手艺倒也名不虚传，做出的插酥烧饼黄而不焦，脆而不碎，方圆几十里名气极响，不少外庄的同行经常恭请他去指点。

事出当日，一大清早，他是带着小儿子大贵应邀往马荣旺的老家大马庄去指教的，况且，他的内弟郭其昌是铁杆"还乡团"。

但被传到村部的朱子善死也不承认泄密一事。几个干部模样的人交换了一下眼色，趁着天黑，把他带到了区上。平时说话溜顺了嘴的朱子善，此刻已意识到事态的严重性，人命关天，这可不是平日里和买烧饼的大姑娘小媳妇开开玩笑，来段洋荤讨点便宜所能比得的。弄不好，会"咔嚓"一声，自己颈上吃饭的家伙要落地三滚。

朱子善认了死理，矢口否认与"还乡团"有过瓜葛。

一个月后，浑身青紫的朱子善被放了回来。他坐在太阳下，抚摩着自己被杠子压得有些瘸跛的腿，向每一个来探视的村人喊着冤枉。同时，用刁钻刻毒的话，狠狠诅咒着那个隐藏在角落里，让自己代受皮肉之苦的浑蛋。

四缕冤魂的坟上已是青草萋萋。此间，李小六的外婆因悲伤过度猝然而逝；王铁匠女儿亦在潘班长"头七"之后，疯疯癫癫歌舞于街巷……但事情一直没有眉目。

峰回路转，柳暗花明是时隔八年后的一九五四年的肃反运动。本地公安机关在调阅一份从苏州公安局转回的历史反革命档案卷宗中，发现了一"还乡团"分子的供述：一九四七年夏天，我们从时堰开赴大马庄集结，从一范家庄人口中得知有民兵在该村征收夏粮，遂进行周密部署，偷袭该村，毙杀民兵四人……

而此前，罪大恶极的"还乡团"副马荣旺一干人等已为人民政府所镇压，在知情人几近绝迹的情况下，这份供词无异于茫茫命案中的一豆希望之灯。

一番周折后，大墙内的"还乡团"分子被全副武装的公安人员押回事发地范家庄指认。

当两双惶恐的眼眸盯在一起的时候，华邦坤的脸"唰"的变成瓦灰色，额上沁出细密的汗珠，一股凉气自脚后直贯后脑勺。他像突遭严霜拍打的茄子，一霎颓蔫。

而立之年的木匠华邦坤居于村庄东南角，性格阴冷。对"北边"的人说不上爱，也说不上恨，准确地说是那种平平淡淡、不痛不痒的关系。后来，王邦余他们进庄时，他都看见了。再后来，他抄小路去大马庄走了亲戚。在庄口的一肉摊前，与华邦坤有些熟识的马荣旺伸出四指问了一句："你们庄上有这个吗？"

华邦坤不假思索，随口一撂："有两毛人。"遂成那年夏殇。

说者或许无意，听者绝对有心。一句话，四个字，看似漫不经心，却断送了四条人命，可谓一字一命，字字如刀。

被判无期徒刑的华邦坤后来提前出狱了，他从一个风华正茂的手艺人，变成两鬓如霜的老者。

老人九旬而殁。过世前的一个初夏，我往九顷三踏步，得以遇见他。按辈分，他是我远房外公。有意也好，无意也罢，时光已经走过了一个多甲子，一生大起大落，遭际坎坷的他，此刻倚门而坐，一如老僧入定。我不愿再去和他探讨这个话题，心底之痛，最好的方法是尘封。芒种时节，南风悠悠，拂动老人渐稀渐白的头发。晴光中的老人面色宁静，眼神慈祥，偶尔拢拢身边的木拐，看着远方初涨的云潮。他的影像镶嵌在门框里，如同一帧约略泛黄的照片，恬淡幽深。

然而，谁又能洞悉他的胸中苍凉、心底波澜。

五、闰八月

尽管泄密者揪出来了，但饱受皮肉之苦的朱子善心有不甘，他固执地认为，如果没有郭其昌的拖累，自己是断然不可能白白地代人受过的，郭其昌是他命里的"扫帚星"。

细一思忖，确实事出有因，郭其昌只得忍气吞声地领受了我的二姑夫、他的姐夫朱子善的不同寻常的见面礼。但郭其昌仍然暗自庆幸，如果当初，他不是假装拉肚子滞留时堰，而是跟随马荣旺一起前来范家庄血腥屠杀，欠下人命债，恐怕连饱享这顿老拳的机会都没有了。

1976 年，"文化大革命"已经接近尾声，人们少了起初的狂热，但刑满释放分子郭其昌仍然和那些"黑五类"一起，除了每天被监督劳动外，还得利用早晚，拖着大扫帚，扫干净划定给他的巷道。

我那时十岁，虽读小学，但受父亲和大哥的影响，已陆续看了不少书籍，对于"还乡团"，我一直觉得是个凶恶的名词。也难怪，从书本上得来的知识，无论是文字描写，还是图形绘画，"还乡团"都是面目狰狞、穷凶极恶。但我对郭其昌却一点都没有这种感觉，我甚至觉得他是一个慈祥的老人。我的父母因为磨坊之事，一直和郭其昌有着芥蒂，不怎么搭理他。郭其昌自知理屈，加之父亲在村里掌权，所以，不仅对我的父母总是唯唯诺诺，即便对我这黄口稚童，也常常露着一脸媚笑。我当时并不懂得这其中的机奥，只是感觉他人很和蔼，怎么也与书中的凶神恶煞挂不上号。因此，当别的孩子对他避之唯恐不及时，我忽然对他有了一种亲近感。

他不知道有什么神通，总能变戏法似的从油腻腻的衣袖里掏出一根麻花或者两块硬糖，飞快地塞进我的小手心，然后讪讪地笑着，又去忙自己的活计了。

父母对我的行为很为不满，多次发出警告，我依然我行我素，没有悔改的迹象。

父亲恼羞成怒，终于向郭其昌发出最后通牒：再看见我在他那里玩，就以腐蚀下一代的罪名对他进行挂牌游街批斗。

　　郭其昌显然十分害怕，好长一段时间，只在巷子的一头远远地看着我，连笑容都不再敢抛给我了。有一次，我扒着他那矮小的泥墙，看他低着头，聚精会神地搓着草绳，他的头发已经白了一大片，侧着的黑黝黝的脸颊像极了一尊泥塑。他那院子很干净，依墙的一棵苦楝树正往下一片一片地坠落着泛黄的叶子，那是一种无比的落寞凄凉。我心里猛然有了想进的欲望。正好，他也抬起头，看见了我，眼里瞬时流出惊喜的光芒，但也是稍纵即逝，随即黯淡了下来。他没有和往常一样招呼我，只是无力地摆摆手，让我走。我的身影落下墙头的一瞬，他眼里的一道泪光在我心头划过。

　　直到后来，我才明白，家里人不许我和郭其昌亲近的真正原因：他有银屑病，我们叫作"癞子"。怪不得我经常看到他把后背依着砖墙，来来回回地蹭，想必是奇痒难耐吧。但我一直没有看见他身上那些瘆人的鱼鳞状的癞斑，事实上，哪怕是在赤日炎炎的夏天，他也从不在我面前袒胸露臂。现在想来，与其说他是想隐瞒自己的痼疾，毋宁说是一位宽厚的长者不愿惊吓了晚辈，让他无忧无虑的清纯之梦一如既往地延续下去。

　　但更大的灾难很快落到了郭其昌的头上。

　　那一年的初冬时节，经过公社批准，大队里准备宰两头牛，一头是鞠躬尽瘁、羸弱不堪的老牛；一头是刁横蛮野、无法驾驭的壮牯。到外地请小刀手，是要花去不少盘费的，而本村又缺少像模像样的屠夫。正在大队干部们一筹莫展之际，朱子善向我父亲力荐内弟郭其昌，说是郭虽然没有正儿八经学过宰牛，但长期跟随着牛贩子兼刀手的我的大祖，耳濡目染，多少是应该懂得些宰杀之道的。"没吃过猪肉还没听过猪叫！"朱子善最后以我们那里家喻户晓的一句俗语，结束了他的游说。

朱子善是个爱占便宜的人，举荐郭其昌做刽子手自然有自己的小九九。其时，郭和他们家实际上是同住一屋的，只是中间用一篱笆隔开而已。郭其昌一直鳏居，常常在姐姐家随粥便饭，都是一家人，也没有什么好拘谨的。虽然郭在自己的西厢小屋里也搭了一只锅腔，但也是形同虚设，更多的时候，他还是和姐姐家合灶。当然，郭一年下来的工分结算，所得余钱余粮，也不独享，总是和姐姐一家分用，他真心实意地把自己融入了这个清贫却温馨的家庭里。大富结婚时，他竟然送了一条黄色军用羊毛毯，也不知是何时蓄下的，那稀罕物成为村里人大半年津津乐道的话题。

朱子善拖老带小，当然舍不得丢掉一个年年有积余的劳力了。

这次，机会又来了。我们那里约定俗成，不管是猪羊牛驴，只要不结工钱，牲畜的内脏就归刀手所有，两头牛，肚腩内脏，那该够全家人消受多少日子啊！村里也有几个杀猪杀羊的，要做这笔生意，但他们不如朱子善能说会道，何况，肥水不落外人田，父亲的胳膊肘又拐向了他。

但令人万万想不到的是，当朱子善兴冲冲赶回家，眉飞色舞地把这个喜讯告诉内弟时，郭其昌却断然回绝。朱子善被兜头的一盆凉水浇蒙了，他瞪圆了细眼睛，不解地看着郭其昌。

郭其昌用悲凉的口吻说："我不想再杀生了，我作的孽还少吗？"

朱子善不以为然，"呦，不就是俩畜生吗？"

"那也是两条性命。"

"阿弥陀佛，就你修行，"朱子善油嘴滑舌地揶揄着，"为了揽上这笔买卖，我红口白牙的，嘴皮子可是磨得不少，要不是小舅老爷撑着，还指不定落到谁的手里呢。"

"我真的不愿再动刀子了。"郭其昌心灰意懒。

"嘿嘿，你连人都敢杀，还他妈的怕动刀子？"朱子善刻薄地指着郭其昌，"我可是没少受你的连累啊，你也该寻思着报答报答了。"

郭其昌心里凉凉的，他叹了一口气："就此一次，杀完止刀。"

"好了，好了，这是最后一次。"朱子善挥挥手，有些不耐烦，"快，老少爷儿们都在晒场上晾着呢。"

是第二生产队的那片大场，首当其冲蒙受刀刃之灾的是那头齿牙已残的老牛。那牛瘦瘦的，时不时向围观的人群望上一望。那牲畜是有灵性的，瞧着地下粗粗的几根木桩和散发着血腥味的脚盆，眼中竟噙着泪，似乎已预感到某种不祥之兆。但终于没有救世主来拯救它，老牛被人牵引着，一步步迈向死亡的边缘。眼尖的看到郭其昌的身影在场头那座略朽的木桥上出现时，禁不住"嗷"的叫了一声，人群开始骚动。随朱子善匆匆赶来的郭其昌见到这阵势，头脑里"嗡"的一下，脚步慢了下来，他迟疑着，脸上有了退却的表情。朱子善见势不妙，连忙从后面狠狠地推了他一把，人群让开一条缝，郭其昌被裹挟进场子里，立即有四个剽悍的汉子配合他用粗的水麻绳将牛的四蹄缚牢，接着，郭其昌拿起一块黑布，把牛眼严严实实地蒙上。

蒙眼既毕，郭其昌接过后面人递过来的一截碗口粗的榆木槌子，双手过头，瞪眼竖眉，龇牙咧嘴，对准牛的天灵盖"嗵嗵嗵"几闷棍。就在牛蒙眬微熏、恍恍惚惚之际，四蹄已被拖绳的一齐牵拉，老牛便如一截经风雨剥蚀的土墙，轰然而倒。郭其昌疾速地蹿上前去，死死攥住牛角。又从束着棕绳的腰间麻利地掣出早已磨得寒气逼人的点红刀，呼地刺入牛喉血管。有顷，牛便喷几口血沫，血尽气竭，寿终正寝了。郭其昌杀牛，可谓心狠手辣，刀法娴熟。自刀入牛喉，血溅屠场，至开膛破肚，剔骨削肉，牛筋、蹄角、大肠、小肠一应的分档归类，统共不过个把小时，利落干脆。看得一场子的人屏气敛息，鸦雀无声。

轮到那头蛮牛了，一应程序和先前差不多。然而，胸有成竹的郭其昌怎么也想不到这次翻了船。刀既入喉，牛却骤然苏醒。其时，正值郭其昌回身去取血盆，那牛突起红眼，头角一歪，再奋力向上一甩，他从小脚踝到大腿根，皮肉生生地向两边豁裂了开去，白骨森森，血流殷殷，其状惨不忍睹。郭其昌把剔骨刀奋力一甩，那刀生生地钉在贴满牛屎饼的仓库墙上。他大声号叫着："子善咪，我说不杀，你偏要我来，送我下了火坑啊——"

后来，虽四处求医，到底因骨裂筋崩，回天乏力，郭其昌终于落得个一生残废。

成了瘸子的郭其昌很少出门，他总是一言不发地坐在自己西厢的南墙下搓草绳，性格也格外孤僻了。

交大寒时，郭其昌没有像往常一样出来搓绳。日近午时，朱子善感到了不妙。因为前一天，郭和其姐吵架，抡圆了拐杖，打得老姐头破血流。一旁，长得半壁高的大贵见母亲被欺，热血涌头，俯身拿起一块青砖便扑上了舅舅的脸，郭其昌像一堵梅雨天的土墼墙，无声地塌了下去。

朱子善喊了一声，没听到回音，心一下揪紧了。门闩着，他推了推，没动静。从门缝里瞧去，隐约看到什么，又不太明确。忽然，朱子善脑中一激灵，他大叫一声："没得命，死人啦——"随即，一膀子扛开了门。

郭其昌吊在桁条上，用的是自己搓的草绳，四股。青紫的脸上残留着血痂，肿得像面盆。

多年以后，已是两个孩子父亲的大贵和我谈起这件事，仍然沉浸在深深的自责中。

而我大伯并不因为大贵内心的愧疚就原谅他，大伯始终认为郭其昌的直接死因是大贵的那一砖头。也就是说，是大贵逼死了舅舅郭其昌。我父亲很不以为然，他一直对郭其昌怀有成见，认为那是个捧不上台盘的人。

"如果没有吵架这一节，他的死场也不会好到哪里。"父亲说完这句总结性的话，背着手踱开了。

大伯气得七窍生烟，他怎么也不能容忍父亲的态度，特别是父亲说的一番话。

等父亲的背影在远处的墙角拐过，他气急败坏地嚷嚷起来："人不寒透心，就那么轻而易举地想死？你现在做官了，嘴大，唾沫都能淹死人。别人都蒙在鼓里，我还不知道底儿！不就是死鬼当'还乡团'时，讹了你家几担稻吗？"

大伯说对了，不仅是我父亲，从我祖父祖母到我那时刚刚懂事的大姐，都对郭其昌恨之入骨。因为，当时兵荒连连，我们家的磨坊已经入不敷出，濒临倒闭，郭其昌的那一讹诈，犹如雪上加霜，使我们家烟囱连续几天停止冒烟。更要命的是，父亲由于受了惊吓，卧床了大半年，问医抓药，釜底抽薪般，很快掏空了家底。无奈之下，祖父四处举债，聊糊一家五六张口。因为债是有利息的，尽管全家人累死累活，拼命苦干，省吃俭用，高利债仍然像阴天的穰草，越驮越重，骨头都散了架。

但大伯身在局外，并不体会我家的难处，他心里甚至把我父亲对他人格的鄙视误解为是一种势利。他常常对左邻右舍吐着酸水："人走茶凉，这个世道我算是看透了。得志的猫儿赛猛虎，脱毛的凤凰不如鸡。"

邻居便劝他，都是一口锅里吃过饭的兄弟，谁当家掌印不都一样。

"犬噬行路，览噬家人。"大伯见一众人茫然不解，苦笑笑，摇摇头，"不一样的，按理说，家有长子，国有大臣，可如今不管用了。世道反了，青葫芦闷在水里，细头犯（泛）上啦！"

邻居们见话题扯不到一处，便纷纷识趣地住了嘴，又借故陆续开溜，只留下大伯一人坐在门槛上烧闷烟。大伯心头的无名之火蹿得更高，他憋住气猛吸一口，又"噗"的喷出，斜着眼瞟了一下那些离开的身影，咬咬牙："都他妈的是属蛾子的，尽拣亮处飞。老子做农会会长那阵，一个个不都是屁颠儿屁颠儿地在我身边转。我就不信泡灰发不了焐，咸鱼翻不了身。"

黄杨厄运的又岂止大伯。

1976年，在人们记忆里远非一本普通的历书，一页皇历那么轻飘。这个纪年，犹如一枚锐利的铁钉，带着冷凛寒光，猝不及防地揳入人们心尖。疼痛倒在其次，它带给全村人的错愕惶恐，落寞无助和发自心底的透凉，多年之后犹在村巷蔓延。这种后遗症的共状是：整个人一霎懵懂，心揪悬着，提到嗓眼儿。更多的人觉得，那时仿佛一茎脆薄的苇梢，颠簸于浓雾重锁的河面，前路渺茫，一切都充满了虚妄的不确定性。

那一年真是多事之秋。从春上开始，就一直没有消停。先是周恩来、朱德、毛泽东三位党和国家领导人相继去世；接着，悬挂于大砖街电线杆上的高音喇叭开始轮番播报：河北唐山发生强烈地震，高楼倒塌，死亡失踪者不计其数……上级提醒全体社员提高警惕，做好防震抗震的思想准备。

各个生产队的场头出现了小黑板，不同痕迹的粉笔字赫然在目，黑白分明，让人心里无由地惊悚起来：

> 震前动物有预兆，群测群防很重要。
> 牛羊骡马不进圈，猪不吃食狗乱咬。
> 鸭不下水岸上闹，鸡乱上树高声叫。
> 冰天雪地蛇出洞，大猫携着小猫跑。
> 兔子竖耳蹦又撞，鱼跃水面惶惶跳。
> 蜜蜂群迁闹哄哄，鸽子惊飞不回巢。
> 家家户户都观察，综合异常作预报。

地震的预警如同西下的夕光，在地平线迅疾铺展阴影，并快速地吞噬着村庄，焦虑不安、惊悸恐惧在人们心底陡升。即便是平日喜欢插科打诨的主儿，此时此刻，行走于村巷田塍，亦是表情凝重，步履匆匆。

父亲坐在南屋檐下，一口一口地吸着劣质的烟，明灭的烟火和夕光，在他脸上涂满层次分明的油彩。他脸上的褶皱，仿佛倪云林的水墨小品，却又多了光影的生动和神秘。

父亲的眼神久久地凝向巷子尽头，他的眼中流露出的是什么我不得而知，缄默不言的父亲，越发像渐酽的暮色中一截苍老的树桩，一尊沉重的碌碡。四合的暮霭，无言的父亲，让我觉得一切都是那样的深不可测。

其实，整个范家庄在这个湿热的初秋都充满了紧张神秘感。仿佛村后的大泊，表面上风平浪静、波澜不惊，实则内里暗流汹涌、险象环生。人人心里都憋着什么似的，插身而过的眼神也是复杂的，意味深长。邻里之间捧着倒映眉眼的粥碗，坐于门槛，一边吸溜着，一边对望几眼，怔怔着，唇齿喃喃，欲言又止。俄顷，觉得兴味索然，遂抽身而返，紧闭门扉，任由一缕薄粥清香在巷子里弥漫。

这种情绪如同梅雨季节无所不在的黄霉斑点，腾起于每一个人的心头，急促，局迫，惊惶。栏里的牛羊，圈里的鸡鸭，也不似往常的聒噪，它们静静待着，伸长颈脖，凝听来自远方云层和大地深处的异响。

父亲心事重重。

家有一主，庙有一神，作为一村主事者，范家庄的许多重大事件，都是父亲一个人于南屋檐口苦思冥想半天，然后拍板决断的，这似乎成了他的一种工作方式和思维定式。也许，南屋烟熏火燎的灰旧中，有属于父亲的过往故事和神奇魅力，日月经年，这种精气神譬如某种图腾，一直在支撑着他的内心，从来不曾坍塌。

其实，就是三间极其普通的老屋。南屋修砌之时，俱为村中泥瓦匠操作，近水楼台，便当。时日不长，便告竣。彼时，北侧的堂屋尚未翻建，仍有半脊为穰草所覆。后来家中儿女渐长，摽梅之候，每有媒婆引对方前来访亲，总拿眼角之余光瞥瞥草屋脊，然后撇撇嘴，颇有讥嘲意。

父亲尽管在基层做干部多年，却是苜蓿生涯，加之家中子女众多，手头并不十分宽裕。加之小农意识作祟，信奉量力而行，不肯寅吃卯粮。他的口头禅是：有个钱剥个粽子。负债建房，他是万万不去想的。

半草瓦屋在里下河腹地农村称作"半边脸"，尚且说得过去，如果是全草覆顶，那就不怎么体面了，偏偏在父亲手上修建了这么寒碜的南屋。全穰草苫盖，灰暗逼仄。一小间做了睡房，余为灶间和草房。长年的烟熏火燎，南屋墙壁俱皆灰黑，甚而连墙缝中都渗出烟火味。而由于历年积草，僵板腐蚀，屋子中总是弥漫着陈腐气息。大人尚好，能够坐得住，孩子们来得更直接，甫从南屋盛了饭菜，便匆匆而出，宁可蹲于天井或门槛边，有滋有味地扒饭啖菜。腐气熏熏的南屋，谁肯多待？后来南屋重砌，全部换上小砖大瓦。砖乃庄东罗汉寺废址上的老窑烧出，有小青砖，亦有哑红砖。盖因窑水未曾洇好，火候也拿捏得差。但不管如何，总算是盖了砖瓦房了。垫衬的网板，亦是村里瓦匠浇制的水泥预制薄板，刷上石灰，顿觉亮堂。南屋的地面乃泥土，因地身低，极潮湿。尤其梅雨季节，地土返卤，潮潮的一片，几乎难以下脚。不过，夏日倒是凉快。正午炎热，铺一凉席于地，洞开南北门窗，任东南风过，真是无比惬意。

但现在，父亲感觉很难受，浑身湿热，咸涩的汗水浸透了小褂，黏糊糊地贴在后脊，比五黄六月钻在密不透风的麦地收割还要憋闷。

上级指示已经很明确，各大队要确保人民群众生命财产安全，确保集体资产不流失，未雨绸缪，谨防余震。

父亲把红头文件摊上膝盖，于右上角空白处，用"永生"牌钢笔加了一行流畅的字迹：妥善处置农机用具，家禽家畜。地大震，人大干。画完最后一个句号，父亲轻轻叹息一声，丢下钢笔，以手托腮，目光越过院墙，随着远天的流云游移。

实在说，父亲场面上的言行举止，和他的内心反差是强烈的。父亲信奉董仲舒的五行学说，激赏"木性主生故为春，火性主长故为夏，土性主养故为夏，金性主收故为秋，水性主藏故为冬"。他始终认为万物有序，天人感应。"天之生物也，以养人。""灾者，天之谴也，异者，天之威也。"父亲微醺的时候，嘴里常常会冒出一两句于我们而言犹如天书一般的嘀咕。不过，这是绝对私密的，仅在家门紧闭的时辰，他才偶有遗漏。父亲的审慎是必须的，在那个无神论泛滥的特殊年代，神玄之学早已无立锥之地。倘若隔墙有耳，存心告发，那可是吃不了兜着走的。

1976年大暑末梢的唐山地震，为中国历史上所仅见。这一年，正是农历闰八月，俗谓"闰七不闰八，闰八动刀杀"极言其凶险。深谙古历的父亲自然懂得，他连夜召开全体大、小队干部会议，做出决定：全村所有人等，不论男女老幼，一律迁离庄子，暂别老宅，前往各生产队的晒场搭建草棚，以防震灾。

第二天一早，天色阴沉，村庄一片喧腾。人们扛着棍棒、竹竿、床板，卷着席子、草苫、棉被，从村庄的各个角落向晒场聚集。一队队背着包裹行囊的人群，慢慢挪移着脚步，行路迟迟。鱼思故渊，鸟恋旧林，何况这一张张神情肃穆的面孔。屋檐、树梢的鸟雀都扑棱着翅膀，飞向遥远的田畴和林地觅食。待得夕暮，它们仍会打着饱嗝，返回老窝，一家子亲亲热热，叽叽喳喳闹腾不息。可是，人呢，辗转离别，还能够再度跨回自家的门槛吗？

这样思忖着，有人的脸色越发悲戚，他们一瞬间想起了那些单调却充满温馨的人间烟火。凌晨启扉，烧灶添柴，风箱拉得呼呼作响，于烟雾袅袅中和邻里大声招呼着。虽则烟火呛人，他们的脸上挂着满足的笑，迎着渐渐明朗的天色，流泻着尘世凡俗的幸福。

而今，却一把大锁落下，人走屋空，委实心有不甘。

但保命比什么都重要，身家性命是实实在在的，舍此而外皆为虚幻。

晒场上一时热闹起来。晌午，一座座能够遮风挡雨的草棚便连营般袒露于秋阳之下，美其名曰：防震棚。

各家各户的棚舍，依生产队长划定的场地搭建，不得僭越其他人家的地盘。搭棚，一般都是男女老幼，举家上阵，砍芦竹、削棍棒、剔穰草、绕铅丝、竖架梁，分工有序，忙得不亦乐乎。军属烈属、鳏寡孤独、劳力欠缺的人家，生产队长会统一安排人手，哪怕挑灯夜战，也不使一户露天宿眠。

防震棚形制千篇一律，大抵呈三角形，状若集体大田里的看瓜棚，但较之宽敞许多。门楣棚脊高挺，棚梢两翼低垂，这样的搭建，取其便捷利泄。前门以两根稍粗木棒交叉于上方，扎丝捆绑，棚尾亦以粗短棍棒仿效。扎好的间架固定后，以桁尾或毛竹横陈，置钉牢固。两侧舒朗罗列废椽粗竹，然后草苫铺排，穰草覆盖，直至断漏为止。为确保万无一失，多数人家于草苫穰草之间，间隔一层塑料薄膜，排水更为快捷。亦有人家以油毡纸覆顶，遮风挡雨倒也管用，与薄膜有异曲同工之致。但一般人家不为首选，七月流火，余热犹在，经由炎阳暴晒，那些刺鼻的柏油味在草棚里游走，熏得人透不过气来，这种后果或是始料未及。

棚基多以土墼砖坯垒就，间以破瓦残砖，已属奢侈。不愿费神的人家，来得更简便，席地搭建，只沿防震棚周遭，用大锹裁出一溜墒沟，通达河坎，排水效果也是奇佳。

我们家的防震棚，挑梁的是从自留地放倒的一棵胳膊粗细的楝树，乃父亲几年前手植，作为与地邻的标界。临水的菜地之畔，这棵顾影自怜的楝树，终究未能持久地坚守，未及成材便招致斧钺之灾，实在令人扼腕。那些浅显的年轮、青涩的气息，以及缤纷的花絮、玲珑的青果，转瞬成为过往。草棚背阴处未曾垒高，着地，开一弧形深沟排水。朝东南方向撑一扇门，篾条芦箔夹就。绕棚一周，打下六根木桩，麻绳兜缠，稳固棚身，可保风雨无虞。

棚子里新铺了一层晒得虚松的穰草，打底的是一捆捆扎得紧实的陈稻草。上熟脱尽的麦秸草，高山似的耸立场头，但少人问津。麦草易惹虮虫，于铺睡实不相宜，因此，人多远而避之。凉席单被是必备的，否则难以成眠。桌椅板凳、锅碗瓢勺、大米白面，甚至油盐酱醋这些生活必需品，也陆续搬移至防震棚。考究的姑娘媳妇忙中偷闲，居然没有落下桃木梳、鹅蛋镜、雪花膏、百雀羚。

三军未动，粮草先行。问题是，厨房里的灶台难以迁移晒场。生产队长们便开始盘算着，让那些灵巧的泥瓦匠圈垒锅腔。

煦煦秋阳下，几个人蹲于场边，光着黝黑的臂膀，一丝不苟地涂抹着。他们身旁，齐刷刷地摆放着一条条泥乎乎的穰草带。"穰草是筋骨呢，少了筋骨咋能挺起来。"他们一边忙活，一边为自己的手艺自鸣得意。他们有时也趁隙用穰草就着河泥修补生产队仓库斑驳的山墙。《礼记·内则》有"墐涂"之说，郑玄注为涂有穰草。这种穿越时空、一脉相承的劳作，到底让人有些恍惚，秋阳下开心从容地抹墙的泥瓦匠，分明就是从泛黄的线装书中悠然滑落的一幅精美插图。

一座座陈年的穰草垛，矗立场沿，倒影在澄碧的水面蜿蜒，仿佛漓江山水一般，令人啧叹。这些稻草乃是至宝，可作烧柴，可饲牛羊，可垫床铺，可覆屋宇，可涂泥瓮，再不济，亦可摊铺猪圈，为豚作褥。这些草垛，大小不一，堆码得齐齐整整。堆身紧密，封顶陡削，断漏自不在话下。高大巍峨的穰草堆，俱为生产队里看场的老把式一力亲为。断然马虎不得，年终分红烧草，耕牛过冬，皆指望着它们。常常是七八个劳力在下面叉草，三四个老场倌在上面有条不紊地堆叠。他们堆草如绣花，哪怕一小撮乱草突出，也要剔除，再拍严实，不使风雨浸袭。对于那些堆砌得特别紧实的草垛，路人往往伸出拇指，交口称赞：不丑不丑，滴瓣露珠都要滚下来。蓝天白云，微风掠过，渐高的草堆，渐渺的人影，令人惊叹自然之奇伟、生命之坚韧。于尘世中庸常地活着，是一件多么温暖幸运的事情。

除一应生活用品外，我们家防震棚里，比别人家又多了一张木柜，用来放置少量衣物以及父亲阅读的书籍文件。

这只卧柜乃是家中的祖物，先前搁置于东厢房里，也不知道传了多少代了，自打记事起，这只卧柜便和我朝夕相伴。是父亲添置的家产，或是母亲的陪嫁，不得而知，反正年代很久远。草棚门扉处筛下一息微光，这只静静地依草壁沉默的卧柜长三尺余，宽可盈尺，高尺许。老荸荠漆磨损殆尽，本质的木纹清晰可辨。正面有木雕，细看，乃丹凤富贵。木刻未必精致，却朴茂大气，敦实厚重，视之，心里立生笃定。家里尚有一只老式灯柜，和卧柜有异曲同工之妙。那是只立柜，也是经历了岁月沧桑，愈见光滑的木质，在光阴之手的摩挲中，留给人无限感慨和唏嘘。灯柜的做工刻工，比卧柜要高出一筹。但精细也好，粗糙亦罢，重要的是，它们见证了一段历史，身临了一段往事。甚至，一个家族的兴衰变迁，都留存在它们的记忆里。尽管喑哑，但我相信，这些木质的心灵是深深懂得的，它们的悲悯之情，已经那样恒久地揳在那些沟回蜿蜒的纹路中。

卧柜上有灯盏二，一只擦得雪亮的玻璃罩子灯，一只外裹铁皮的诱蛾灯。诱蛾灯外壳锈迹斑斑，乃防治二化螟虫害的必备之具。诱蛾灯和一只灌水及半的敞口大盆，构成一道致命的陷阱，放置于扬花期的水稻田埂。夜晚，诱蛾灯点亮了，一盏，一盏，又一盏，如同遥远的星光在青秧深处次第眭眜，趋光的蛾虫纷纷拍翅而来，奔赴一场没有返程的旅途。诱蛾灯治虫效果殊佳，照明却不敢恭维，因而，闲置于卧柜上的这只诱蛾灯实际上成了摆设。父亲常常在罩子灯下读报纸、看文件，一本工作笔记密密麻麻地记载了一大半。他的近旁除厚厚的一摞"毛选"而外，尚有《反杜林论》《国家与革命》，都是上头配发下来的。不知父亲是否通读过这些大部头著作，但在那时，能够拥有这些书籍，是一种权势身份的象征，偌大的一个村庄，唯父亲一人有此殊荣。

仿佛蕉鹿之梦，所有的秩序被打乱，一切都背离了习以为常的轨道，熟谙的生活一夜之间隔河而去。防震之初，人们一时转不过弯来，心理难以承受。特别是适应力差的人，躺在陌生的地铺上总是辗转反侧，夜不能寐。几天下来，已经有人脸色蜡黄，眼窝深陷。人民是创造世界历史的动力，动力消殆，一切无从谈起。为了不影响防震抗震期间，抓革命促生产的顺利进行，父亲和几个生产队长私下有个约定：恋旧床框的个别情况特殊者，夜晚可以偷偷溜回村庄睡觉，但只能悄悄地口头传达，不便让更多的人知晓，以防竞相效仿。

连成一片的棚子十分壮观，无忧无虑的孩童们如鱼得水。面对如此陌生的环境和氛围，他们感到新奇、刺激，心底有一种说不出的亢奋。尽管大人们黑着脸，神色凝重，但这已经不重要了，这么多的小伙伴聚集在一起，鸭子嘈栏般，本身就让人无由地癫狂起来。何况，非常时期，家长们的管束也日渐松乏。他们出入于一座座防震棚，如入无人之境，嬉戏喧闹，从场头疯到场尾。捉迷藏，藏草把，老鹰捉小鸡，花样玩尽，直至凉月西沉，才打着哈欠，恋恋不舍地回棚里困述。

翌日，玩耍依旧，周而复始。

大人们情致各异。劳累了一天，放下锹担，兴致上来，甩几把扑克牌，走几步象棋，错牌纷起争执，悔棋面红耳赤。忧心于农事稼穑的人们，三三两两，聚集于场头看巧云。

　　节气的鼓点已然敲至白露，秋日之痕渐显。河水浩渺，西风渐凉，云彩缥缈腾挪神奇莫测。故里有"七月看巧云"之谚，高圩旷场，了无遮挡，足可尽兴。旷寥的天宇，云絮悠悠，如鱼鳞，如苍狗，如屋宇，如峰峦，变幻奇妙，让人旷思神游，遐想翩翩。一缕缕云絮，状若奔马，自西南处村庄上空疾蹄突突，飞掠过我们头顶，径往东北处的窦家荡而去。亦有缓步慢行者，于蔚蓝的天幕上摆出各种造型，令人叹为观止。看云识天，安排农事是田家好把式的看家本领。相应的农谚他们烂熟于心。"云起鱼鳞，天气必晴"乃是对卷积云的形象描述；"天上鲤鱼斑，晒谷不用翻"则是对透光高积云的精细写照；"馒头云，天气晴"所述淡积云，其气候特征与前者类同。其余如"天上花花云，地上晒死人"（毛卷云），"火烧乌云盖，大雨来得快"（积雨云），"天上钩钩云，地上雨淋淋"（钩卷云），"棉花云，雨快临"（絮状高积云），"天上灰布云，下雨定连绵"（雨层云），"黑猪过河，大雨滂沱"（碎雨云），无不形象逼真、惟妙惟肖，实乃他们于长期生产实践中砺就的智慧的高度结晶。

　　看巧云，可以宁静淡泊，穷尽物理。

　　我常常坐于防震棚前，看着悠悠流云、寂寂村落发呆。

　　我们家的防震棚位于整片场地的最西侧，隔河便是一座四面环水的孤垛：肚肺垛。一垄犁尖形田块，五亩开外，由南而北，中有一沟剖开，成两叶，状若肚肺，故名。

　　肚肺垛上有集体的一块药材试验田，所种药草不计其数。垛之东侧的小肺叶上，精心培植着名贵的红参，约二分地。那里土质松软，黄黄的，和别的大田里黝黑的油泥不同，不太适合种庄稼，于中草药倒是十分相宜。

那是一个物资匮乏的年代，种植红参乃是从经济角度考虑，出售给医院，可以稍稍填补集体经济干瘪的囊袋，增加工分单价，庶几可令村无饥馑，民无菜色。父亲决定划拨田地种植药材，与防震前一年的夏末秋初，全民防治流行性乙型脑炎息息相关。那是一场自上而下的运动，全县乙脑呈自然流行趋势，流行强度巨大，染病人数众多，尤以十岁以下儿童为高发。鉴于合作医疗药品短缺，县里号召各级组织发动群众，因地制宜，就近寻找预防乙脑的常见药草：牛筋草。

这是一种极泼皮的草，田园习见，村人熟视无睹。而药用价值一旦被发掘，立马身价陡涨，人人竞相采摘。一时间，人家庭院里架锅支灶，升火添柴，热汤滚沸，遍村药香。

但牛筋草并没有铲挖殆尽，翌年开春，便又蓬勃坚韧地茁起于田埂、沟渠、河畔。

草芥到底还是草芥，贱命。站在疯长的杂草旁，父亲摊开手掌，看着掌心的一枚长须皱皮红参，轻轻嘘了口气。这是县防疫站那个前来指导防治疫情的专家教给父亲的，他和父亲达成一项协议，利用范家村独特的水土环境，栽种红参，他们负责收购。第一年先试种几分地，观察效果如何。

防震棚搭建完毕的那天下午，我和父亲登上垛子。一畈畈红参已经长得挤挤挨挨、簇簇密密的，一片沁凉的墨绿，从脚下一直铺向垛子的临水处。父亲蹲下身，圈住一棵肥茂者，用手扒扒根部浮土，嘴中啧啧着，复又拢好碎泥，掸掸手掌，遥望水天尽头，满面惬意。

记不得那年红参的收成怎样了，垛上风景却如同一帧黑白分明的水印木刻，深深地嵌入我心扉：彼时，一垛横陈，风淡云轻，仲夏时节的植物，都在一鼓作气地疯长着。水流潺湲，折带般绕垛而走。芦苇、青蒲、红蓼，蜻蜓款款，蝶翅悠悠，时光仿佛停滞了一般。

在防震棚里住久了，难免有些发蒙。我决计回家看看，行走在空落落的村巷里，想来别是一番风景。

但走到村东牛桥口，我被拦下了。

大队成立了由基干民兵组成的巡逻队，每天轮流巡查值班，昼夜不舍，以防不测。在晒场通往村庄的唯一道口牛桥，我没能通过。站岗的是姑表兄大贵和一个女民兵。

"小舅表，你到哪去？"大贵发了话。

我抬抬眼皮，"回家"。

"那可不能，庄上不安全，防止余震。"

我眼尖，忽然瞥见牛桥对面的巷子里晃过一个单薄的身影，可不就是朱子善。

大贵见我嘴角有讥嘲意，扭头看去，和乃父正好打了个照面。

"你姑父进庄是拿面粉的，生产队等着急用。"

"是的，是的，我证明。"那个梳着二叉辫子的矮个女民兵替大贵圆谎。

我忽然愤怒起来，"我的课本丢在家里南屋，我要拿回来赶暑假作业"。

"那也要有队长的批条。"

"我到哪里找队长写批条，再说，我一个小屁孩儿，队长也不会为我趴在账桌上浪费笔墨。"

"没有二指宽的路条，谁也不准跨过牛桥上庄，这是大队特为交代的。"女民兵翻着白眼，在一旁帮腔。

大队的规章制度我知道，天天在我们家防震棚里开会，没有吃过猪肉，还不曾听过猪叫？何况，高音喇叭晨昏嚷嚷，没有特殊情况，任何人不得踏进村庄半步，否则后果自负。同时，当值将视为失职，要扣工分的。

我的犟劲上来了，"我就不信朱子善有条子"。

"有没有也轮不到你管。"见我无休无止的纠缠，大贵有些恼火。尤其是直呼乃父之名，让他脸上很是挂不住。

女民兵扑哧笑喷了，唾沫溅了大贵半边脸。

"走，走，走！"大贵忍无可忍，动手揪着我瘦弱的胳膊，开始搡我。

我被大贵一双粗糙的大手牢牢钳住，动弹不得。我的胸脯急剧起伏，脸憋得通红。大贵的恃强凌弱之举，让我无比屈辱。

僵持有顷，趁大贵不备，我低下头，在他胳膊上张口一咬，齿印里迅疾充血。

大贵一声惊呼，蹲下，咧嘴扯至耳根，脸色痉挛变形。

我在大贵松手的一瞬，拔腿开溜。一边气喘吁吁地呼喊："没得命，朱子善溜上庄做贼了，没得命，朱子善溜上庄做贼了。"

我的童口稚言，虽则随意而为，于朱子善却不啻一阵惊雷。他日后监守自盗集体粮食获罪，或许，这便是先兆。

我悻悻而返。大道不通，可以考虑旁门左道。当然是走水路，凫水进入村庄。最近的水道，是从晒场北侧直接游至对岸的陈家田，然后沿河经第二生产队大田，过后坝回家。但这一带大田里种植的是矮秆水稻，河坎铲得一溜光滑，寸草不生，即便一只青蛙蹦跳也一览无余。从此处下水，游不到河心就会被大人发现遣返，劳而无功。

我的目光落在草棚西侧的肚肺垛上。这一带，林木萧萧，芦草丛生，可作隐蔽。这条线路比较偏僻，但也很耗费体力。不仅要先游过眼前的夹河，登垛后还要利用各种天然屏障，匍匐行进近千米，至垛之西侧，横渡浩渺的后大泊，爬上坝根处的水码头才算大功告成。

　　夹河实在是小菜一碟，我两个猛子便潜游过来。贴着茂密的杂草，我很快攀爬上肚肺垛。垛上除集体栽种的红参外，尚有人家的自留地。快速穿过红参棵藤，我在人家园圃里稍作逗留，聊以喘息。秋光寂寂，园圃里蔬菜品类繁复，韭菜、药芹、青葱、大蒜、芫荽、菠菜、萝卜、蔓菁，令人目不暇接。邻水人家地畔，尚有芋艿、茨菇、荸荠，西风紧处，亦当掘土起棵了。谁家开春时节搭建的豆架，已为风雨浸蚀得近乎损朽。也许，下一阵秋风横扫，便会散架，成为它宿命里的一堆废墟，在苒苒秋光里流逝。

　　这是一个清凉的早晨，有人立于河坎浇菜水。长长的戽锹柄伸至水面，舀水，抬臂，过顶，清凉的河水均匀地泼洒向菜畦深处。这是一种让人心胸豁然的泼剌声，仿佛风过云端，鸟鸣枝间。劳作的快意不经意间便传递过来，似乎听得龟裂的土地正滋滋吮吸着汁液，憔悴的植物舒枝展叶，活络筋骨之声。隐约的，又是分明的；模糊的，又是清晰的；遥远的，又是切近的；芜杂的，又是单纯的。目不可辨，耳不可闻，用心，方能悟得。这或许就是天籁。

　　我不敢弄出动静，蹑手蹑脚，贴地而行，下得河坎，眼前便是波光粼粼的后大泊。

　　我忽然呼吸急促，心底无由地恐惧起来。我想起了那个秋雾渐浓的下晚，朱子善翻着蛤蟆眼，伸出枯瘦的手指，指天戳地神秘兮兮的话语：地震就是鳖鱼翻身，河水像开锅的粥，咕嘟咕嘟直冒滚热的泡泡。

又猛一跺脚，还会地陷，我们都会掉到陷塘里，几丈深，谁都溜不掉。

波光云影，菰蒲参差，我的头皮却有些发凉。

对岸的水码头石板上，一叠旧衣静静撂着，水波轻漾，涟漪泛起。近旁的苇梢，两只红蜻蜓颤颤巍巍地盘旋，一瞬拍翅有声，一瞬悬凝半空，时光和记忆仿佛就此定格。

我终究还是游过了后大泊，把湿淋淋的小脚丫，歪歪斜斜地印叠在空寂的砖巷。

六、大伯

大伯还真的有过东山再起的时候，不过，已经远远没有他当农会会长那时风光。

大伯再次进入范家庄人的视野，具有很大的偶然性。当初赏识他的那个新四军施指导员转业到地方，就任我们楚城县委宣传部副部长。一次来故地调研，他忽然想起大伯，便急切地向公社书记打听情况。书记自然不敢怠慢，忙找来分管范家庄工作的科长。

那科长姓王，平时说话口无遮拦，一脚踏进会议室，还没有看清来人，便大大咧咧地嚷嚷开了："那猴小，享了艳福，栽了跟头，桃花运交过了，这会儿怕是在江西抱着烂木头做黄粱梦呢。"

话音甫落，忽觉气氛不对，书记直瞪瞪地望着他，欲言又止。一旁的施副部长沉脸蹙眉，十分不悦的样子。王科长陡地刹住话头，一咂舌，嘿嘿干笑几声，以缓解尴尬。

书记正待圆场，施副部长已呷了一口茶，不紧不慢地开了口："人嘛，一时糊涂是难免的，关键是不能在同一个地方跌倒两次。对待有错误的同志可不能一棍子打死噢，要看主流，主席不是教导我们嘛，风物长宜放眼量。"

王科长哈着腰，连连点头："那是，那是。"

施副部长拢了拢梳理得一丝不乱的头发，清清嗓子说："李生劬这个同志我看还是不错的嘛！精通账理，又有一笔好字，可以用其所长嘛！当初，他主动要求为党为人民工作，态度还是很积极的嘛！"

李生劬就是我大伯，饱读诗书的曾祖为乃孙起这名字，取《诗经·小雅·蓼莪》"哀哀父母，生我劬劳"意，希望大伯日后体恤长辈、讲究孝悌。

王科长看着书记的脸说："我这就去安排？"书记点点头。施副部长脸色已经完全开朗了，他矜持地说："当然，李生劬同志自身也是存在一些毛病的，你们可要费点心，好好帮助他噢！"两个下属头点得鸡啄米般。

但好事多磨，到范家庄落实大伯任职的时候，还是出了岔子。

次日，熹微初露，王科长进了村子北头的我们家。我家的房子是十五寸侧砖，半边脸草瓦，当时在庄上也是屈指可数的。只是门头矮了点，当初竖门柱时，两根桑木长短不一，父亲怕烦，随口撂了句："把长的锯短，将就将就吧。"邻巷的唐木匠图省事，闻言窃喜，立马扬锯截料。和高大的堂屋相比，门楣实在逊色了许多。这似乎也透溢出父亲为人处世的一种哲理：内敛而不张扬。

王科长哈着腰走进我家院子时，父亲正捧着一碗薄粥在喝。见上面来了人，父亲忙放下碗，又大声喊着在屋后的小河里汏洗衣服的母亲，让她回来摊面饼。

王科长接过父亲递来的飞马牌香烟，摆摆手说："别麻烦了，我在公社食堂里吃了两斗碗菜粥呢。"

"这么早？"

见父亲狐疑，王科长有些夸张地拍拍肚皮："看看，两大碗，我都愁没处消化呢。都几十年的交情了，我什么时候和你客气过。"

父亲笑笑："随便你。"

王科长看着父亲喝完了最后一口粥，才优雅地吐出一串烟圈："我们长话短说，公社想让你家大佬出来做事，我先和你透个底儿。"

父亲十分讶然："这合适吗？"

王科长神情严肃起来："这是公社党委集体讨论决定的，你有意见可以保留，但必须服从。"

父亲点点头。

"还有，要做好大队一班人的工作，统一思想，以免节外生枝。"

但是，召开党员干部会议，这个议题遭到了与会者强烈的反对。一位老资格的小队会计情绪激动，唾沫四溅："他能做大辅，我都够到县财政局长的位子了。"

众人哄的一声炸了场，个个笑得前仰后合，三队妇女队长乐歪了身子，纳着鞋底的针竟戳上了治保主任的光头；民兵营长的一口茶也喷到了邻座支委的脸上，麻脸支委欲怒还休的神情生生僵着……因饥馑而起的一张张菜色的脸，忽然都精神了起来。

尽管有了足够的思想准备，王科长还是有些无措。他想不到大伯在庄上的口碑如此之差，真他妈是捧不上台盘的刘阿斗。他嘴里嘟囔了一句，又马上恢复了镇静。情势已是骑虎难下，问题已经不是大伯能否在村里安排下一官半职，而是事关落实人的能力高低。王科长何尝不明白，此事如果摆不平，在书记和施副部长面前都是不好交代的。他清了清嗓子，强调了组织原则，又列举了大伯的许多优点，说明非常时期人才难得，希望大家能宽容些，不要求全责备。他这一说，谁也不吱声了，偌大的会场一片寂静。角落里，不知哪个妇女手中的缝衣针掉落了，传来一声细微的蹦响。

气氛凝重得有点压抑。

终于，那个小队会计忍不住站起来："我来说句不中听的话，既然上面已经定好了，还征求我们什么意见！这不是画圈给我们站吗？征求征求，征求个屁！"拍拍屁股，一甩手，走了。

人群里先是窃窃低语，接着起了嗡嗡声。有人嚷嚷着什么，有人不声不响地溜离会场。

王科长始料未及，忙用求助的眼神看看父亲。

父亲沉默着，始终没有发话。作为大队支书，他其实也挺为难的。反对吧，毕竟有血脉之亲，于情理上说不通；赞成吧，大伯又委实是扶不直的井绳，硬上，是要被乡亲们戳脊梁骨的。他只能闭了嘴抽闷烟。

早有腿快的，飞奔到大伯家，把隔墙听得的争论原原本本地贩一遍。大伯阴沉着脸，两腮因牙齿的咬嚼而扭曲着。他是个见风使舵的老手，知道逆水行舟有船覆人亡的危险，明知不可为而为之，实在非明智之举。他眉头一皱，思忖半晌，决定退而求其次。

由于会议不欢而散，未能达到预期效果，王科长一直闷闷不乐。父亲觉得有些过意不去，硬拖着他来我们家，又要大队保管员到仓库里弄了几斤干面，让母亲做顿手擀面晚饭。

闻着锅里炸青菜的油烟，王科长打了个喷嚏，他揉揉鼻子，看看父亲，眼睛忽然一亮："把你老大喊来！"父亲正掂量着让谁去合适，王科长又套着父亲的耳朵，压低了声音，"还有，把平时和你谈得拢的大队干部请来，大家再商议商议。"

这一晚，就在我们家的小榆木饭桌上，王科长、父亲以及他的几个铁杆一边吧嗒吧嗒地叉着面条，一边就落实了大伯的差事。大伯大口喝着面汤，表示自己决不挑肥拣瘦，在哪个岗位上都是为人民服务。

王科长为大伯的高姿态而动容，临走，他握着大伯的手使劲摇着："生劻同志，是金子到哪里都会发光的。暂时委屈你了，组织上会好好考虑你的事情的，放心，放心！"

第二天清晨，人们拿着碗盆，陆续来到大食堂打粥时，发现掌勺的老妇女主任不见了，取而代之的是我大伯。

和大伯有过仇隙的那户富农，见食堂的橱窗里露出的是那张熟悉而又切齿的脸，一家人的心都沉到了底。在那饥荒之年，虽不是饿殍遍野，东村西舍却也时有得浮肿不治的。南村的一户人家，忽然就有了灭顶之灾，一家四口，悉数暴亡。满门而殁，实在不是一件小事，公安刑侦部门介入了。但侦查的结果是，这家人饿坏了，饥不择食，先是吃河沿白嫩脆甜的芦柴根，吃着吃着，就错挖了一种野菖蒲根，这是能够致命的。一家人填饱了肚皮，回到低矮的草屋里昏昏睡去，这一睡，大小四人再也没有醒转。

周围十里八乡的，但凡听到这惨景，个个后脊都嗖地一凉，头皮发麻，仿佛拖着红红长舌的黑白二无常，正摇着招魂幡，一步一步地逼近。

大伯给那家富农带来的就是这样的恐惧。在那个缺衣少食的非常岁月，大食堂里掌勺的无异于掌管着人命，这话一点都不为过，一铁勺下去，文章真是太多了。

大食堂就设在村口的堂庙里。大伯每天早中晚三次，准时把一张意满志得的脸露在热气腾腾的窗前。他系着原先帮二祖杀猪打下手时的白围兜。严格地说，那围兜已经不是白色的了，灰尘血污把它糟蹋得面目全非，甚至，仍有一股隐隐的猪臊气渗出。但饥不择食的人们已考虑不了这么多了，填上二寸半比什么都要紧。

　　大伯叼着粗糙的纸卷烟，一双三角眼斜向排着长队的慵倦人群。他的心里在盘算着小九九。他秉承着杀猪时低头剁肉、抬头看人的习性，娴熟自如地运用到了打粥舀汤上。在大伯看来，勺子与点红刀其实就是一回事，关键是掌握的手。有时候，眼睛长在巴掌心，比长在额头上更管用。大伯可谓深谙个中三昧。遇有平日里处得来或沾亲带故的，他故意板着脸，一副公事公办的模样，拿着勺子的手却玩起了花样：先是把长柄铁勺慢慢沉入半人高的粥桶底，一勾，然后缓缓提上，使个眼色，那端着粥盆的便心领神会，接过递来的厚厚一勺粥，忙着用衣袖掩着，再等第二勺。如此往复几个回合，冲大伯讨好地一笑，疾步走开，彼此心照不宣。

　　倘若是大伯看不顺眼，或者和大伯有过过节儿的，那就活该他倒霉。比如那个反对大伯出山的小队会计，头一次就吃了一个闷瘪子。大伯打给他的汤里，居然找不着一星半点菜叶菜梗，拿捏得这么准，也真亏了大伯。小队会计不服气，瞪着眼睛，气鼓鼓地看着大伯。

　　大伯用勺子敲敲木桶："看什么看，我可是一视同仁啊，凭他是谁，都是一勺子下去，一勺子上来。"

　　小队会计鼻孔里哼了一声。大伯来了火："你还委屈了不是？要享嘴福，到县城去弄个财政局长做做啊，油汤油水，吃香的，喝辣的，尽着来！"

小队会计气得唇青嘴歪，一跺脚，恨恨地走了。大伯一扬手，怪声怪气地丢过去一嗓子："走好了你。"

那小队会计还不算最倒霉，在大伯执掌范家庄集体食堂大勺期间，运交华盖的当属那家富农。富农姓华，乃叔家选族长为施指导员所诛。虽是庄上的大姓，无奈成分高，自土改始，便一直被压制，低人一等，平日里走路也是顺着墙根，哈着腰，见了人总是一脸谦卑。早些年，大伯和华富农媳妇有了那码子事，闹出人命，被一罱子摁下水，着实让华富农一家出了口恶气，感到共产党还是铁面无私的。但气虽出了，他心里仍然堵得慌，毕竟，如花似玉的媳妇转瞬间像一道水波远远逝去了，这口气出的代价委实太大了。而且，时间不长，我父亲又走马上任，掌管了范家庄的实权，真是仙家还是仙家做。华富农便觉得自己的日子暗无天日了。尽管，他也知道，父亲和大伯实在不可同日而语，但果真要胳膊肘往外拐，那还不生生折了。

其实，父亲真的一点都没有难为华富农。有时见他晚间默默地扫着巷子，父亲还走上前去，和他拉呱两句，无非是思想动态，改造情况，当然，问的最多的还是饮食起居。父亲甚至会递一根劣质纸烟给他，华富农便受宠若惊，双手抖抖地接过，也不抽，顺势夹到耳边，嘴里一叠声地嘟囔着，仿佛遇到了善心的菩萨。华富农不知道，父亲之所以这样做，是出于一种良心上的不安。父亲一直认为，大伯逼死了人家的媳妇，实在是一件丧尽天良、有辱门庭的事，但他不好放在嘴上去责备，一来毕竟是其豆同根，二来恐祸起萧墙，隔墙有耳，授人以柄。但他对大伯的鄙夷是显而易见的。在世面上闯荡日久的大伯也心知肚明，他所以能重新出人头地，并不是父亲念同门之谊，而是要过上面的关。这样一想，他便格外感念提携自己的恩人施副部长了。他思忖着什么时候带点土特产，专程去县城拜望一下人家。

父亲对华富农的怜悯表现了他的一种情怀，在那非常年代，他也只能点到为止。而大伯掌勺后，父亲的这种同情就显得很微渺了。

华富农的帽子那时是严严实实地扣在头上的，他排队挪到食堂窗户前，和大伯甫一照面，心里便咯噔了一下，他说不清大伯看他时是一种什么样的表情。大伯盯了华富农足足三十秒。也许，他骤然想起那个暑热的夜晚，想起那标致的小媳妇和她雪白的颈窝间毒蛇一样盘着的粗硕麻绳，想起呼天抢地的华富农托着媳妇僵硬的躯体闯入家中时，那因愤怒而扭曲变形的脸……华富农应该不会想这么多，嘀嘀嗒嗒的三十秒对他来说太漫长了，咕咕乱叫的肚子使他无法集聚精力去想那些前尘往事，他木然地向窗口递过手中的斗碗。

大伯忽然很灿烂地笑了一下，露出两颗镶着铜皮的牙齿。他把勺子伸到粥桶的一半处，快速地搅一圈，随即提起，往华富农碗中一冲，眼光便越过华富农头顶，高声吆喝："下一个！"

华富农伸出筷子，在倒映出眉毛和皱纹的碗里挑了几挑，清汤寡水里泛起一两粒米渣，又迅疾沉下。他抬起涩重的眼睑，漠然地扫过大伯幸灾乐祸的脸面，暗自叹息一声，拖着浮肿的双腿，慢慢挪出门槛。

大伯德性尤劣，贪恋女色依旧。在屋梁间香消玉殒的华富农媳妇，对于他，已经是遥远的往事了。他觉得，女人漂亮也好，丑陋也罢，过去了就如同掀开的皇历般，不值得再去辗转纠结。譬如那小媳妇，确如《诗经·卫风·硕人》描述的那样，"手如柔荑，肤如凝脂；领如蝤蛴，齿如瓠犀，螓首蛾眉。巧笑倩兮，美目盼兮！"不过，又能怎么样呢？现在还不是枯骨一累，青冢独向。人真的要善待自己，及时行乐，过期作废。

虽然饥馑已经把浓浓的菜色涂抹在每个人的脸上，但那些大姑娘小媳妇的丽质，依然遮掩不住。如浓浓霜色里的一树丹柿，静静悬挂着，温润诱人。大伯的眼神这时候开始迷离起来，仿佛有了黏性，直勾勾地觅向人家。大伯不怀好意地错开她们从窗口递过来的碗盆，故意捏一捏那些嫩手纤臂，也没有谁敢真的和他翻脸。其实，这也算不上什么，大集体时的婆娘们，都是见过世面的，可以当着男人的面光着上身，穿着大裤头晃来晃去，神色自若。可以在小队会计记工分时，在一片喧腾中，忽然一把扯开衣襟，露出肥硕白晃的乳房，旁若无人地给哭闹的孩子喂奶，谁还在乎大伯这一摸一捏的。遇有胆大的女人，反而向他丢个媚眼，哎哟哟一声娇嗔，弄得大伯神颤魄荡，情不能禁。那些刚刚过门的新媳妇，面皮特别薄，受到轻侮，她们便涨红了脸，也不吱声，垂下头，拿眼角愠怒地瞟瞟窗户里那张淫荡扭曲的面孔。大伯眉飞色舞，越发乐不可支，大勺子在粥桶里时快时慢，时紧时松，做尽了花样。

大富已经是大小伙子了，他是大祖的长外孙。虽说大伯图谋他家祖产未遂，心存芥蒂，但随着时光流逝，心底的怨隙也渐趋淡薄。何况，阋墙起时，大富还不知在何处转经。再怎么说，大富也是门族上的晚辈，日后有事，说不准还要指望他呢。

大伯念想及此，一直紧绷着的脸和缓下来，他招呼着大富："大外甥，过来过来，不要挤在人堆里，把盆搁这边。"

待大富递进一只二渣盆，大伯将铜勺缓缓探入粥桶，圈搅一周，定一定，沿桶壁慢慢提起，一大勺稠粥带着馒头脊，实实在在倾入盆中。如是者三，大富的盆里盛满了雪白的大米粥，米汤极少，几近烂饭。大富如同拔节的麦子，正是往上蹿个头的时候，半桩子，饭缸子，大伯毕竟是过来人，不但懂得这种生理常识，更深谙亲疏有别这个哲学命题。

见大富怔愣着，大伯铜勺一敲桶沿，"好了好了，赶紧让开，后面的人都伸成鸭颈项了。"又朝大富挤挤眼，往旁边一努嘴。大富心领神会，用一柄破旧的蒲葵扇覆盖住粥盆，捧着，低头一仄身，飞快地从食堂侧门开溜。

这一切，排队打粥的人都看在眼里。尽管大家心知肚明，但谁也不去说破，更谈不上据理力争。铜勺柄牢牢地攥在人家手里，如果不是脑袋被门挤了，谁会去给自己找不自在呢？

华富农成了出头的椽子。一日凌晨，华富农和大伯较上了劲。那日，一长溜儿排粥的人，华富农紧挨着大富。大伯厚厚的一勺稠粥甫于大富碗里落定，华富农做出惊人之举，一把抢过，重重地顿于窗沿，又疾速地排上自己的斗碗，声音微颤："什么话都不说，就按这个样子给我一碗。"

人群哗然。兔死狐悲者有之，事不关己者有之，隔岸观火者有之，坐收渔利者有之，群情毕现，不可名状。大伯猝不及防，怔在窗口不知所措。他的脸色立时涨红，如猪肝般。俄顷，又翻转成瓦灰色，细密的汗珠从前额沁出，又顺势沿着皱纹，汇聚成几线，满面纵横。其狼狈形状，或恐为他宦场生涯所仅见。

不过，大伯迅速冷静下来，多年来走南闯北的识见，让他本能地感觉到，若不果断了结此事，给华富农一个下马威，自己在范家庄将尊严不复，颜面扫尽。不要说以后混迹官场，恐怕目下手中的这柄铜勺也将易主。所谓怒从心头起，恶向胆边生，恼怒至极的大伯回转神来，随即给了华富农致命一击：扬臂，一勺挥下，那只略有豁边的斗碗，凌空划过一道弧线，越过众人头顶，磕飞至门楣，又弹跌于地面，四分五裂。

大伯犹不解恨，以勺柄敲着窗棂，一字一顿："你个臭富农，胆敢与贫下中农平起平坐，想翻天了！饿你三顿，看你还敢挑肥拣瘦，嫌好识丑的。"

一屋子人讶然得张大了嘴巴，没人敢喘一息粗气，空气仿佛凝固了，静得能听见一根针在跳。

华富农狠狠咽了口唾沫，喉结快速蠕动，太阳穴突突起伏，但他嘴角扯了扯，什么也没说。他弯下腰，把碎裂的碗瓷一一捡起。直身，抬头，看看面目狰狞的大伯，又扫一眼泥塑般的人群，一滴滚烫的泪水在深陷的眼窝里打旋。

这一年霜降，华富农合上的眼睑再也没有睁开。他倚着自家的南墙，嘴里塞着一把嚼得稀烂的穰草，那些云烟往事，一一在他混浊的眼际飘然而去。他的独生子华仲，静默地抱着父亲僵硬的尸体，一言不发。他的视线越过庭院，望着院墙，院墙外的树，树梢上的浮云，浮云之下，残阳如血。

七、大富

大集体时，晒场往往是连成一片的。范家庄八个生产队的晒场，铺展在村东一块偌大的垛田上，这片被村人称为马家田的地块，有三四十亩的光景，东西稍窄，南北绵长，中间一条机耕路，曰牛岸。四围环水，便于场头上下麦捆稻把和废场作圃时浇水施肥。

每到夏收秋割时节，场上便垒起了一堆堆黄灿灿的粮食。纵眼望去，丘陵般起伏着。那种气势，是很能让人作为收获者中的一员而倍感自豪的。星散着的粮堆，日里翻晒，倘仍显湿，晚间不归仓，是要有人看护的。这差使惯常由生产队的群众推举，一般有两人。看场是一桩挺重要的差使，一场几万公斤的粮食都掌在你手里呢。故，荐这个人选极为严格，打上了那时鲜明的政治烙印：本人须是根红苗正，三代贫农，且忠厚本分，具有一定的看场经验。嘴上没毛的青皮小伙，懵里懵懂的黄毛丫头，一般都难负此任，唯那些看了几十年场的老把式，才横竖让人放心。

第一生产队惯常是我的二姑父朱子善，而且多年连选连任。朱子善精瘦，走起路来有些飘，如同悬挂于架上的一根老豇豆。瘦削的下巴上搭几绺黄稀稀的胡须，一双小绿豆眼中透出精明。他大面上欠善相，本不为人所喜，但碍于父亲的情面，队长还是把看场这个劳动强度相对轻松的活计，派到他身上。朱子善却扬扬自得，自以为在范家庄也算得一号人物。常常在大家卸下碾场的牛轭头，聚于凉棚中歇晌时，炫耀自己在溱北区委做公勤员的那段经历。

"先说说我这厨艺，"朱子善见众人伸长颈脖，满眼期待，更其扬扬自得，"三乡五图，但凡婚嫁喜丧，哪能少了我朱大厨掌勺！"

"你不就做做烧饼嘛，和武大郎一样的手艺，还会操红白案？你就是嘴角说得泛出两摊沫来我们也不信。"

朱子善竖起小眼睛，急呛起来，"没有金刚钻，别揽瓷器活，你以为那碗饭好吃啊！再说了，我这要没有两下子，人家也不会三番五次地来请。"

"是三顾茅庐。"人群里飘来一声。

"还有八抬大轿。"又一声嬉笑传来。

这一次的讥讽意味，朱子善听出来了，他很恼火，"那谁啊，躲在角落像蚊子，叽叽哼哼个啥，呕这酸水，你是没见识过朱大爷我的手段。"

见众人屏息，朱子善眯缝着眼，摇头晃脑，"你们听说过不用尝菜，就能知道咸淡的吗？"

有人惊讶得吐出舌头。

朱子善越发来劲，"大锅起盖，油烟一招拢，咸淡便知。"

人群里爆发出一阵肆虐的声浪。

"信不信由你们。"朱子善忽然不自信起来，赶紧结束了这个话题。

"还是说说我们这些老革命出生入死的经历吧！"朱子善睥睨着人圈，开始述说他的那些死无对证的陈年往事。

"你们不知道，那可是把头拎在手上过的日子。"朱子善伸出右手，竖起尖细的食指，划拉几下，一张薄唇快速翻飞，"区长掏出盒子枪，趴在船中舱还击，我在船艄死命划桨，子弹一路紧追着屁股，噗噗噗，打得水花溅起半人高。"

"有没有打到人，难不成子弹还没有你船快？"有人开始质疑。

"子弹倒是不长眼睛的，可大爷我运气好啊！"朱子善故弄玄虚，"还真他娘的有一颗子弹凑了巧，撵上了。"见众人伸长颈项，眼睛瞪成灯盏，他才在鞋帮上磕磕烟灰，慢条斯理地说，"不过，没伤着人，打在后艄，削去巴掌大一块船皮。"

一个愣头青忽然插了一句，"你只顾划船吗？怎么不和区长一起还手呢？"

朱子善嘿嘿一笑："当时小划子在大河心里，无遮无拦的，太危险。我想等划到前面的芦苇荡里，隐蔽逸当后再出手的。"

见人群中仰起狐疑的面孔，朱子善强调："情况危急，我是一边划桨，一边打开枪套的，子弹也登了膛。"

"就你？你也配带武器？"人堆里传来一声嗤笑。

朱子善有些挂不住了，不用找人，单凭这阴阳怪气的雄鸭声，他就知道是诨名"水獭猫"的小队会计在嘲弄他。呼其人为"水獭猫"，因其长相颇类。脸颊瘦削，眼窝深陷。尤其是那双眼睛，或许是经常做账和嗜赌熬夜之故，总是红红的，泛着血丝，这和他的绰号又更近了一步。可见村庄不乏高人，他们观察细微，语感精准，为人制绰号，往往一针见血，入木三分。仿佛手艺高明的裁缝和鞋匠，一眼扫过，就将人的尺码猜个八九不离十了。而起绰号者，尤为不易，须对被制者之体貌性格、举止言谈有所了解，并精确概括。特别是放大了他们的个性特征，为熟悉者所认同。一号既出，立竿见影。大家有时是会心一笑，有时是捧腹喷饭，有时是拍案叫绝，视所起绰号之精彩程度而定。当然，村俗所起绰号，大抵是针对人们的生理或者性格缺陷，已经有讥讽诋毁的成分在里面了。

二人素来不睦，事出有因。朱子善精于账理，一直觊觎本队会计位置。为此，不但自己亲自上阵，还动员一干本家族人，多次咬我父亲的耳朵根，把"水獭猫"贬损得一塌糊涂，取而代之之意显见。但人家做得好好的，工作上并没有什么失误，父亲即便存心相帮，也找不到捧得上台盘的理由。何况，父亲对他这个表姐夫的人品也是不敢恭维的。事情就这么僵着，一搁经年。没有不透风的墙，朱子善的所为，后来为"水獭猫"探知，一股闷火在肚子里烧了几年。他虽为小队会计，在工分记取、钱粮分配上有一定的生杀权力。但是，由于父亲的荫庇，他的这点小权就显得微不足道了。反之，他须得小心翼翼，如履薄冰，稍有不慎，给父亲抓住把柄，这个绿豆芝麻官也就算做到头了。

"别以为做得天衣无缝，那些个烂账总要晒晒太阳的，人民不能容忍蛀虫。"

朱子善话音甫落，忽然有了一种自豪感，他觉得，这句话很有高度，而且义正词严，具有不容置疑的威慑作用。也只有像自己这样吃过公家饭、经过大世面的人才能够说出。

但"水獭猫"并不买账，一棍子把朱子善打回，"好账烂账都摆在台面上，群众的眼睛是雪亮的。账目的事再说，我现在就问一句，你当时到底有没有资格配枪？"

朱子善做过区公勤员倒是实实在在的，至于配发武器，而且从他的描述中是手枪，看来比较悬。言多必失，他的大嘴巴给自己带来不小的尴尬，从他破绽百出的叙说中，"水獭猫"看准机会，一下击中他的命门。

正在场头睃巡的一队队长朱大富，远远见一堆劳力在牛棚处起哄。近前一看，父亲像一条被打了七寸的水蛇，蔫蔫地挂在车轴旁，脸色青灰。一旁的会计"水獭猫"虽然缄默着，但遮掩不住的喜悦，还是从他高挺的颧骨处向整个面部蔓延。那是一只斗胜的公鸡的得意，是冷箭命中的窃喜。大富心里顿然洞烛，父亲和会计这对老冤家又斗法了，不用说，凭这悲喜迥异的表情就知道，父亲再一次败北。事实上，多年来无以数计的交锋，父亲从来与凯旋无缘。他的口若悬河滔滔不绝，常常授人以柄，从而为暗箭准确命中。

大富暗暗埋怨口无遮拦的父亲，又回头狠狠剐了"水獭猫"一眼，大手一挥："都磨什么洋工，干活去！"

和朱子善搭档的是村南首的和老儿，整天弥勒佛般，见人一脸的笑，却有点结巴。每至黄昏时分，两老儿一人一把大扫帚，从场东刷到场西，顺着场脊，将粮堆一码一码地垒好，又用了板锨，仔细地拍得圆溜溜的，从棚中拿出村里专做的拍盒，挨堆儿地上印。这拍盒是木制的，上有把手，下面的木板雕空，有阴文字样"范家庄大队印"和"第一生产队封"。盒内装有石灰粉，每拍打一下，那白字便很显目地印在粮堆上，有一种威慑作用。

打印是很考究的，看上去容易，做起来却未必。印打深了，嵌入粮堆，缺笔少画，是要让人笑话的；浅了，隐隐一抹白痕，又起不到封堆的作用，会给贪小便宜的人以可乘之隙。朱子善打印是蛮有一套的，他们两个围着粮堆，一步套着一步，一印挨着一印，每人手中提一木盒，那印打得密而不臃，疏而不漏，字字清晰，笔笔分明，有小偷小摸之瘾的人只能望粮兴叹了。

但也有出意外的时候。一年的秋收，黄澄澄的稻堆在场上过了一夜之后，有两墩不易觉察地矮了下去。细心的大富止住了急欲用板锨启印的和老儿，让人扛来大秤，一过，少了百十斤。那时，这不是一个小数字。情况很快反映到村里。父亲大手一挥："查。"封印未动而谷堆骤减，自然先找看场的。和老儿涨红了脸，结结巴巴地半天嗫不出一句话来。

坐在牛棚一直阴沉着脸的朱子善，吸溜溜长吸了一口旱烟，把烟袋盅儿在草鞋帮上用力磕打磕打："粮，我扒的。"

大富眼睛瞪得铜铃般，围着他转了几转，猛然一拍屁股，恨铁不成钢地嘿了一声，双手抱头，痛苦地蹲于场边。

朱子善又望着待在一旁的和老儿，神色平静："我趁他睡着了扒的，跟一个路过的小贩子换了些烟丝、大麦酒，是打是罚，我认。"

那时候，因为挨饿，小偷小摸的不少，但父亲不信朱子善会做这等事。尽管他爱占点小便宜，但毕竟在公家混过，这点觉悟还是有的。何

100

况，他自诩为在市面上走的人，偷鸡摸狗的事，应该是不屑为之的。但此刻，朱子善红口白牙地承认了，当着全队三十多号劳力的面。父亲骑虎难下，看着在一边默然无语的大富，他心生怜悯，决计再努力一把。

"你考虑好了，稻子真是你扒的？"父亲紧盯着朱子善灰溜溜的脸，带有启发性地询问。

朱子善如同王八吃秤砣——铁了心，一口咬定："是，我偷的。"

朱子善居然用了"偷"字，父亲觉得特别刺耳，心中蹿起一股无名之火，再一次逼视着他："覆水难收，你要对自己说的话负责。"

见他仍然无动于衷，没有改口的迹象，甚而露出死猪不怕开水烫的无赖相，父亲勃然大怒："你个拎起来不像粽子，耷下去不像糍粑的东西，自己老脸不要也罢了，可别祸及子孙，让一家人蒙羞，跟在你后面被全庄人戳脊梁骨。"

人群中叽叽喳喳议论起来，队长的父亲偷公粮，这还了得！不但身为父亲的窃贼跑不动，作为队长的儿子恐怕也有池鱼之殃。

一众人开始喧闹起来，只差振臂高呼口号了。如果不是惮于父亲的威势，怕是早就开现场批斗会了。起哄者会在朱子善颈项里套块大黑板，粉笔写上"偷粮贼"三字，打上叉，然后是一浪高过一浪的愤怒声讨。

父亲倒不是关顾朱子善的面子，他有更为深远的谋篇布局。

年轻气盛、疾恶如仇的大富，在父亲的一手提携下，已经担任范家庄村第一生产队队长两年了，入党不久，又擢升大队支部委员，是父亲着意栽培的一棵苗子。父亲极其赏识大富，常常私下里对母亲夸耀："这小伙蛮好的，天庭饱满，地角方圆，浓眉剑眼，一看就是块好料子。"其实，大富长相周正，但未必如父亲描述的如此玄乎。譬如，他眼角有一块被牛啃出的拇指大的疤痕，十分有碍观瞻，为他的面相大打折扣。父亲之所以这样，一来是依着家里那本线装《麻衣相》说顺了口，二来，不排除他对大富的偏爱。暗地里，父亲已经为自己的这个嫡表外甥，留下了大队出纳会计的位置，只待那个哮喘经年、如风中灯草般的老会计丢手，大富便可以顺理成章地走马上任。

而此刻，乃父朱子善的节外生枝，无疑给大富一帆风顺的仕途投下浓重的阴影。这种障碍是致命的，如果不果断清除，势必为其所累。这个道理，父亲深深懂得。

"大富，把你老子带回家，不要在这丢人现眼了。"父亲一声断喝，大富从羞愧懵懂中惊醒过来。他从场边一跃而起，裹挟着瘦弱的乃父，一溜烟儿奔回家门。

有人心中不甘，犹自喋喋不休。声音尽管如蚊蚋般，父亲还是听了个一清二楚。

"大家静一静，不要叽叽喳喳的。"父亲威严的目光从众人头顶扫过，"人非圣贤，孰能无过。主席不是说过吗，对待有错误的同志，我们应当采取这样的态度，就是希望他们改正错误，对他们不但要看，而且要帮。怎么能以偏概全，一棍子把人打死呢？"环顾人群，顿了顿，"今天的情况，大家也看到了，就这么大个事，也不值得上纲上线，兴师动众的。乡里乡亲，低头不见抬头见，谁也没有把谁家的孩子扔到井里，是吧，点到为止就行。当然，朱子善我们还是要好好教育的，他必须做出深刻检讨，给全队社员一个交代。大家要相信，大队支部会妥善处理好这件事的。"临了，又不无威胁地撂出一句话来，"谁还有不同意见，可以直接到大队部和我交换。"

几个嘴尖的心生惶恐，面面相觑，空气骤然凝固了。

"都散了吧！"父亲耸耸肩，掖紧滑下的蓝涤卡中山装，接过"水獭猫"递来的一根"飞马"，点上，吞吐一阵烟雾，扬长而去。

认了死理，揽下丑事的朱子善，最终被父亲叫到大队部，狠狠熊了一顿，灰头土脸地面壁半天。直到黄昏时分，蚊虫出窠，嗡嗡嘤嘤地围着他打转。

父亲望着表姐紧贴着窗户玻璃，投过一束恓惶的眼神，于心不忍，遂敲敲办公桌："行了，骂也骂了，罚也罚了，以后要管好自己的爪子，不要伸得太长，回去再好好反省。"

待朱子善走到近前，躬身感谢时，父亲板着脸，压低声音："特别要管好你那张碎嘴，千万别连累了子女，跟着你下泥坞子。"

父亲最后的这句敲打，针对性特别强。朱子善猛然苏醒，他后脊沁出一排冷汗，神经质地张大嘴巴，像一条干瘪的鲢鱼。二姑见状，忙跨进门，一把叉住，搀扶着失魂落魄的老伴，趁着夜色渐酽，急急往庄后的丁头府赶去。途经大砖街，朱子善没有了往日的招摇，垂头丧气地沿着一溜墙根疾走，用他曾经嘲笑别人的促狭话：恨不得有条裤子套在头上遮丑。

偷盗事发后，朱子善被撸去看场的差事，混迹于妇女和半拉小伙间打杂，再也赚不到整劳力的工分。

然而，当夜，队里拖老带小的王寡妇，居然跪在朱子善家的大门槛上，一直啼哭到东方既白。

范家庄人如坠五里雾中，心里升起无数谜团。他们不知道，朱子善到底给全庄人打了一个什么结，活扣？死扣？至今不得而解。

父亲闻之，心尖微颤，头脑一激灵，揉揉太阳穴，缄默良久。他觉得这个表姐夫太不可思议了，所作所为实在有悖常理，但细细思忖，似乎又在情理之中。朱子善窃粮，王寡妇跪门，其中肯定是有着不可割舍的关联，但一时半会儿又理不清，像一团纠结的乱麻，绕得父亲心烦意乱。

"这个尽惹麻烦的老瘦猴，真他娘的让人不省心。"父亲愤愤地骂了一句，为自己摊上这个不争气的表姐夫而汗颜。他拽过一张隔日的报纸，点燃一支烟，吸一口，又重重吐出，烟雾缭绕中，那些烦恼事仿佛也袅袅而散，竟至消弭。

然而，更大的麻烦接踵而至，翌年夏至，大富重蹈乃父覆辙，扒了生产队的粮仓。这消息如同一记凌厉的耳刮子，迅疾扇过父亲的脸颊，更像一记重拳，无情地击碎他的心房。

父亲从座椅上晃晃悠悠地站起来，有气无力地吩咐前来报信的大队长："走，去现场。"

仲夏的阳光黄油饼般，威力无限地炙烤着大地，来来往往的人汗流浃背。父亲拖着沉重的脚步，踢踢踏踏地行走于村巷，却不觉得炎热，反而从心底兜升起一股凛凛寒意。季节倒是未曾错乱，依然恪守固有的轨迹，如期而至。只是父亲有些恍惚，心意迷乱，不知今夕何夕。

第一生产队的晒场上已经聚集了好多群众，本队的，外队的，男男女女，老老少少，鸭子嘈栏似的，喧闹成一片。

尽管去年稻子丢失事件业已处理，行窃者朱子善也得到应有的惩处，但作为看场人之一，和老儿也不是完全能够撇清的。父亲之所以网开一面，基于两层考虑：一是和老儿乃老场把式，碾场，堆草，扬场，在第一生产队无出其右者，这个理由冠冕堂皇，没有人能够辩驳；第二个原因略带私心，不便捧上桌面。和老儿嫡亲侄子华仲，亦即已逝经年的华富农的儿子，已经长成一个英俊的大小伙了，从十八里外的唐刘镇中学毕业回家后，耕读不辍。二姐暗中和他来往，两人情投意合，相交日久。父亲默许了他们的交往，虽说华富农家成分高些，但关键还是看人。从华仲灵气的眼神、沉稳的举止，以及为人行事的不卑不亢，父亲觉得这小子有戏，日后必然会出人一头，小小的范家庄可能是困不住他的。

不过，这些都是以后的事情，目下的这摊烂事，才是燃眉之急。

和老儿战战兢兢挪至父亲跟前，垂手而立，本来就磕巴的他，面颊涨红，越发说不出话来。

去年的那桩事，虽说放了他一马，但也不是没有异声杂音。"水獭猫"多次敲他的边鼓："不要仗着是老晒场，支书的表姐夫照样办事！要不是我们这些小队干部兜着，你以为真能过得了天门阵啊！一把年纪的人了，还不识好歹，把路都走得竖起来了。"

和老儿不知所措，央求"水獭猫"明示。

"水獭猫"见说了半天，和老头仍不开窍，干脆把烟蒂往地上扑哧一吐："打开天窗说亮话吧，我们替你挡了恶浪，说了几大笸箩好话，这元气也伤了，唾沫也干了，你不意思一下总说不过去吧。"

和老儿心里咯噔一下，这不是明火执仗的敲诈吗？但他没敢表露出愤懑之情，他知道胳膊拧不过大腿，还是破财免灾、息事宁人的好。他脸上堆起谦卑的笑："承蒙会计看得起，我们茅棚土墙的寒碜人家，也没有什么好东西孝敬。家里倒是有一只芦花老母鸡，要不，我下晚送过去给领导们碰头。"

"水獭猫"两眼放光，使劲咽了咽唾沫，拍打着和老头露出破衫的肩头，"我说嘛，你老不是那种过河拆桥的角色，也不枉费我们帮衬你。就这样说定了啊，我先回去备备葱姜佐料，到时你一块入席。"

和老儿望着"水獭猫"乐颠颠儿扭去的身影，长叹一声，无助的眼神随着四合的暮色，渐渐黯淡。

　　"把事情的来龙去脉说清楚，不要有遗漏，不然，这一次你也跑不动。"父亲的声音不高，却如一声炸雷，打得和老儿脚步踉跄。他定了定神，怯怯地瞄了父亲一眼，开始搜肠刮肚，力求以精准的词汇，描述这个清晨所发生的惊心动魄的一幕。

　　准确地说，应该是凌晨，尚有一星在天。和老儿被一泡尿憋醒，起身来至场头河边小解。河风清凉，露气渍人，他浑身一颤，睡意消散。眼见得晨光熹微，队长们吆喝上工的粗大嗓门此起彼落，村庄田野里都有了动静。和老儿索性抹了把脸，扛起大笤帚，自东而西，一径打扫起场地。至仓库处，和老儿怔了怔，揉揉眼眶，墙根处分明洒有一溜红皮麦粒。不过，他很快释然，一准是那些毛手毛脚的愣头青，白天装库时泼泼洒洒落下的，一点不知道心疼粮食。和老儿摇摇头，自言自语，真是嘴上无毛，办事不牢。俄顷，扫至装卸粮食的水码头，和老儿揩揩额角细密的汗珠，拄着扫帚把歇息。

　　前些时的几场陡雨，如瓢泼盆倾，晒场的低洼处迅速淹没。人家膳下的黄豆，临水的两行沉没于混浊的碎浪里，矮棵者，只隐隐见得孩童巴掌般的叶片，在水下随波摇荡。尚未遭受灭顶之灾的菜蔬，亦因根部在水中浸泡日久，而呈萎黄之态。倒是高处靠近坝埂的芋艿，叶色青翠，一派生机。还有更高处的架豇，嫩荚累累，几乎覆盖了整个芦竹架子。

　　青碧的河水泛着涟漪，疾速向远处扩散。正凝神着的和老儿猛一激灵，心里忽然圈打起一个更大的旋涡：不对呀，昨天临收晚工前，明明从仓库门口，来回过了十几趟，怎么就没看见撒落的麦子呢？愈思忖愈不除疑，和老儿赶忙汇报了上去。

身为一队队长的大富，会计"水獭猫"，老保管，两个"四类分子"的儿子，此刻正招致众人围攻。大富双手捧面，泪水从指缝间溢出。余皆将头埋入裆部，任由唾沫星乱溅，辱骂声四起。

父亲来晚了一步，半个时辰前，"四类分子"的儿子，已然将事情的整个过程和盘托出。这个结果，在范家庄不亚于一场七级地震：队长、会计、保管员合谋盗窃集体粮食，全大队，全公社，全县恐怕都鲜见。这颗卫星放得父亲焦头烂额，监守自盗、合谋作案，事情的性质极其严重。如果说之前父亲对此事尚有投杼之疑，现在已是板上钉钉的了。事已至此，多说无益。父亲叹息一声，起身弹压。

全场鸦雀无声。

父亲喊过大富，脸色铁青："说，为什么？"

大富低头垂睑，一言不发。

父亲咬着腮帮："再大的困难，可以找我，你是不是有什么难言之隐？"

大富微微抬头，看着父亲，欲言又止。

"你还年轻，不辨忠奸，是不是有人设了圈套让你钻？"父亲试图让大富听出他的弦外之音，推卸主犯之责，从而减轻惩处。

父亲的良苦用心是显而易见的，一干犯事者中，大富的年纪和成分都决定了他可以从轻发落。父亲话音甫落，精诈的"水獭猫"便知道父亲决心丢卒保车。他赶忙勒车打马："支书，支书啊，我们都是听队长吩咐的，队长让向东，我们不敢向西，队长让打狗，我们不敢吆鸡。请支书大人明察。"

两个"四类分子"的儿子也磕头如捣蒜，一迭声地请支书宽宏大量。

父亲投鼠忌器，他捏着下巴，目光直直地盯着大富。

大富凭空来了一身豪气，陡然挺直了腰板，对众人，也对父亲丢下一句硬邦邦的话："所有的事情，都是我朱大富干的，我全部兜走，要杀要剐冲着我来，与旁人一概无关。"

始料未及的父亲，惊讶得眼珠子差点坠上鼻梁。他知道，做再多的工作也于事无补了。大富和乃父一个坯料。父亲心底滚过一阵悲凉，对大富彻底绝望。血气方刚可以理解，但硬充大头蒜，愚蠢地代人受过，则不可救药矣。

怒火中烧的父亲忽然平静下来，他慢悠悠地对着大富："好，好，朱队长，不愧是英雄豪杰，大块叉肉，大碗喝酒，敢做敢当。不但豪气干云，而且至孝，三年无改于父道，去年是老子，今年是儿子，明年该是孙子了吧。子子孙孙无穷匮也，集体的墙角就任由你们家愚公移山一样地去挖吧。"

大富脸上红一阵，白一阵，汗出如浆。

父亲背着手，踱到"水獭猫"面前，断喝一声："天上布的蒙天网，地下钉的桃木桩，别以为我拿不住你个獭猫精，躲得了初一，逃不过十五，你给我好好等着。"

事发当晚，公社电影队来范家庄例行每月一次的放映任务。按常规，一般都是一部主片外加一部科教类影片，里下河一带惯称为加映片子。范家庄的电影场居于大砖街中心的堂庙口，是村庄文娱活动的中心，放电影，唱样板戏，迎接最高指示，批斗地富反坏右，都在这里。惯例，开映前，父亲先讲一通当前国内外大好形势，部署近期工作，然后开始放加映片子，主片殿后，防止人群分散。因为放映队队长和我表姐新定亲，所以，这一晚外加恭维。主片《欢腾的小凉河》而外，另行奉送一部故事片《难忘的战斗》。全庄像过节般，大人小孩早早用毕晚饭，扛着长凳，摇着扇子，涌到了银幕下。

夏夜的晒场，空旷寂静。菰草丛中，萤灯流曳；秧亩池里，蛙鼓间歇。

凉露初降，星光迷茫，大富他们已经拿捏准时机，一击得手。

计划十分周详，可谓万无一失。起初他们是想直接从麦折堆上挤的，速战速决，不着一痕。但事与愿违，打开封印盒一看，石灰不够了，仅有薄薄的一层摊在盒底，毁印重打显然不行，再回庄上取石灰，撞上打更的风险更大。

为免夜长梦多，老谋深算的"水獭猫"拍拍脑门："有了，快去砍一根芦竹。"芦竹在农村触目可见，一队的场头便长着茂密的一丛，青翠挺直。初抽的浅青芦穗白日里动荡于蓝天白云之下，蔚为壮观。不过，现在看不到了，大富他们不可能傻到在星朗月明的夜晚下手。他们凭感觉，奔到场边，扳断一根芦竹，"水獭猫"借着马灯微弱的光亮，从仓库角落里拿起一把锋利的镰刀，飞快地削尖芦竹一头，中断，又用一根粗铅丝将尚未坚实的竹节捣通。准备就绪，拣麦折稀疏处，将中空的几根芦竹管插入，滑溜溜的麦粒顺着空管，稀啦稀啦地流入早已张着的麻栗袋里。均匀的一圈下来后，麦堆上的封印依旧如故，看不出什么异常，将平麦折上刺入的洞孔，一切照旧，天衣无缝。

然而，人算不如天算，细节决定成败，他们最终栽在微枝末节上。

也怪老保管贪心，淌麦子时他存了个心眼，趁人不备，掳了几把灌入衣兜。孰料，衣袋洞漏，他贴着墙根飞掠而去的时候，怎么也不会想到，一个小小窟窿出卖了这次绝密行动，致有功亏一篑之憾。

"水獭猫"知道事败缘由，立时双眼充血，牙齿嚼得咯嘣嘣，恨不得一口咬下老保管半边耳朵。

"成事不足，败事有余，和这些瘟猪搭一条船，真他妈的倒了八辈子血霉。"

其实，也不能全怪老保管。和老儿将事情捅出后，风声骤紧。两个"四类分子"的儿子便沉不住气了。如此高压的政治背景下，家庭成分又是令人不齿的另类，倘若被大队查实，一家老少无疑是"麻雀掉在烟囱里——有命没毛"。与其被动地坐以待毙，不如主动自首，坦白从宽，抗拒从严嘛！两家人筹划后，立即付诸行动。在小队牛棚里，他们痛哭流涕，还不时地扇自己几个耳刮子，当然，下手不是很重。起初，他们是有所保留的，并不想连根兜底翻出，只供认家里揭不开锅，饥饿难耐，才和老保管一起做下这件下风事。

先期赶到的大队治保主任目光如锥，直直逼视："情况真是这样？你要是撒谎，我办你的事，让你们全家挂板游街！"

治保主任也是老杆子，混迹官场十数年，他岂能看不出端倪。两个"坏分子"之子，一个行将就木的老保管，就是借他们几个胆子，也不敢成就此等壮举。背后肯定有人撑腰唆使。不过，箍紧必炸，适得其反，他知道若要把事情弄个水落石出，不能操之过急，须张弛有度。逼急了，这几人也许会咬紧牙缝，再也撬不出一字半句。

这样想着，他忽然微微一笑，露出两粒镶着黄铜皮的牙齿，摇头晃脑地哼起一段戏文："你不出乡里年纪迈，岂能够出谋划策巧安排？定是有人来指派，她在幕后你登台。到如今你受苦刑难忍耐，她袖手旁观稳坐在钓鱼台。"

这是现代京剧《沙家浜》里刁德一的一段"西皮摇板"，情势急迫，如箭在弦，治保主任却有如此闲情，再懵懂的人也心知肚明了。

"水獭猫"先被撂上岸，成为审问的第一件祭品。但合伙盗窃者不敢招供出大富，他们顾忌父亲，明摆着的亲戚关系，真要把大富往水下拉，父亲岂会袖手旁观。缚虎不成，反为其伤。但治保主任铁了心要一追到底，他的圈套也愈收愈紧："这样吧，马上还要分派活计上工，大家伙也没多少闲工夫和你们耗着，再不彻底交代，就去公社反省反省吧。"

"不要再白费口舌了，还啰唆什么！捆起来，捆起来，押送到公社去处理！"群情激愤，众口一词。

"好！"治保主任登上铡草凳，振臂一呼，"拿麻绳来，捆上！"

几个摊成一堆泥的人，哀求的目光不约而同地集聚于大富身上。

大富浑身不自在，如同初次登台排演样板戏般，数盏气油灯呼呼呼地灼着他的眼睛，他很不舒坦，颈项里仿佛爬进几只毛虫，强憋着，说不出的难受。习惯了煤油灯微弱光线的眼睛，现在，必须要面对众多咄咄逼人的眼神了。尽管此刻如此安静，听得见晨风掠过树梢的声音，但大富十分清楚，怒视着他的每一双眼睛，都如同一对三百瓦的大灯泡，最终会烤焦他的体面，焚毁他的尊严。面前桥板已拆，身后激流汹涌，进退维谷。与其做缩头乌龟，不若挺身而出，庶几可以彰显男子汉大丈夫的血性，捞回一点哪怕微不足道的脸面。

大富一挫身，瞪了"水獭猫"一眼："是福不是祸，是祸躲不过，砍头不过碗大的疤。事到如今，还有什么好隐瞒的，该说的说吧，别他妈像个软娘们儿，吞吞吐吐的。"

闻言，立功心切的两个"四类分子"儿子，忙不迭地将事情的整个过程，竹筒倒豆子般，一股脑儿泻下。"水獭猫"自知情势不妙，也见缝插针地补充着一些细节，冀求能够赎去自己的罪责。

父亲就是这个时候，心急火燎地赶到现场。可惜荒火已成燎原之势，一切都于事无补。

几个作奸犯科者叙说完毕，人群里忽然一片啧啧声，惊奇、惋惜甚至激赏。是的，如此高超的偷盗手法，绝非照本宣科，而是无师自通，是电光石火般的骤然开窍。不仅仅是父亲，所有在场的人都叹为观止。望着垂头丧气的"水獭猫"，父亲不禁扼腕："这么灵巧的脑袋瓜，不去好好做账理财，却用在歪门邪道上，可惜了。"

但父亲更震惊于大富的参与，他怎么会蹚这浑水。父亲始终想不通，为什么正直善良的大富，面对这点蝇头小利，居然鬼迷心窍，不惜葬送自己的大好前程？

父亲忽略了一点，彼时，大富正值谈婚论娶之年。为情所羁，暗藏私心，终为"水獭猫"一步步拖下水，酿成弥天大祸。

事情缘起于老保管。准确地说，这个结打在老保管的女儿身上。

老保管的女儿名爱莲，能歌善舞，一张苹果脸，红扑扑的。两只小麻花辫，梳理得一丝不苟。有时甩在后脑勺，有时垂于前襟，辫梢的红头绳，纠缠着浅绿蝴蝶结，随着轻盈步履摆忽不定。沉思时，爱莲喜欢微仄腮帮，轻咬发辫，一双猫狸眼成天价忽闪忽闪的，让人心旌颤摇。她乃家中老小，八房仅此一个大闺女，不仅父母，整个家族都疼爱备至。在学校时，她低大富一届。那时，大队成立"毛泽东思想文艺宣传队"，活泼漂亮的爱莲自然在列。登台一亮相，不必开唱，她那会说话的眼睛便迷倒了台下一群人。

明月照水乡哎，

满村灯火亮，

歌声阵阵起，

一片新气象，

哎嗨嗨，一片新气象。

贫下中农上夜校，

政治夜校亮堂堂。

政治夜校亮堂堂，

批林批孔火正旺。

老支书登台讲村史，

大批判文章贴满了墙。

毛主席著作认真学，

基本路线天天讲。

上层建筑插红旗，

红色江山万年长。

毛主席的光辉哎照水乡，

政治夜校建在咱的心坎上。

    起始一句，意境真是十分之美。加之爱莲歌音袅袅，遏云绕梁，临近村庄的青年人亦纷至沓来，先睹为快。当然，他们醉翁之意不在酒，观看表演只是幌子，一睹爱莲的芳容才是他们的最终目的。

    其时，物质极其匮乏，村里尚未通电，电灯自然望尘莫及。即便玻璃罩子灯，亦非常稀缺。人家惯常用简陋不堪的煤油灯，光照既不佳，油烟更是呛人。而对于带有政治任务的文艺宣传排演，大队倒是不遗余力。一旦有活动，干部们立马拎上两盏气油灯，灯芯呼呼地响，白沙沙的光线照得堂庙口的土戏台亮如白昼。爱莲那婉转悠扬的嗓音，一波三折，越过台下乌压压一群观众的头顶，漾过屋脊树梢，融入茫茫夜色，回荡在无尽的时光隧道里。

大富就是这时候开始和爱莲眉目传情的。一个是青年才俊的生产队长，一个是当红的草台明星，情窦初开处，如洪迫堤。其实，他们更像村中夹河两边的树，枝柯渐渐向河心倾斜。日久天长，终于触碰在一起。远天流云，清风碧波，晴光淑气，黄鸟嘤嘤，游鱼唼喋，他们渴望在如此桃源仙境里，将爱情之树经营得葳蕤繁茂。

登台表演只是附带任务，属于大队阶段性的指派。爱莲平时的主业是为生产队圈养"三水一萍"：水浮莲、水葫芦、水花生和小绿萍。

第一生产队的晒场在西北角，临西的河面有一座简易水码头，榆木搭就。码头四周是一圈毛篙打下的桩，由粗硕的草腰子牵连，中间便挨挨挤挤地漾着水浮莲。彼时，绕村河流里的水生植物，以"三水一萍"居多，俱从外地引回，称为绿肥，作积渣沤塘之用。但大多数还是作为牛羊特别是猪饲料，由专人看护保养的。那时辰，各个生产队都有猪场，作为一种副业来搞。猪圈上用白石灰刷着醒目的标语："猪多肥多。庄稼一枝花，全靠肥当家。"猪舍一般都圈在本队晒场一隅，临河，便于打扫冲刷。一队的猪圈在场地靠南处，与毗邻的二队猪舍接近。猪舍有大十几间，东西走向，排成一溜儿，栅栏俱南向朝阳。那些露天茅坑尤其大，每有人从旁边走过，心里总是悬悬的。

养护组一共三人，清一色的大姑娘。手巧心细固然是养殖水生饲料的关键所在，作为队长的大富怜香惜玉，以及本组劳力的事不关己，顺流扬波亦起了不可低估的作用。

爱莲手脚麻利，人又勤快，稍得空闲，便帮饲养员喂猪。尽管力气差些，仍提着满桶的猪食，双手轮换，一一倾入食槽中，猪们嗷嗷的欢叫声便在晒场上空回荡。喂完猪食，她便坐在猪圈旁堆积如山的山芋藤下，横过铡刀，左手递藤，右手起落，有节奏地铡着。那把大铡刀雪亮雪亮的，冷凛的锋芒划过一个时代的记忆。更多的时候，她们划着有些漏水的小木船，在河边捞水浮莲、水葫芦，然后切碎，压入深挖于地下的大坑中，作为辅料掺和在饲料里喂猪。这些水生植物，刚开始还是翠滴滴的，窖藏渐久，便都萎瘪了，颜色也呈灰黑。但猪们似乎并不嫌弃，事实上，它们也没有选择的余地。水葫芦开花有一种单纯的雅致，那种蓝花明净邃远，偶有一枝在遥遥的水面亭亭秀逸，温情无限。

爱莲常常坐于船舷，扭过腰身，一手托腮，望着那些水葫芦花出神。

大富站立于场头，痴痴地盯着那个无数次潜入梦寐的袅娜身姿。

这一切，没能逃脱老保管鹰隼般的眼眸。他权衡利弊，默许了水葫芦塘边的这段浪漫。但这对欢情男女到底能走多远，充满了不确定性。就像自己的保管员一样，说不准哪天早晨眼睛一睁，差事就挪到了别人头上。听天由命吧，老保管暗嘘一声，心中犹自纠结。老保管非是庸人自扰，他的隐忧事出有因。此前，受"水獭猫"挟持，他们已经多次联手偷盗集体财物。这次夏熟登场，收成逊于往年，故而看护尤紧。仓库大锁钥匙由原先的保管、会计、队长三人分管模式，一改为三把铁锁齐落，交织纠缠于一起，若想打开仓库门，三枚钥匙缺一不可。这种变动，对于早就觊觎着红皮小麦堆的"水獭猫"，无疑是晴天霹雳。"水獭猫"深陷的眼窝里，射出一股狡黠之光，趁着夜幕升扯，一脚踏进老保管家门槛。

老保管指头夹在人家门缝里，万般无奈，只得按"水獭猫"的唆使，硬着头皮和大富摊牌。

大富闻言，太阳穴毕毕剥剥，额角绽起青筋。

老保管瞄瞄大富愤怒得充满血丝的眼睛，心生惊悚。但人在夹墙里，已无退路。他头脑里一直盘旋着"水獭猫"阴鸷的面容："我可是赤脚的不怕穿鞋的，连鸟二人，事情捅出去，大不了拍屁股走人，干我的老本行。"老保管知道，"水獭猫"所谓的老本行，就是去东边的滨海一带贩卖蒲包。这营生，"水獭猫"自幼便跟在长辈后面揣摩，也因此磨炼出精通账理，为日后升任生产队会计打下基础。"你这名声一臭，也别指望说媒的上门，恁大的丫头杵在家里，就等着做老姑娘给你养老送终吧。""水獭猫"逼视着老保管茫然的眼神，丢下一句诛心之语，返身而回。

老保管怯懦地瞧一眼大富，兀自嗫嚅："这件事，爱莲也晓得。'水獭猫'说了，这是最后一票，干完立马勒缰，再生邪心，剐手剁脚。"

"爱莲她是什么主意？"大富有些恍惚。

老保管心里升起一线希望："丫头是我的小夹袄，哪有不帮衬老子的呢。"

大富心头五味杂陈，原先坚毅的目光渐渐黯淡。他用力咽了咽，喉结蠕动几下，声音轻若蚊吟："仅此一次，下不为例。"

老保管心头的云翳一时散去，回头时，踩在巷子里的脚步也格外轻松。

但这一次，他们撞在枪口上，东窗事发。

尽管众口铄金，由于父亲一力袒护，大富最终在支部民主生活会上做了一番深刻检查，撤销了大队支委，第一生产队队长的乌纱帽仍旧牢牢套在他头上。

老保管动起心思，他觉得经此一劫，大富仕途黯淡，加上背负一个偷仓库的恶劣名声，想咸鱼翻身，恐怕要等到猴年马月。在范家庄想混出个模样，出人头地，恐怕也是小媳妇喝粥——不响（想）了。权衡再三，老保管做出了决定：远嫁女儿。尽管这个决定颇为势利，为人不齿，但老保管顾及不了那么多了，他要为自己的家庭负责，要为女儿的终身考虑。不能为了一文不名的所谓信义，贻误女儿终身。

爱莲嘤嘤哭泣了小半年，终日以泪洗面，痛不欲生。她永远忘不了那片制种田，忘不了那个夜晚，田埂上次第亮起的诱蛾灯。

老河西有一块制种田，隶属大富所在的第一生产队，五六亩的样子，是一个孤垛。一只榆木渡船维系着两岸。初夏时节，渡船总是静静地泊在东岸或西岸，船艄有时栖落一只青桩（一种水鸟），有时蹲着一只老等（苍鹭）。水波贴着船身，一圈一圈地漾开来，不时发出细微的"嘀笃"声。离船不远处是一滩蒲丛，青翠欲滴。间杂着几十茎野荸荠和水红蓼。淡青色的蜻蜓款款盘旋着。天光寂寂，云影悠悠，时光在这里仿佛和平静的水面一样，不再流逝。

芒种甫至，渡船便忙碌了起来。往来于老河两岸的人，上工收工，都是忙飞飞急乎乎的，奔到渡口，蹲下，一把抄起浸在河水里的粗硕草绳，嗖嗖嗖，三下五除二，眨眼间，湿漉漉的船绳便在脚下盘成一叠。贴着水面疾飞的渡船，簇着一卷浪花撞上河坎。经年累月，伸向河心的土码头便渐次撞塌，慢慢消融于一泓碧波之中。

繁忙的农活，沉重的家务，是人们马不停蹄地奔波的主要原因。而小小渡船，似乎成了一方演绎的舞台。于是，农忙时节，渡口就热闹了，两边争船的吵嚷声，蜂拥上船的摩擦声，趔趄踉跄的推搡声，被挤落水的扑腾声，谩骂声，号丧声，抱怨声，整个渡口如一锅煮沸了的粥，乱成一团。

望着乱得不可开交的人群，大富苦笑着摇摇头。蹲的时间太长，大富感觉腿根阴酸，他双掌撑着膝盖，试图站立起来。但没能起身，一双细柔的手按住他的肩头。一袭青春女性特有的肌肤之香，让他有些眩晕。

爱莲咯咯咯地笑着，"这么晚了，还不收工？"

大富有点窘迫，"就回，就回，等最后一趟人过了船。"

夜幕降临，爱莲比白天开朗了许多，"要不，去看看诱蛾灯安置够数了没有，我帮你数。"

"是不是太晏了，要不明天早点。"大富嗫嚅着。

爱莲一噘嘴唇，"我一个姑娘家都不怕，你怕什么，难不成我还会吃了你？木头段子。"

大富心里一激灵，"好，过河。"

夜色越发浓稠，大富的心扑通扑通跳得厉害，爱莲的眼眸亮得像星子。两双手粘在一起，湿湿的全是汗。

星光清冽，蛙鼓阵阵，衬托出扬花期的稻田一片宁静。

在青秧深处，潮湿的田埂尽头，依着一堵陈年的穰草垛，爱莲扳着大富的宽大肩膀，慢慢向后躺下去。乌黑浓密的秀发缠绕着雪白的脖子，又在浅浅的颈窝处绾成一蓬散结，在星光下越发楚楚动人。

忽然，远处的诱蛾灯亮起来了，一盏，一盏，又一盏，顷刻间秧田里便布满了眨眨的眼睛。爱莲微微侧过头，流波顾盼，越过大富的肩胛，凝望着就近的那盏灯，一只纤秀的飞蛾，正颤着粉翅，痴迷决绝地扑向它宿命里的那团暗红光焰。

一行清泪从爱莲眼角滑落。

爱莲后来终于花落他处，嫁到去范家庄二十余里的一富庶村庄，公婆家是豌豆户，家境颇殷实。上花船的那天，一庄的愣头青站在河沿，俱皆伸长颈脖，鸭子淘食般，眼中露出无比失望。

竹篮打水一场空，大富躺在自家东厢房里，连续三天，粒米未进。

这年秋后，朱子善做主，大富迎娶了曾经跪于门槛的寡妇家长女。

父亲亲自上门，劝说数次，大富依旧闷闷不乐，他心里已然打下死结，为昙花一现的仕途，更为早夭的初恋。

丑事既出，能保住队长一职已是万幸，但在短期内再度提拔，犹如火中取栗，不仅授人以柄，亦可能锅倾灰翻，殃及自身。对于大富今后的安排，父亲想，心急吃不得热粥，还是慢慢来，等上一年半载，瞅准机会再落实，年轻人朝气蓬勃，有的是希望。

但大富没有能够等到，第二年开春，忽然暴死异乡。

范家庄隶属兴化县，去城百余里。却与不存在行政管辖关系的东台县临近，舟楫劳顿，不过三十来里水路。故而，婚丧嫁娶，器用置办，时鲜采购，应市赶集，皆就近去往台城。累月经年，作为台城地标的西溪古塔，家喻户晓，而兴化城里名重一时的四牌楼，村人如闻莹鸣。有时，掌舵的在巷口发一声喊：上街喽！大家争先恐后地涌出门槛，心照不宣：要往东台发船了。但有一样不行：淘粪。必须舍近求远，无可替代。大集体时，淘粪、淘氨水是按计划分配的，范家庄和东台分隔地区，自然难以将就，只能多走七十里水路，篙撑橹摇，一径往兴化城小南门而去。范家庄人去兴化城里淘粪，还有一层私心：小南门一带看守粪缸的，正是新四军北撤时被锄奸的华氏族长家选老的女婿。人殁了，血脉亲情还在，不管怎么说，都是一块衣胞地上长大的。乡里乡亲，总归要多帮衬着的。

这次的淌粪任务，大队指派给第一生产队。出行的淌粪船，是一条水泥船，十吨加帮。高桅杆，双合篷，粗硕的麻栗扯绳，便于顺风扬帆，逆风背纤。船艄置泥锅腔二，支尺六、尺八铁锅各一口，煮饭炒菜两便。

　　六名壮劳力，鸡叫二遍时，饱啖一顿香油糯米饭，由队长朱大富带队，在南大泊举行启航仪式，祭河神，拜码头，以壮行色。程式照例是烧香秉烛，供奉三牲五谷。为节俭计，此次所供乃鸡、鸭、鱼"小三牲"，排场明显逊于往年。祷告祈祝一番，在众人殷殷关切的目光中，水泥船解缆离岸，掉头，沿着蜿蜒的河道，朝向西北方，渐行渐远。

　　父亲轻轻嘘一声。之前，这样的远程活计，大队都要委派一名副级干部压阵，这次让大富牵头，是有远虑的。父亲不止一次在大小队干部会议上吹风：这次淌粪事关春耕生产，夏熟作物能否丰收，在此一举。当然，路途遥远，任务艰巨，也是不容忽视的，但我们相信，在朱队长的带领下，这次出征一定能够旗开得胜，马到成功。父亲指望这种造势，能够像一把大笤帚，彻底扫除大富重回大队支委位置的阴霾。

　　大船摆脱了小河道，进入水势浩渺的官河，速度明显快了起来。加之东南风起，一路扯篷扬帆，船如流矢。夜色渐酽，荷叶般铺展在水面的兴化城，次第亮起的灯火遥遥在望。

　　但，这是横过大富眼眸的最后一抹光亮。

　　第二天凌晨，淌粪船空载而归。竖着出去的六名壮汉，只有五人呆呆立于船舷，还有一人，静静躺于船头，身垫旧蒲席，上覆篷布。脸色平静安详，仿佛猝不及防的一切与他无关。船离码头尚有一箭之距，闻讯赶来围观的人群里，早有眼尖的忽然发一声喊："没得命，是朱队长，朱大富！"

　　父亲头脑中嗡的一下，腿有些打晃，披在身上的春秋衫差点从肩头滑落。

　　出师未捷，人命关天。

　　五个同行者被人群簇到大队部，断断续续地叙说着事情的原委。船行至兴化城外六里处竹泓港时，大富忽然捧着肚子，哼声不绝。大家开始以为是口渴时舀喝了河里生水的缘故，也没怎么往心上去。一盅烟时辰，大富疼得越发厉害，一迭声哼叫，额角渗出黄豆大的汗瓣。炊事员看情势不对，忙冲了半碗姜茶，细心喂灌。倒是奏效，也没听他再嚷嚷，一会儿就沉沉入睡。不承想，这眼睛一闭就再也没能睁开。

　　几个人相互补充着，唯恐遗漏了什么。

　　"唉，早知道这结局，说什么也要把船拢岸，到竹泓港去看医生。"和大富搭档不久的会计满面悲戚。

　　"就是，就是，淌粪嘛，哪比得了身家性命，早几天，晏几天也误不了农时。"其他人纷纷附和，惶恐而自责。

　　村里那个花白胡子、额角长有一肉瘤的赤脚医生，在大富尸体旁转遛了几圈，弯腰，用指头绷开大富紧闭的眼睑，扫瞄一番，挺起身子，竖起尖细的右食指，一本正经地对父亲说："笃定是烂肠瘟，疼得一口气上不来，撒手了。"

　　烂肠瘟乃俚称，实则是急性肠炎。以那时的医疗水平和条件，这是一种致命之症。

　　一直惴惴不安的一行五人，闻言，僵滞的脸色稍有和缓。大家都为大富的英年早逝惋叹。

　　父亲掩面有顷，发语滞重："天有不测风云，人有旦夕祸福。朱队长就这走场，也不好埋怨诸人。不为萝卜不挑菜，他是为集体淌粪遭遇

121

不测的，也算是死得其所。这样吧，我们也做出姿态，大队为他发丧。"

载着大富冷冰冰尸身的船，严格地说，并没有能够进入村庄。范家庄及周围一带村落，有个约定俗成的丧葬习俗：外丧之人不得进村。说是倘若进来，不吉利，魂灵会在村庄游荡作祟，搅得一庄不安宁。经年累月，这种理念在人们脑海里根深蒂固。多年前，被尊为一族之长的家选老命丧孤埭，家人欲抬回置办灵堂，尚且招致全庄人围攻，最终于荒野草草收殓埋葬，何况一个暴毙凶死的小队长！这样，淌粪船只能停在庄西圩堤之外的老河口。即便如此，附近人家依然燃放起冲天鞭炮驱邪，生怕亡灵脚长，一不留神就跨进自家门槛。

木屑纷飞，刨花拖拽。大队仓库里两根粗硕的陈年柏木，在木匠的赶制下，成为大富的棺材，厚重敦实，木纹细密，村里上了年纪的都眼馋得不行。我那行将就木的二祖，专门挂着溜滑的桑木拐杖，颤巍巍地赶到停放棺椁的堂庙口，凑近，闻着奇异的柏木香，鼻翼直扇。他伸出瘦骨嶙峋的手掌，在棺盖来来回回摩挲着。他陷落的眼窝里，混浊的双目忽然放光，瘪嘴里不停地喃喃："值了，值了。"

二祖如此惊羡，自然有其缘由。多年前，他便已置办下寿材，一色的青皮桐木，重材厚盖。每年惊蛰前后，桐油拭刷。经年累月，这口木棺红黑油亮，放置于其家东厢房里，于二祖而言，不觉阴森，反有一种归宿感。但和大富的柏木棺材相比，二祖总觉得美中不足，被一个晚辈抢了风头，老人家心底有一种隐隐的失落。

大富的坟葬在整片墓地的西南之首，正对迤逦而来的老河。深坑重椁，由十来个劳力一气扛土垒坟。不过小半天时辰，一切大功告成。杨枝初苞，芦芽始茁，菰叶新抽，春天的一片新绿中，那高高隆起的一丘黄土格外刺目。

父亲一直为大富的早逝郁积于胸，多年以后仍难以排遣。我也为表兄的意外身亡而扼腕。大富是我们这个家族年轻一代中最先与"官"沾上边的，尽管满打满算才是个"十二品"，但毕竟较白衣布丁又上了一个层次。他的猝死，让父亲多年的苦心经营瞬间化为泡影，笼罩在家族上空的官途星光就此黯淡，整个家族的命运也如他牌位前飘忽不定的七灯，充满了不确定性。

在遥茫的时光长河里，大富之死不过是一抹微波，转瞬即逝，关于他的前尘往事，后人只在他们家墙壁上那些风蚀了的照片里依稀可辨。如果不是那天早晨，村庄出纳会计的一语道破天机，大富死亡真相不知还要尘封多久。

1991年，百年未遇的洪涝灾害之后，我从乡政府回村任职。那年冬季填年报，歇息时喝茶暖手，年近六旬的出纳会计向我透露了这个惊天秘密。他的惶惑惊恐犹自写在脸上，而我的震惊，一如远远泛来的冬雷，自心底兜升起，温热的瓷杯几近失手。出纳会计是那年和大富一起往兴化城淘粪的六名劳力之一，当时是副队长，后来接替了队长一职，到联产承包责任制时，他已经是范家庄的出纳了。也许是时光冲淡了一切，也许是良心鞭挞，老出纳和我相处的那几天，总是神色不安，几次对我欲言又止。终于，在那个大雪如筛的早上，他神情凝重地向我吐露了隐埋二十余年的真相。

那是一种令人惊悚的还原。

夜幕降临，淘粪船一路满帆，行至竹泓港。转过一道陡河湾，忽见开阔的河道上空，数条高压线宛若死神之索，赫然在目。风高船疾，一切都猝不及防。大家手忙脚乱地扯绳落帆，说时迟，那时快，帆篷虽唰地应声而落，桅杆却仍直直地高挺着，大富见势不妙，一个箭步蹿上前，死命解下固定桅杆的绳扣。到底还是慢了一步，不待桅杆放倒，已和高压线触碰一处。大富心里一沉，急忙后退，孰料为脚下绳索绊倒，侧身欲起，那根粗硕的桅杆连同铁滑轮，不偏不倚砸上他的太阳穴……

兔起鹘落的变故让大家呆若木鸡，待回过神来再去看大富，已是静静地卧着，阒无声息，七孔沁出暗红的血，双眼翻着，仿佛心有不甘。一个胆大的趋前伸指探探鼻翼，已然没有一丝游气。

春寒料峭，五个人瘫坐于艎板上，屏气敛息，生怕稍有动静，惊动了躺在船舱的亡灵。

最后，老艄把子发了话："我倒有个主意，就怕有人嘴敞，不牢靠。"

众人如在茫茫大水中捞得救命稻草一般，忙不迭地讨教。

老艄把子吸口旱烟，定定神："回去若是如实禀报，在座的都脱不了干系，朱队长一家老小笃定要我们承养，不倾家荡产也要伤筋脱皮。支书又是他表舅，我们以后就只能捏在人家手里，别指望着过顺心日子了。"

大家互换了眼色，把船撑进一处避风的河汊，商议半天，粪水也不淌了，收拾一番，趁着天色已暗，星夜摇橹返程。

老出纳犹自滔滔不绝，我已经有些麻木了，只觉得那一天，屋脊的积雪在晨曦中折射着炫目的光芒。

八、二姐的歌谣

我是听着二姐两片灵巧的嘴唇间飞出的歌谣长大的。

当我躺在摇车中，乌亮的眼珠子骨碌骨碌地睃巡着灰暗陈旧的屋顶时，长我十二岁的二姐已辍学在家好几年了。为了带好弟妹们，西巷唐木匠专门打给二姐上学用的那张宝贝桑木小板凳，在她屁股下捂了不到两学期，便被黯然地扛回家中，委屈地蜷缩在灶膛门口。父亲颇感内疚地说："丫头，这个家担子太重了，我和你妈撑不过来，只好委屈你了。"

二姐凄惨地一笑，没言语。

躺在摇车里的我极不安分，一忽儿晃动，一忽儿啼哭。正在抹桌子收拾碗筷的二姐忙奔过来，一边把车来回推揉得"咚咚"响，像波浪中颠簸的小船，一边柔声细语地哼着调子——

摇啊摇，摇啊摇，

摇到外婆桥。

外婆亲，外婆好，

我是外婆的小宝宝。

不知怎的，听着这神奇的曲调，我竟忘了哭闹，十分安静地看着二姐薄薄的嘴唇一张一翕。

其实，我没有见过外婆，我尚未降临人世，她老人家便返归瑶池了。她是在二姐八岁那年的暑日走的。二姐说，那个夏天倒有点让人寒颤颤的，连太阳都像是黑的。外婆是生背疮走的，先是蚕豆大，接着山芋大，后来有茶碗口大，不断往外渗着脓腥气。二姐懂事地偎在外婆搁于檐下的竹床上，执一柄蒲葵扇，不停地替她驱蝇赶蚊。外婆颤巍巍地伸出瘦骨嶙峋的手掌，抚着二姐的头，老眼中蓄满了泪。

外婆是如何疼爱二姐的，我不能够知晓，但二姐手腕上一只雕工精细的墨绿玉镯无言地溢出某种玄机。这只通透细腻、水头十足的镯子，是外婆家的祖传之物，压箱之宝，从福建蓝田高价购回。原先有两只，动荡年代损毁其一。外婆原想百年之后入土留作镇材之用，但后来，她终于从腕上慢慢褪下这只尚带体温的手镯，缓缓地套在了正忙着为她打扇的二姐白皙的臂上。外婆有自己的道理，在她浑身散发着酸臭味的时候，只有二姐仍像雨夜里一豆微茫的萤火，忠诚地穿梭在她的无边黑暗里，让她在绝望的边缘感知亲切和温暖。

外婆把墨绿玉镯套上二姐纤细的胳膊时，幽幽叹息一声："丫头，算是外婆送你的陪嫁吧。唉，本来是一对的，现在只剩一只了，不吉利，以后万一有什么好歹，你可别怨外婆。"

二姐丢了扇子，噙着泪，一双小手捂住了外婆的嘴。

墨绿玉镯成了二姐怀念外婆的唯一信物。

我进入懵懂的童年时，二姐已出落成一个水灵灵的大姑娘。和村中那些活泼泼充满生机的姑娘们一样，我觉得二姐漂亮极了，就像年画里的那样：雪白的颈窝，粉艳的脸蛋，两根乌油油的大辫子在肩头甩来甩去，辫梢扎着淡蓝印花蝴蝶结，在巷子里一溜儿小跑的时候，真像两只扇动翅膀的蝴蝶，追逐着花儿，上下翻飞。

二姐的两只长睫毛大眼睛像会说话似的，每当我缠着要她讲故事时，她便忽闪忽闪着明眸，和我商量："六子，姐这会儿正忙着呢，给你唱支歌子好不好？"

我一噘嘴："不好！"

"那我可走了。"二姐抬起身，掸掸衣服，做欲迈步状。

我急了，鼻子一酸，扯开喉咙就哭。二姐怕父母听见，更担心我没完没了地闹下去，遂让了步，移过小板凳坐下，又让我趴在她的腿上，一边捋着我的头发找虱子，一边绘声绘色地讲起那些老掉牙的故事来。

我稀里糊涂地听着，竟有了倦意。

等到二姐在我头上不停地抚着手慢了节奏，继而抽开时，我知道故事讲完了，二姐该去忙别的事了。但我仿佛意犹未尽，得寸进尺地央求她："再讲一个好听的。"

"不行！"二姐一甩手，绷紧了脸。

我知道再说也是徒然，但又不甘心，就退一步台阶："那，就唱支歌子吧。"二姐不吱声，我竟无师自通地奉承起她来，"姐，你的歌子就是好听，比小河北王爱莲的都好！"

王爱莲何许人也，她可是村庄唱样板戏的第一号人物。二姐忍俊不禁，"扑哧"一笑，伸出小指一点我的前额："你个小马屁精，跟谁学的？"

我来不及答话，她已润润嗓子，舒缓地唱开了——

虫虫飞，虫虫飞，

飞到篱上吃露水。

吃了露水认不得家，

抱着哑巴要芝麻。

半斤芝麻半斤油，

姐姐用它去梳头。

我七岁那年的秋天，进入村中小学读书。二姐用边脚布料为我缝制了一个五彩缤纷的书包。她拍着我的肩膀说："六子，姐那时是没条件上学，你现在可要用功啊！千万要听老师的话，不能耽搁了。"

我茫然地点点头。二姐所谓的没有条件，于我十分陌生，因为其时我尚在襁褓摇篮之中。但时日一长，我便明白了这是二姐怎样的一个隐痛和内伤。我们家兄妹六人，家底菲薄，常有生计之虞，父母无奈中将本已超过学龄的二姐从教室里劝回。她起初曾哭泣着不依，老师和同学更是不舍，因为二姐年龄是班上最大的，而学习成绩又最好，一直做着班长。老师来我们家和父母谈过几次，但每次都是乘兴而来，怏怏而归。其实，也无须父母多说什么，看着家徒四壁、墙有裂痕、屋脊漏光的情景，谁都忍不住心酸。何况，一群拖鼻涕带眼泪的弟妹，正眼巴巴地望着空空的灶台呢。后来，老师送了两支铅笔、一本练习簿给二姐，说："孩子，不是你吃不下去，是命苦。"二姐双手掩面，疾速迈步而去。

父母那时在大集体忙得不可开交，一应琐碎凌乱的家务都落在二姐纤弱的肩上。

日子终于在艰难中挺过来了。

念过私塾的父亲能写会算，是村中的能人，加之吃苦耐劳，为人正派，已由小队长成了辅导会计。到我上学时，他已做了三年的村支书了。家中的景况亦如倒啖甘蔗，渐入佳境。但二姐似乎总快乐不起来，她常常蹙着眉头，想着谁也不知道的心事。

上学伊始，二姐总督促着我念书做作业，遇有困难，她总是细心地指导我。但随着课程日深，二姐渐渐力不从心，她眼中的忧戚越发明显了。到我上三年级的时候，她终于不再查问我的功课。我有时遇见不认识的字或不会解的应用题去问二姐，她明明正闲着，却忙拿起一只草包，说是该下田挑猪草了。但我总觉得她慌乱的动作里有一种难以启齿的掩饰。

128

终于，有一天，我下了晚学，二姐正忙着在门槛旁切猪草。我拣了庭院里的一片桐荫坐下，默生字。家中空荡荡的，更无别人。二姐忽然有些害羞地凑到我跟前，"六子，姐和你说个事。"我没在意地撂下一句，"啥事？""你前些时候向姐讨教功课，不是姐不教你，姐真的不懂。"我一激灵：二姐也有不懂的？在我心目中，她可是至高无上的，是无所不知、无所不晓的万事通。她绣的花，比我家东院墙下的群英还鲜艳；她剪的纸，贴在窗棂，能把树枝上的花喜鹊招来；二姐剪鞋样更是一绝，她只要人前人后盯着脚瞅瞅瞄瞄，立马就能用牛皮纸剪出模样周正的鞋样来，做出新鞋，试试，一脚上。四村八舍的姑姨们都羡慕母亲生了个心灵手巧的闺女。我的远房大姨娘曾在巷头高擎着二姐的手，夸张地咋呼着："瞧瞧，这哪像是做粗糙活计的手，活脱脱王母娘娘跟前的织女下凡哎！"

谁承想，锦心绣口的二姐竟也有不懂的东西。我正迷糊着，二姐轻轻给我一巴掌，"好了，六子，我们订个协议，从今儿起，你教姐识字，姐呢，给你讲故事。"我没吱声，教姐识字容易，可她的那些故事太老套了，我都烂熟于心，并且不止一次地贩卖给同学了，再听，实在没劲。二姐见我没反应，急了，"咋？行不行，你倒是吱个声。"我歪歪头，"姐，你还是给我唱唱歌子吧，比故事好听。""行，依你，不过这事不要给旁人说。"二姐关照了一声，一支调儿飞出口——

庄稼女子懒梳妆，
一年四季田里忙。
二月三月挑野菜，
四月五月插黄秧。

129

秋天八月翻稻草，

过冬腊月补衣裳。

一韵三叠，余音绕梁。连蹲在屋脊上的雀子都停止了叽喳，仿佛不好意思班门弄斧。

我和二姐的密约如期进行。我教她识字，她教歌子给我。不知怎的，二姐一亮开嗓子，那种草味的青涩，谷穗的芳香，泥土的新鲜，河流的潺湲便令我顿生亲切之感。寒流凛凛的冬夜，二姐跟着我一笔一画地写字，我挺奇怪，她平时灵巧得可以的一双手，怎么写起字来竟那么稚拙呢。明明是简单的一撇，她总要撇到田字格外，一笔竖弯钩像丢弃在南墙下锈蚀了的剐草刀。我渐渐失去耐心，便想着点子劝她："姐，今天就算了，明天再写好吗？你还要纳鞋底呢。"事实上，母亲自生下我惊了产后风，一俟腊月，双手便簌簌发抖，怎么也拿不稳鞋底，而且，她手上一遇寒，便裂出一道道血口，针线活实在是力不从心。于是二姐从十几岁便担待了家里的全部女红。鞋骨子是母亲夏日里手上没有创口时浆晒好的。一进入腊月，农活闲落了，二姐的活计却多了起来：捻棉椑，合鞋绳，纳鞋底，甚至缝补浆洗都离不开她。有时，还要忙中偷闲地扒蒲包，踏草绳，压苫子以减轻父母的劳动强度。二姐真是太累了。

但二姐望着自己面前笨拙歪扭的字，总是心有不甘。她捣捣我的膀子："六子，你看姐这字，歪瓜裂枣的，咋好见人。你再写几笔，让姐学学。"我极不情愿地趴在二姐的梳妆台上，懒洋洋地写了几个字，丢下笔，便哈欠连天，直伸懒腰。姐姐瞄了我一眼："六子，要不你先睡，姐再耽搁会儿。"我忽然又有些不好意思：我教给二姐的，斗大的字不到一笸，而她给予我的又岂能同日而语。二姐曾教给我一首《二十四节气歌》——

......
立秋处暑割早稻，
白露秋分粮进仓。
寒露霜降种麦子，
立冬小雪犁挂梁。
......

我后来读《诗经》，看到那些有关农事稼穑类的，总有一种似曾相识之感。原来，二姐的启蒙已起了潜移默化的作用。而我那时，却对二姐的好学有一种厌烦，总是在她的催促声中，早早钻入暖暖的被窝，进入梦乡。每每一觉醒来，梆敲四更，二姐还埋着头，坐在昏黄的煤油灯下，"哗哧哗哧"地拉鞋绳。年轻的二姐仿佛浑身有使不完的劲。

进入青春期的二姐忽然喜欢上一个富农的儿子。

那富农姓华，同属我们第六生产小队。他家住在村子西北角一处四围透风的简陋看车棚里，五大间七架梁青砖灰瓦的祖屋已改作大队仓库。华富农除了每天被监督劳动，从事大量繁重的体力活外，还得在收工后去地里巡查一遍，看看有没有什么农具遗落下。当别人家都推开院门，坐在天井里，脱下泥乎乎臭烘烘的草鞋，舀一盆热水，舒心地烫烫脚，吸上几袋旱烟，而后，由婆娘下厨，煮一碗咸菜小鱼或热一盘韭菜炒鸡蛋，"咕吱咕吱"呷上两盅时，华富农还不能捧着那只镴过的粗瓷大碗，蹲在门槛旁"吸溜吸溜"地喝薄粥。他必须和其他"四类分子"

一起，把划定在自己分内的几条巷道打扫干净。否则，次日要挂黑板游街挨斗。

我常常从门缝里瞧见半百之年的华富农，挟着长长的笤帚，自我家大门口悚悚而过的疲惫身影。

这时候，端着洗脚盆倒水的二姐，总要悄悄拉开门扇，倚着门框，神情忧郁地目送着华富农那略显佝偻的背影一直拐过墙角去……

二姐这时一般不哼歌子，我也不缠着她唱。我知道，她心情不好的辰光，唱出的词调总是苦凄凄的——

> 屋檐水，响叮当，
> 粗瓷碗里薄粥汤，
> 手端粥汤真凄惶，
> 泪珠儿打在门槛上……

歌子未哼完，二姐的眼眶已红了。她揩揩眼，自言自语地喃喃着："世上咋这么多苦命人呢？"

我知道二姐是在叹人自叹，既有自己失学的揪心，又为华富农的不幸遭际而悲伤。

华富农识字断文，写得一手漂亮的柳楷。但既沦落到这步田地，在村中是连写标语的资格也没有的。我记忆里大砖街墙上的字，似乎都是小学里那个根正苗红的民办教师刷的，有红漆，也有白石灰浆。结体不雅，且笔画多刻意修饰，恶俗不堪，真正浪费了一面好墙壁。

但内敛的华富农，把写字的绝招偷偷传给了极富异禀的独生子华仲。村里耄耋之年的老塾师对华仲的书法有八字评：结体端肃，法度森严。

二姐和华仲算是小学同学，尽管才一学年。他们都是同一天扛着小板凳去了村东南角那座由寺庙改成的学堂的。因为是富农子女，华仲入学也晚了几年。那时，他和姐姐是班上岁数最大的。"四类分子"子女虽有学可上，但仍会招致成分低的贫下中农子弟欺侮，华仲总是敢怒而不敢言。尤其是傍晚时分，乃父华富农弓着腰，拖一条帚在巷道上打扫时，总有几个淘气精跟在后面，跺脚，拍屁股，吐唾沫。华仲可怜巴巴地倚在墙脚，哀绝无助地望着被侮辱的华富农花白的头发在晚风中簌簌抖动。

倒是二姐实在看不下去了，她急红了脸，不知哪里来的一股勇气，走上前，大声喝退了那帮顽童。华富农抬起木然迟钝的面庞，努力朝二姐挤出一圈僵涩的笑。

多年后，二姐那红扑扑的脸蛋和她仗义执言的凛然之姿，一直温馨在华仲的记忆里。

等到二姐娉娉袅娜地行走在村巷阡陌上时，从古镇时堰高中毕业的华仲也回村做了民办教师。此前，华富农亦得了一个清闲的美差：去了大队蔬菜园管账。不但不需每天随大趟人马下地辛勤劳作，而且再不用扫街巷了。

这一切，都是做支书的父亲一手操办的。

父亲很器重华仲，觉得小伙子人品既好，文化水平又高，是人中龙凤。当时，村里的高中生屈指可数，和华仲同届毕业的还有两位，成分都比华仲家低，但父亲还是为华仲争取到了全村唯一的民办教师名额，他有自己的小九九。凭着混迹官场多年的阅历，父亲有一种政治上的敏感：极"左"的东西可能要有所淡化，"四类分子"摘帽子当为期不远。

133

而除了这顶高高套着的黑帽子外，华仲无疑是最佳东床人选。

二姐也进了村办磨具厂，穿起粗蓝劳动卡工作服，精磨油石。

直到二姐和华仲定亲那天，我才知道，他们秘密恋爱已有好些年头了。华仲在时堰念书时，每个星期天都要回来，难怪一到那时，家中便没了二姐的影儿。我说："姐，你那些时怎不带上我？"二姐一瞪眼，佯嗔着，"带你做甚？小灯泡。"我不服气，"我还教你识字呢！"二姐的眼神忽然黯淡了下来，默默地望着我，轻轻地叹一口气。

华富农那天喝得酩酊大醉，华仲也一桌一桌地敬酒。最后，倚着门框朝二姐傻笑，二姐爱怜地望着他。

父亲长长地嘘了一口气，仿佛卸下副重担似的。也难为了他，一个大队党支部书记和戴帽富农结成亲家，这在当时，是需要多大的胆识和气量啊！

那些天，二姐像一只快乐的黄莺，又甜又脆的歌子成天吊在嘴上——

> 栀子花开六瓣香，
> 情哥哥插在妹头上，
> 妹妹打扮上风走，
> 哎呀呀，
> 人又标致花又香。

转眼间，里下河进入一年一度的梅雨期。这辰光，南风绕梁，时雨霏霏，细密的雨脚像二姐那一堆白花花的鞋绳，淅淅沥沥，总在天地间拉扯个没完没了。房屋，树木，河流，田畴都沐浴在一片声势弇然的雨意里。村巷，庭院，河坎，到处流淌着从斜瓦楞间泻下的雨水，一切都是湿淋淋的。烟雨长帘里，鹁鸪从幽远的树林中漾来矜持的歌吟："咕咕咕——咕，咕咕咕——咕。"大块头的隔断鸟亦不甘落寞，穿梭于新耕翻的水田中，大嗓子喊得操心劳神的人坐立不安："断——断断，断——断断。"

又是一个繁忙的栽秧季节。

二姐和她的那群小姐妹是绿色秧行中最亮丽的一抹春色。

青秧在手，烟水漠漠，东风袅袅，白鹭点点。扎一方鹅黄头巾，高挽裤腿的二姐弯着腰，双脚有节奏地错移，左手握秧束，右手拇、食、中指捏起，疾速地在泥水里忽上忽下，"的的笃笃"响成一片，很快便把那些号称老手的婶子大嫂们甩下一大截。

不知谁怂恿着唱支秧歌解解闷。一顿嘻嘻哈哈的推诿后，领唱的任务落在二姐身上。望着满田人影绰绰，姐姐有些害羞，怎么也不肯。隔壁的胖嫂急了："丫头，你不起头，我们这些癞宝声，还不把田岸上打秧的臭男人笑煞！"大家一再撺掇，二姐稍稍直起身，四围瞅瞅，又拢了拢散落上眼睫的刘海儿，清清嗓子，歌子便贴着秧尖儿，随风传散——

> 要吃米饭把田种，
> 要吃樱桃把树栽。
> 号子一声人添劲，
> 满田黄秧一排排。

二姐一声甫起，七姑八嫂便和唱起来。那歌子，恍如在青青秧苗尖儿上，在半空蒙蒙的烟雨中颤悠悠地飘荡。"唰唰"的雨声里，姐姐尖脆的歌喉又多了一层凝厚，别有一番韵致。

水田里栽秧的更起劲了，一边扯开嗓子和唱，一边手脚不停地劳作，"啪啪啪"的水花泛起声响成一片。湿漉漉的田埂上，挑秧抛秧的汉子们脚头更快了。他们有时也人来疯地回敬一嗓子，但粗哑的腔调总像闷在烟囱里似的，反招致满田一阵善意的哄笑。于是便恶作剧地把秧束紧贴着女人们抛，弄得她们一身泥水。鸭子嘈栏般的惊叫嗔骂声中，二姐侧着头，瞟一眼雨帘中的始作俑者，一支调儿悠悠溜出唇边——

> 小方田，四角方，
> 四个小妹来栽秧，
> 四双白脚下秧田，
> 我请哥哥来打秧。
> 打秧归打秧，
> 莫把泥水溅湿白衣裳，
> 开玩笑等到栽秧后，
> 莫误了栽秧好时光。

如果说赤足走在窄窄的田埂上打秧的后生，和二姐开了一个小小的玩笑，那么，命运之神张开黑色羽翼和她做的游戏未免太过惨绝。这一年的秋天，全国在十年浩劫后首次恢复高考。父亲力排众议，在考试前一个月为华富农摘去黑帽子，尽管他已在和大伯的争斗中凄惨咽气多年。华仲政审关通过，侥幸与成分好的考生们角逐于公社中学宽敞明亮的教室里。

踌躇满志的华仲，暗暗瞄准了首都和省府的高等院校。他想，凭自己的实力，最不济也能跻身地区级的大中院校。三场考毕，他自我感觉十分良好。但事与愿违，发榜时，他仅被高邮师范录取了。尽管非理想中的学校，究竟跳出了农门，成为村中他那一届第一个吃"皇粮"的。

华仲那富农婆母亲乐得嘴咧到耳朵根子，忙颠颠儿地和满面红光的父亲张罗着，在我家宽大的天井里摆了十几桌酒席，那排场，比二姐定亲时还风光。

二姐的那一帮闺中密友自然不肯放过这机会，她们簇拥着姐姐，硬是要她亮亮歌喉。大庭广众，二姐面颊飞上两朵云霞，她忸怩地绞着辫子，就是不言语。这群撒野惯了的乡村姑娘便不依不饶地戏弄着二姐，拽辫子的拽辫子，拉衣袖的拉衣袖，嘻嘻哈哈，闹得如风拂花朵般乱颤。二姐不知她们还要闹成怎样，便让了步，连连讨饶："说好了，就来一小段。""好咧！"这群野雀子七嘴八舌地起哄着。二姐微微定了定神，丰满的胸脯一起一伏，撮撮小巧的嘴唇，歌子便自庭院里旋起——

> 三月里桃花香溜溜，
> 找姐莫嫌姐姐丑。
> 只要姐姐人勤快，
> 哥哥呀，
> 哪怕她丑得像个黑泥鳅。

不知怎的，平时并不怯场，一开喉便如行云流水，绕梁三匝的二姐，这次唱时颤音特别多，断断续续的，不贯气，调儿里竟隐着一种抑郁。虽是歌唱，却眉毛微蹙，双眼迷蒙，不安地扑闪扑闪着，似乎另有

137

弦外之音。

华仲到高邮上学的第一学期，给二姐写了十多封情意绵绵的长信，二姐每次都满面幸福地找到我，悄悄地从怀里掏出，让我读给她听。坐在梳妆台前的二姐一边屏息凝神地听我读信，一边两手不闲地在辫子上抹来捋去，像个幸福羞涩的新嫁娘。

但华仲后来的信渐渐少了。到第二年，竟未给二姐写过一封。这一年的暑假，他回村中时，一反常态，没有到我家来拜望，只是闷在家中没头没脑地看书，并和富农婆母亲吵闹了好几天。之后，等不及开学，便匆匆返校。

富农婆是在新稻上场的那天黄昏来到我们家的，她垂头丧气地站立在我家堂屋心里，战栗着，领受父亲激烈的措辞，气氛紧张神秘。后来，父亲重重地咳嗽一声，铁青着脸，扬长而去，把富农婆一人尴尬地晾在屋子里。

富农婆满面羞愧地来到二姐闺房前，"扑通"一声跪下，哽咽着，"孩子，那个小畜生黑了良心，我这张老脸也没处搁了……"一言未毕，泪水直泻。二姐房中却出奇地安静，一点声息都没有。富农婆度日如年，想想后怕，背脊上无端地窜起一股寒意。

过了好一会儿，狭巧的房门"吱呀"一声开了，富农婆惶然地抬起头。收拾得干净整洁的二姐面色苍白，神情凄凉。她咬着嘴唇，搀扶起老泪纵横的富农婆，疲弱地摆摆手，让她去了。

二姐好久不唱歌了，和华仲解除婚约后，她只哼过一回——

太阳落山黑了天，
哥哥长了颗豌豆心。

> 私情要丢慢慢丢，
>
> 何必生疏记怨仇。
>
> 哪有个凉棚的席不散，
>
> 哪有个香火能点到头？

二姐在流言蜚语中一直挨到二十八岁那年的腊月，在媒人的再三撮合下，远远嫁到三十里开外的溱潼古镇上。新郎是个手艺精湛的木匠，浓眉宽额，厚唇大眼，一副本分相。

蒙着红盖头的二姐被搀上轿船时，脚步十分迟钝，眼圈乌青，却没有一滴泪水，我知道，二姐的眼泪已全部吞咽在一颗滴血的心里。

在岸上围观的人们叽叽喳喳的吵嚷中，两个壮汉使劲地摇着大木橹，一路水花的轿船载着二姐，"吱呀吱呀"地远去了。

二姐再不能教我《九九调》了，再不能教我《对子歌》了，再不能教我《出月谣》了，我仿佛趴在老家朝西的那扇窗口，拍着手，和二姐一起念叨——

> 初一初二看不见，
>
> 初三初四一条线。
>
> 初五初六镰钩刀，
>
> 初七初八茄子形。

回得家来，我若有所失地推开二姐冷寂的闺房，不由得讶然一声哽在喉头：外婆遗给二姐作为陪嫁的那只玉镯，二姐没戴上手腕，而是恭恭正正地搁在梳妆台边的一只素净的手帕上。那只谶言般的蓝田玉手镯，此刻，正在渐渐暗淡的天色中透溢出宿命的幽幽绿光。

九、族兄瓦官

兰英已经六十七岁了，可她的大嗓门一直没变。

她一喊，五六条巷子都回荡着尖厉凄婉的哭腔。

兰英是我的本家嫂嫂，族兄瓦官的婆娘。

她们家在巷西，和我家斜错角。每次听到兰英那号丧腔，我都捂着耳朵，心里莫名地惊悚。

瓦官看上去比她年轻得多，瘦削精干，稼穑庭务，里里外外是一把好手。但西巷的巧妈却常常对着瓦官忙碌的身影撇撇嘴："活现报，还忙得猴屁猴屁的呢，真是二哼子一个，人家使了调包计，他还蒙在鼓里。"我也从聚于巷口码头的村妇们神秘兮兮的叙说中，隐隐知道瓦官当初要娶的不是兰英，他相亲的是小姨子，兰英的小八妹，那是个非常贴刮的姑娘，二号个头，细腰身，薄嘴唇，柳叶眉，笑起来双颊酒窝。但花轿进了门，新人拜过天地，入了洞房，新娘子却变戏法似的换了人。

也没见瓦官闹。

庄上负责保媒的伍师娘，揶揄那些愤愤不平的人：人家新郎官都生米熟饭地将就着吃了，你们可别嚼闪了舌头。

其实，兰英的娘家也不是第一次如此作为了，瓦官也不是第一个被蒙骗者。兰英的小八妹已经用同样的手法，成功地嫁出了数位大龄姐姐，为家里积赚了一笔笔不菲的礼金。只是瓦官太亏了，他本来比小姨子还要小几岁，这样一算，老婆兰英大了他一轮多呢。

　　与此同时，庄北的老场倌讨回一个二十出头的漂亮哑巴。一句戏言遂传遍全村："场倌吃雪梨，瓦官啃瓜皮。"

　　日子流水般慢慢逝去。瓦官依旧是闷着头死做，兰英把家里收拾得齐整干净，夫妻俩虽说不上举案齐眉，却也没有什么磕碰。翌年，兰英开了怀，生了个女儿，取名粉娥；又一年，儿子碗扣落地。

　　粉娥的前世仿佛是一大户人家的婢女，及笄之年，依然羞怯得紧。逢人问话，尚未开言，一抹桃晕已爬上双颊。在巷头，远远地看见人家来了，她也早早地避让到墙角，两只手无措地搓着衣襟下摆，眼睛紧盯着半旧的红灯芯绒鞋尖。等到人家会过档，她的手心早已沁出一层细密的汗珠。

　　扛着锄头从田里回来的瓦官，看着女儿的模样，轻轻叹了口气。

　　好在碗扣和姐姐不太一样。

　　碗扣九岁时，头上还留着一撮胎毛，蔫黄蔫黄的，像霜降后的田草，不怎么景气。先是他妈妈兰英每天为宝贝疙瘩梳扎黄巴巴的小辫，后来，姐姐粉娥接过了母亲的活计。常常是在早晨，姐弟俩临着当巷的窗户，碗扣坐在家里的那张油漆斑斑的老杌子上，摇头晃脑。粉娥则站着，一丝不苟地替他梳理着有限的几根毛发。仿佛是一门日课，从来就没见他们落下过。

　　十岁那年的春天，满了整生日的碗扣，剪去了一直拖在脑壳后面的那条瘦辫子。一把雪亮的剪刀，半碗清水，瓦官神色凝重，嘴里噙着半截芦稷苗，叉着双腿，拿着剪子的手哆嗦着伸向儿子的辫子，仿佛下了很大的决心似的，咔嚓一声，终于剪断那物。扎着一截暗红色头绳的辫子被恭恭敬敬地包裹在一方干净的手帕里时，瓦官拔出嘴里咬出一排牙痕的芦穄苗，揩揩额角沁出的细密汗珠，长长地嘘了口气，犹如完成了一项神圣的典仪。

是啊，四代单传，儿子无疑是自己的命根子，在十岁这个大坎上，瓦官怎么敢有一丝半毫的疏忽呢。

碗扣倒没有他父亲的这些担心，他坐在堂屋门口，背对着家神柜，两眼扑闪扑闪着，任由父亲在自个儿头上摆弄。

春日柔媚的阳光从天井里斜泻进来，纤尘在光影里浮游。碗扣忽然不安分起来，坐在高杌子上，够不着地的双脚一阵乱踢腾，扬起许多灰尘。兰英和女儿粉娥垂手站在搋板旁，一脸虔诚。她们不是不想上前去帮一把，看瓦官额汗涔涔的样子，她们也着急。但做小寿是有许多讲究的，譬如碗剪帕子，女人就不作兴碰，说是女人火光低，万一有个三长两短的，谁也说不准，到时候肠子悔青了也没有用。这规矩到底是哪年哪月传下来的，无从稽考，不过既然前庄后舍，左邻右居都一以贯之地遵循着，那瓦官一家子也就没有违拗的必要，宁可信其有，不可信其无。

这样，她们就只能在一旁看着瓦官忙活。等到系在碗扣颈上的白布围兜解下时，已是日过三竿了。

我是踏着一串鞭炮声飞到族兄瓦官家的。嫂嫂兰英塞给我两只点着桃红的馒头，我咬了一口，随手揣进大褂口袋里。有吃食填二寸半固然不错，但我的兴趣更在那些尚未完全燃爆的一枚枚小鞭炮上。我睁圆了眼睛，屁股撅得老高，在他们家的天井里全神贯注地找着。不一会儿，就攒了一小把，握在掌心，很有成就感。我将那小鞭炮从中拆开，露出橘黄的火药，放在地砖上，然后用香头烫去，那炫目的光亮夹着细微的噼啪声，看了真是过瘾。晚我一个辈分的碗扣也不是省油的灯，他见我玩得起劲，也寻了一小把鞭炮，中折，倒出火药，堆在一处，然后凑到近前点燃。一声轰哧伴着碗扣的一声惨叫，我一激灵，侧身看去，碗扣双手抱着脸，跌坐地上。瓦官一步跨上来，掰开碗扣的手，见他半边脸已经焦黑，忙不迭地让婆娘赶紧挤来湿毛巾捂着，眼看着不济事，碗扣的半边脸愈来愈肿，瓦官干号了一声：快上医疗室。随即一支箭般出了大门。急火攻心的兰英迷迷糊糊地拿着尚滴着水的毛巾，一溜儿小跑地跟过去。粉娥被这突如其来的变故吓坏了，先是愣怔在门框旁，等到父母离开后，仿佛回过神来，两腿一软，顺势坐上门槛，嘤嘤啼哭起来。

趁着忙乱，我蹑手蹑脚地溜回家。

父亲随后就知道了这事。当时，他正在大队部开会，闻讯，即让大队长主持会议，他来到医疗室看了看碗扣的伤势，了解了一下情况，便直奔家中。但父亲并没有为难我，只是不言不语地盯了我几眼，让我六神不安的。和母亲交代了什么，他又迈步出了门槛。

好在碗扣没出什么大事，半月光景，几层硬疤一脱，又是一个白白净净的胖小子。

转眼间，粉娥到了出嫁的年龄。

伍师娘就像一只嗅觉灵敏的蝴蝶，从不会错过花期，哪朵花儿抽薹，哪朵花结蕾，哪朵花展瓣，她心里都有谱。事实上，她真的就有一本花名册，不但庄上的妙龄男女，就是那些鳏寡也尽被搜罗其中。是本学生练习簿，密密麻麻地抄满蝇头小楷。是她那退休的老先生的手笔。凭着它，伍师娘还真的断不了吃香喝辣。那老先生是从村里的总账会计处，花了小半月时间弄来的。那皱巴巴的小本子在伍师娘眼里，无异于月下老人的姻缘天书。

伍师娘和瓦官家是同一生产队，说媒自然是非她莫属。来到瓦官家大门口时，伍师娘顿了顿，仄着梳得油光可鉴的发髻，上上下下好一番打量。这是一处偏僻地，居于村子西北角，麦秸草铺的屋顶，挂檐几十片稀稀落落的沙泥大瓦。进门是一条逼仄的过道，小火砖仄铺，两人会档都比较费事。红砖"鸽子窠"的下脚，已经有些剥蚀，虚虚地腾着一层暗红的尘灰。

时交霜降，收获期已过，天井南边紧贴着院墙的，是两口苦得严严实实的砂缸，想必是储着陈麦和新稻。檐牙下的桑树搭钩上，挂着几串艳红嫩黄的朝天椒，还有劈成四瓣的种茄，满腹籽粒地骑在丫杈上。一排老玉米和几穗饱满的粳稻也精神地守在檐口。厨房是倚着东院墙搭的，简陋却必不可少。一张旧饭桌肚下，凌乱地堆着泥乎乎的山芋、茨菰，甚至还有一小摊水灵灵的荸荠。

伍师娘晓得，这些野蔬是勤快的瓦官劳作之余，在田头的水渠里拾掇出来的。她还是挺佩服这个地邻的，平时闷声不响，一门心思地做自己的活计，是个唾面自干的憨实人。这样睃巡着，伍师娘已跨到主人家的堂屋门槛了。家里静静的，没有一丝声息。

伍师娘咳了两下，一个闷闷的声音从西墙边的猪圈里传来："哪个？"

原来家里有人啊，伍师娘一龇嵌着铜皮的两颗大门牙，双手一拍："我说人都到哪里去了。一年忙到头，眼下，这田里也闲落了，麦一种，手一拱，大兄弟你还忙乎个甚的？"

瓦官闻声跨出猪栏："是师娘啊，收拾猪圈呢。"忙蹲到厨房旁的水桶前，快速地洗完手。

瓦官擦过伍师娘身边时，旋起一股猪臊气，伍师娘扇动鼻翼，微微蹙了蹙眉头，随即又换起一脸的笑，接过瓦官递来的板凳，有一搭没一搭地聊起来。

"师娘今天咋有工夫到我门上的？"瓦官搓搓手，半天冒出一句。

伍师娘咯咯一笑："大兄弟，你这样说就见外了。一个队里的，低头不见抬头见，老姐姐来串串门也不作兴啊？"

瓦官见伍师娘这样说，倒有些不好意思了。他从东厢的灯柜抽屉里，摸出半包皱巴巴的驰牌香烟，递过一支："师娘你别往心里去，我人笨嘴拙的，不会说话。"

伍师娘叹口气"唉，以前做了对不起大兄弟的事，直到现在心里都不如意呢。"

"馊话还谈它做甚？"瓦官截住伍师娘的话头，"儿女都成人了。"

"就是，就是，你看我这乌鸦嘴，儿女都大了，那些陈芝麻烂谷子还有什么捡头。"伍师娘瞟了瓦官一眼，有意无意地，"孩子都老大不小了吧？"

"小伙十七，丫头二十。"提及一对儿女，瓦官很是欣慰。碗扣聪明能干，初中毕业后，跟着庄上的唐瓦匠学了一门手艺，荒年饿不死手艺人嘛！如今碗扣已经出师，能独当一面了。粉娥在村办玻璃厂拉管，技术娴熟的她已经带了几个徒弟了，是厂里的顶梁柱。

"哦哟哟！"伍师娘扬手猛拍膝盖，"真是光阴催人老啊！一眨眼，孩子们都这么大了。"见瓦官情绪蛮好，伍师娘顺势丢下一句，"姑娘说下人家了没有？"

瓦官一听，忽然警觉起来，他终于明白了伍师娘登门的真正目的，心里陡起反感，言语便冷淡了许多，"还没，丫头还小呢。"

伍师娘一副语重心长的神态，"大兄弟，不是我说你，女十六，男十八，就是成家立业的时候，二十岁的闺女还拖在家里，想留着养老送终啊！我们当初这个年龄，子女都一大把了。"

"婚姻大事，他们自己心里有谱。"瓦官生硬地撂下一句话，便闷着头不再言语。

伍师娘还在喋喋不休。

瓦官有些烦。

正僵着时，在老河西挑猪草的兰英回来了。

说实在的，当初能顺利嫁给瓦官，伍师娘自然是功不可没。兰英对伍师娘的所为尽管腹诽，但并不认为她是谎媒。何况，那时如果没有伍师娘能说会道，八面玲珑地周旋，现在的一切也就无从说起。

伍师娘看见兰英，仿佛抓住一根救命稻草。她直起身，帮兰英卸下肩头的草包，嗔一声："弟媳妇，不是老姐姐说你，两眼一睁，忙到熄灯，田头锅膛就没见你有个闲时。不要光顾着挣命，儿女的婚姻大事也要上上心呢。"

见瓦官没吱声，兰英生怕冷落了伍师娘，接过话茬："到时候还不是请老姐姐长眼。"

伍师娘一拍胸脯："那有甚话说，侄女的事，还不就是我自己的事。"又拿嘴撇撇闷在一边的瓦官，"你们当家的怕是嫌我多事呢。"

"哪儿的话，那就拜托师娘了。"瓦官见婆娘发了话，也就顺水推舟。

"那好，你们静候佳音。"伍师娘说了句文绉绉的话，喜滋滋地离去。

第二天下晚，胸有成竹的伍师娘便乐颠颠儿地来回话，说是媒保好了，已经为粉娥说了一门呱呱叫的亲事。男方是西南小李庄的，伍师娘的娘家。小伙子人长得周正，头脑活络，在乡办厂跑采购，家里就弟兄俩，三间大瓦房，父母另起炉灶。

兰英有些不除疑，伍师娘赶紧贴上顺遂条："等新媳妇一过门，那小叔子立马就开路，和他两个老上人搭伙去。"

瓦官迟疑着说："我家丫头倒不是图人家的家产，只要小伙人实诚，肯下力做就行。"

"那是，那是！"伍师娘两片薄嘴唇扇个不停，"那小伙四高六胖的，是个做角。一家十几亩田，就靠他这大劳力呢。"

一家人似乎有些意思。

伍师娘顺竿爬："要不，通知对方，拣个好日子相亲？"

瓦官斜身看看老婆，兰英又看着女儿。粉娥羞涩地点点头。

三天后的相亲很顺利，全家对小伙子都挺满意。伍师娘更是兴奋得走路一阵风，二斤肉三斤面倒在其次，主要是有种成就感。

一切都按习俗来。押小吉，押大吉，会亲，通话。腊月一到，在一片噼噼啪啪的鞭炮声中，粉娥被一顶花轿颤悠颤悠地抬走了。

三朝回门，粉娥清泪淋淋。

正在厨房里忙着蒸团拍糕的兰英，从热腾腾的雾气中钻出，一见女儿这架势，心中陡地一沉：怪道这几天一离铺板，左眼皮子就跳眨个不停呢。早跳祸，晚跳福，看来真是晦气上门了，得好好盘摸盘摸丫头。兰英解下围兜，拍落手上沾着的米粉，把额头凑到粉娥面前："丫头，哪个没魂大胆的招惹你了？"

粉娥啜泣着，半句也出不了腔。跟在他后面的新姑爷低着头，局促不安地用手指捻着衣角。兰英又对新姑爷一拍巴掌："你说。"

新姑爷惶恐地抬起头，眨着小眼睛，"我，我一打头是要摊开家底牌的，可伍师娘说没事，她打包票。"兰英听着有些云里雾里，新鲜头的，她不想把小两口堵在大门口，寒冬腊月的，穿巷风撕得人耳根子生疼呢。她朝屋里撂一嗓子："碗扣，你姐姐姐夫回门了，快泡枣茶。"

碗扣忙不迭地洗杯取盏，在灶门口添柴草的瓦官，手脚麻利地泡开了三碗热气驾驾的果茶。

瓦官很细心，特意从家神柜底，取了平时舍不得用的嵌花细瓷茶碗。那是祖物，江西景德镇官窑烧制的，一套十二只，传到瓦官手里，已经是第六代了，金贵着呢，轻易里从不示人。仅碗扣做二十岁整生日时，拿出来用了一顿，事后，瓦官又很快收拾起，小心翼翼地藏到家神柜下，这样奢侈的碗具，是不作兴有一星半点破损的呢。

那碗确是好碗，做工十分考究。一道嵌金箍流畅地盘在碗沿，下缀袅娜的云霞纹。碗的内壁更为精致，彩釉绘十二司花神像，线条流逸多姿，造型典雅精工，色彩的调配运用更是令人叹为观止。一位从省文史馆下放到我们村的老右派，曾经有幸一饱眼福。那年秋播，瓦官和分在队里的老右派一起挑渣回来，已是夕暮，群鸟归巢，空巷寂寂，想着孤独疲惫的老右派，回到茅棚里还是冷锅冷灶，厚道的瓦官动了恻隐之心，临拐弯分手时，一把拉住老右派，硬是拖回家里。坐在矮趴趴凳上喝粥时，老右派忽然看到了家神柜底的这叠碗。

瓦官心慈，见老右派眼色里有一种奇异的神采，遂趴下身，单手一搂，破天荒地捧出了祖传之物。老右派把十二只精瓷碗一一托在手心，摩挲端详了半天，口中喃喃："不可思议，不可思议，我搞了大半辈子色彩研究，从未见过在色彩运用上如此巧夺天工的瓷器。"他指着七月司海棠花神，凑近瓦官，"你看看，单这衣饰，就蕴藏着四十五种颜色，有些色彩是怎么配置出来的，简直匪夷所思。"

那一天，夕光中的老右派把玩着茶碗，恋恋不舍。瓦官虽然懵懂，

148

但因此知道家里藏着的是值钱的好东西，所以十分兴奋，他和老右派边吃边聊，竟就着一斗碗煮蚕豆，喝光了两头盆薄粥。

瓦官憨厚，但肚里点着根灯草，亮着呢。他知道老右派是做学问的人，发配到村野，只是一时落了难，总有重回庙堂的时候。想到老右派一副痴迷的神情，瓦官心里动了一下，他把心思摊给老婆，兰英倒是开明人，很爽快地答应了，夫妻俩一番斟酌，找到老右派，坦言要送一只碗给他做研究。孰料，老右派头摇得拨浪鼓一般，"君子岂可夺人之爱，那日我有幸目睹，已是缘分不浅了。至于相送，请勿复言，请勿复言。"瓦官夫妇一时有些僵。后来采取了折中的办法，瓦官搬出整套十二只茶碗，让老右派一一临摹下造型，并记下了全部用色。后来老右派的弟子据此在金陵搞了一个中国传统碗器系列展，名动石城。这是后话了，远在里下河腹地整日与泥土为伍的瓦官当然无从知晓。

三只茶碗里各漾着八只大红枣，粉娥、姑爷和碗扣坐下了，却谁也没有先动筷。兰英倚着堂门，一言不发，气氛有点闷。

兰英忽然一拍门框，食指点着姑爷，你边吃边说。姑爷一激灵，捧着茶碗的手哆嗦了一下，糖茶洒了出来。

瓦官有些不满地剜了婆娘一眼，"咋呼甚事，有话不会慢慢说。"

兰英提高了嗓门："这也慢得下来！"

新姑爷忽然有些惶愧，"都是我们家不实诚，委屈粉娥了。"

在姑爷断断续续的叙述和粉娥抽抽泣泣的补充中，大家终于厘清了头绪。原来，姑爷不是弟兄俩，是仨。也就是说，三间大瓦房是要弟兄三人平分的，而且，先前所说唯一的小叔子，在粉娥过门后会把铺盖卷儿挪到上人那里，显然也是站不住脚的。

瓦官有些憋气，那感觉仿佛去年秋天，用菜籽换油时，被那黑心的游走小贩短斤少两了一般。碗扣咬着牙，一言不发。尽管心里为姐姐愤愤不平，但他知道，情势至此，说再多也是于事无补。半壁高的小伙子，懂事了，他不能再添乱，姐姐已是痛苦不堪，父母也是焦虑难安，他要做的是劝导。

兰英沉吟半晌，忽地一把鼻涕一把眼泪地长号了起来，仿佛满腹酸水都要在此一吐为快。一盏茶光景，兰英尾音拖得老长的号啕戛然而止，她抹抹脸，狠狠撸了把鼻涕，一跺脚，向门外疾穿而去。

一家人呆住了。最先反应过来的是瓦官，知妻莫若夫，他晓得兰英要去哪里，心里一沉，忙让碗扣陪好姐姐姐夫，自己也一溜儿小跑地跟了出来。

瓦官后脚赶到时，兰英已把伍师娘家的桑木大门拍得山响。

足足有半袋烟工夫，伍师娘搭着双臂，嘴角歪根旱烟竿，吱呀一声，懒洋洋地开了门。纸终究包不住火，她知道兰英是兴师问罪来了，她告诫自己千万不能泄气，否则，一切就都穿帮了。

"大兄弟，弟妹，你们可是无事不登三宝殿啊。这么早来我门上有甚事？"兰英一声"呸"，"还装模作样的，你做的好事！"伍师娘仍笑吟吟的，"我们这行当，可不就是行好。穿针引线，牵线搭桥，为自个儿，也为子孙积德呢！"

"不要脸，你，你个谈谎日白媒！"见伍师娘仍然东一榔头西一棒槌，不着边际地忽悠，兰英怒火中烧，一口唾沫喷过去。

伍师娘一扬眉，"哎，瓦官家的，你这是咋的，话出如泼水，可要好好掂量掂量。我们这一行，招牌强似脸面，你可不能云里雾里，胡乱就砸。"

"好，我问你，一打头你替我家丫头做媒，是怎么吹你娘家庄上那人家的？"兰英知道伍师娘嘴溜滑，自己斗不过她，便压住怒气问。

伍师娘一摊手，满面狐疑："出甚茬子了？"

兰英一拍屁股，蹿起三尺："都水尽塘干，就要起网了，你还没事似的，稳坐钓鱼台！"

伍师娘撇撇嘴，很不以为然，"甚大不了的事，值得急吼吼地跳。"

"儿女是娘心头肉，刀不斫在你身上，你当然不疼。你当初哄我们，说粉娥的婆家就兄弟俩，而今……"

伍师娘嘿嘿一笑，"我当是河塘倒坝，大水淹过来了。就这屁大的事啊？"

"你还嫌事小？是不是非得死人失天火才算大事？"兰英拿出了拼命的架势。

伍师娘见势不妙，一拍膝盖，放长了嗓音："这可真是，好人做不得啊！我倒成了风箱里的老鼠，两头受气了。想当初，我也是看在乡里乡亲的份上，念着姑娘乖巧，小伙厚道，才风里雨里，两头奔跑。如今撮合成了，郎情女愿，炮仗放了，拜过堂了，你们办喜事，油汤油水的吃过了，撑得难受，又来找我的不是，这可真应了那话了，新娘进了房，媒人撂过墙。你说我亏不亏噢。"

兰英忽然有些恍惚。

伍师娘瞥一眼怔怔着的瓦官夫妇，话锋一转："根子当然不通在我们这里，想不到你那亲家表面上麻里木今，骨子里就是一条老鳅鱼。人前人后胸脯都拍红了，说自己就俩儿子，就差没有诅刀头了。临了，你看你看！"伍师娘搓着手，急得什么似的。

其实，伍师娘心里打着小九九：从男方那儿多拿了圆谎的媒金，吃都吃下去了，哪能再呕出来。不过，这也真是油锅里捞钱，面对着精明的兰英，却得为她那老不死的亲家兜着，万万不可把话说差了，兔子急了还咬人呢，不然那老儿一呕酸水，岂不把人坑苦了。寻思一番，伍师娘眼珠骨碌一转："不过呢，人家也是抱孙子心切，刀斫在哪个身上哪个疼不是？人心都是肉长的，如今，丫头都过门了，我说这日子还得好好过不是？"又一扭头，冲怔在一旁的瓦官，"大兄弟，你掂量掂量。"

瓦官被伍师娘的喋喋不休弄得有点眩晕，见伍师娘突然发问，一时没有思想准备，嘴里含糊不清地支吾着。

"放你祖宗八代的野狗屁！你红口白牙地做这谈谎日白媒，要断子绝孙遭雷打的。"兰英却是不依不饶，她怒气冲冲地跨上前，把倚着门框的伍师娘推了个趔趄。

伍师娘实在不是省油的灯，她见兰英撒野，脸色陡地沉下来，鼻子里哼哼一声，"就算我做谈谎媒吧，这也不是第一次了，想当初，我瓦官兄弟的花轿想抬的也不是你呀……"忽听瓦官一声断喝，"少嚼舌头，你这婆娘，这都多少年了，亏你还没有病得忘记了，还好意思说出口。"

老实人欺人没药医。伍师娘倒不畏惧大嗓门的兰英，却怵平时三棍子打不出一个闷屁的瓦官。早些年，瓦官和本队的一个蛮横出名的劳力在田里挑渣，会档时，瓦官的渣筐不小心碰了对方的裤脚，那人一掌把他推搡在地，又气咻咻破口大骂了一盏茶的时辰。瓦官始终没言语，收拾好渣筐，依旧做农活。晚间，瓦官在家洗脚，那人又骂骂咧咧来到门前，指明要瓦官出来单挑。瓦官搓着脚上的泥，慢言慢语地回了一句："好，等我洗好脚。"那人以为瓦官胆怯，所谓洗脚不过是借口而已，遂得胜而回。等到他在家中洗脚时，瓦官来了，肩上扛着一柄生产队铡牛草用的大铡刀。往那人家天井里一戳，"你不是要打架吗？我来了。"那人脸唰地白了，踹翻了洗脚盆，光着脚奔向巷口喊救命。那人在前面蹾，瓦官在后面追，绕着巷子十几个来回。后来，还是大队干部来给解了围。临走，余怒未息的瓦官，一铡刀削下了那家一角门框。自此，庄上人轻易里绝不招惹瓦官。

不过，瓦官这次倒没有过多地为难伍师娘，他瞪着眼，咬着腮，朝兰英一声闷吼："家去，别在巷口头上现人眼目了。"兰英恨恨地剜了伍师娘一眼，怯怯地跟在瓦官后面，走了。

伍师娘靠着门框，抒抒胸口，惊悚得半天回不过神来。

斗转星移，光阴荏苒，又是一年的霜降了。碗扣的儿子成龙都扛着爬爬凳上学了。成龙长得虎头虎脑，和精瘦的碗扣不像一个模子里出来的。巧妈戏谑地说："木模经了日晒雨淋——走形了。"虽是茶余饭后的谈资，而隐衷却谁也不知。

碗扣的婆娘是海里人。我们这向东百十来里，就是黄海，海边人家多穷，长期的海风吹、日头晒，那里的人多半黑不溜秋的，身上还隐隐散发出咸涩的海鲜味。碗扣的婆娘海云也是。海云生得算不上俊俏，矮胖黝黑，嘴阔唇肥，一双眼睛却很会说话，看人总是先瞟着，然后迅速热情起来，眼波有如活泼泼的春水，一下子就和人拉近了距离。加上她一张能说会道的嘴，很快就和乡邻们热络了，一庄人，远远近近的都夸，瓦官家真是前世修的，找了个这么能豆儿媳。

但碗扣还是高兴不起来，我们这儿找媳妇有个说法：宁找跛的瘸的，不找瞎的聋的；宁找丑的穷的，不找海的蛮的。所谓蛮，就是云贵一带山区贫穷人家的女子，我们这里，但凡大龄男子或生活窘迫的人家，实在找不着媳妇了，每每千方百计筹措钱财，从中介人手里领回一个，放几串炮仗，就圆了房，也算是对得起祖宗，香火有继了。而海，自然就是我们东边的滨海县一带了。似乎是约定俗成，这两处讨回的媳妇哪怕再能干、再漂亮，也是要被本地人看低一头的。

按理，碗扣是不至于混得如此蹩脚的。但应了一句话，人的一生变数无常。巧妈曾经刻薄地形容为"瓞大成瓠，变种"。我一直为这句话对巧妈拜服不已，这句话的古典，也许巧妈自己并没有深刻的理解，这些在《诗经》里频频出现的字眼，何以从一个目不识丁的农妇嘴中，拉家常般脱口而出，于我始终是一团谜。而更令我疑惑的是，孩童时活泼机灵的碗扣，成人后竟木讷迟钝，常常面壁发愣，尽管也学了一门瓦工手艺，却是勉强出师。在几次砌倒了人家的山墙后，庄前庄后，但凡人家砌屋上梁，再也不见了碗扣的身影。巧妈促狭地眨眨眼，这个霉瓜，哪家敢再惹他，躲还来不及呢。加之，家里和庄上唯一吃得开的媒婆伍师娘有了过节儿，伍师娘放出话来，九村八舍的姑娘，就是在家搁老了，也强如跳入瓦官家的火坑。有些庄邻不忍，劝她，宁拆三间屋，不毁一门亲，做做好事，总会有善报的。伍师娘鼻眼里哼一声，他们家酒杯如石臼，我们没有这福分，端不起。想想兰英给自己的那副脸色，伍师娘就气不打一处来。

其实，这是次要的。问题的症结在于前来相亲的人家，见碗扣木木的，才一个个都打了退堂鼓。这样，碗扣几近而立才娶回滨海姑娘海云。那儿的人惯常称我们这里西乡，地域使然。那里的姑娘也情愿西嫁，过来后，颇有糠箩跳到米箩里的感觉。经年历久，陆续远嫁来我们庄上的便有十余人。老喉灯、三神经、驼二小、瘌腊生家的，都是花银子从海里买回的。这样的人家，在庄上是无颜面可言的，一般遇人都是低三下四，绝不张扬。庄上的老塾师三先生对海里媳妇尤其轻慢，他对那些人有一个不屑的称呼："海丫子"。谈及她们，也是用了细长的小指，敲敲桌沿，一字一顿："殊非正经。"三先生是村中的长者，又有学问，一语定论。这句话，成了那些人家阴天驮在背上的穰草。

但碗扣又和别家不同，他和海云的姻缘，并不是纯粹的买卖关系。他是和姐姐粉娥一起去滨海拾棉花时，系上这段红绳的。

联产承包责任制后，大面积的沿海滩涂得到充分利用，惜地的海里人精耕细作，将一片片盐碱荒地都开垦成一望无垠的棉花田。人稀地旷，滨海人是怎么也忙活不过来了，如果遇上连天阴雨，黑花烂果如何收拾。情急之下，娘家人便三三两两地带信到西乡，让女儿女婿赶回去帮忙。那时节，我们这刚好麦子种下，农活闲落了，人手自然抽得出。先是那些滨海的媳妇自己回去帮忙，接着又动员亲朋好友去。后来，庄上有闲散劳力的人家，差不多都去了，说是按劳计酬，摘花快的，一天下来，收入很是不菲呢。西乡人动了心，本村的，邻村的，沾亲带故的，毫无瓜葛的，老的，少的都坐上了挂桨船，突突突地行进在通往滨海的水道上。

碗扣和姐姐粉娥去的那一年，粉娥的女儿已断了奶水，家里人乐得多捞把银子，闻讯，也竭力怂恿粉娥去。临走，粉娥却鬼使神差地回了娘家，让尚是直来直去一根的弟弟碗扣同去打伙。瓦官种的四亩二分地，那一年正翻水稻茬，因此不算太忙，麦种已下，地肥也追施了，重体力活基本结束，只要再拾掇拾掇十边隙地，喷几交除草剂就行了。更主要的是，碗扣成天窝在家里，眼看着年龄相仿的，甚至小了半肖的相继成家立业，越发如霜打过的茄子，提不起神来了。再这样下去，好好的人也会憋出纰漏来的。瓦官思忖，让他出去透透气，姐弟俩也好有个照应。收拾停当，兰英把粉娥拉到僻静处，叹一口气："你这兄弟，整天蔫巴拉叽的，高不成，低不就，不晓得甚时才动婚运。前庄后庄想找门亲，怕是没得指望了，还是一老一实地到海里看看。不过，铜钱丢到水里要有声响，我可不想做冤大头，弄个不顺遂的惹气包回来，你多长长眼，五官齐全，不瘸不跛，能说得过去的就成。"

粉娥心一揪，点点头，"嗯哪，妈，我有数。"

海里的棉花田一望无垠，满眼都是白绒绒的棉花。偶尔有几座村庄隐现于棉海里，让人恍如梦境。

粉娥和碗扣来的那家种田大户，承包了二百多亩滩地，已经雇了十几个帮工了，溱潼、淤垛、时堰、安丰、戴窑，附近一圈的都有。大家操着各地的方言土语，群鸟噪林般聚到了一起。

在浩瀚的棉田里，碗扣遇到了海云。海云是主家的远房侄女，也是来帮工的。他们的畦子挨到了一起。碗扣木讷，没有多话，海云倒是很健谈，有意无意地说起自己的闺中好友都有谁嫁到了西乡，生活如何如何美满，言谈中露出无限羡慕。海云是那种让人第一眼看上去没什么信心的人，但她耐看，多瞟上几眼，就觉得她其实长得挺不错的，尤其是那双眼睛，黑而亮，有着广泛的内容，包罗了许多东西。

对感情几近麻木的碗扣，并未体验出海云话里的深意，甚而对这个主动和自己搭讪的海里姑娘，产生了一种本能的反感。尽管自身条件占不上多大优势，但"娶妻不娶海丫子"的陈规，一直像一枚铁钉，牢牢地揳在碗扣的意识里。和眼前这个活泼爽朗的海里姑娘结亲，他是连想都没有去想的。

海云却鬼使神差般喜欢上了这个憨头憨脑的西乡小伙子。在碗扣姐弟来此不久，海云便转弯抹角地打听到二十大几的碗扣至今没有下家，仍是单身，心中窃喜，便央求姨娘，把自己包揽的棉田和碗扣的挨在了一处，这样，沟通起来就方便得多了。

也许是广种薄收，不怎么舍得下成本，海里的棉花秆大抵都低矮瘦小，远不如我们西乡粗硕。因此，容易早衰，当我们这里的棉叶还是墨绿墨绿的时候，那里的棉花花期已经接近尾声。那些赶趟儿似的一齐吐出的四瓣花絮，雪白雪白的，一直铺展到天际。壮观之余，让人有一种温暖感。

在洋溢着温情的田地里，采摘人的心情自然也会开朗起来的。

移到碗扣身边的海云东一茬、西一茬，有一搭没一搭地拉呱着。起初，碗扣只是嗯嗯地应付，两眼盯着枝头的花瓣，双手不停地摘着，显得有些心不在焉。海云忽然问："你媳妇模样一定好看吧？"

真是哪壶不开提哪壶。碗扣心口一愣怔，忽地沮丧起来，轻轻叹口气："还没说下呢。"

"不信，像你这样，要活计有活计，要人品有人品，还没吃过丈母家蛋茶？怕是袖子都要被媒人扯裂了呢。"海云扑闪着大眼睛，直盯盯地看着碗扣。

碗扣心里有些慌，"不骗你，真的呢。"他望着脸膛红扑扑的海云，心里一动，陡然有了倾诉的欲望。

精明的海云从碗扣的眼神里迅速捕捉到这一信息，不失时机地跟上一句："那，连亲都没有相过吗？"

"访过几回，没谈拢。"碗扣有些含糊其词。他没有明说，到底是他没相中人家，还是人家没看中他。海云觉得碗扣憨得可爱，想和他开个玩笑，随口撂了句："你们家是不是尺三的门槛，人家跨不进。"

碗扣一声苦笑，"哪会呢。"

海云怕碗扣脸上挂不住，赶紧补上去，"你呢，也不要泄气，看漏了你的人家还不是丢了眼珠子，光剩白子了，我就不信没有识货的。"

碗扣心里一动，瞟海云一眼，又飞快地低下头。

静了会儿，海云摘下一朵蓬勃的花，举向碗扣，"你们那棉花田多吗？农活重不重？"

碗扣笑笑，"轻巧着呢。"

海云仿佛自言自语，"怪不得，我们这儿好多姑娘，都像趟鸭似的游过去了呢。"

碗扣胸口怦然一跳，张了张嘴，想说什么，又没有能出口。

暮霭四合的时候，海云跨过自己的畦子，张开碗扣的棉花袋，把自己拾了半天的花，一股脑儿地塞进去。

碗扣头脑中嗡的一下，双手下意识地推挡着，"这咋能，这咋能呢？"推揉间，一片片雪白的棉花掉在墒沟里。

海云有些急，她一边把掉落的棉花朝碗扣的回纺布袋子里捧，嘴里一边放鞭炮似的："你看，你看，你这人真是的，我来姨家就是辍辍忙，难不成还图它十文八文的。抢花，也就眼目下这几天，交了冬，我的活计也勤繁了，八抬大轿也请不来呢。"

碗扣晓得，海云和自己这帮西乡人是不一样的，他们来是苦些工钱回去，把个小年过得丰实些。而海云此行的目的，绝对与银子无关，纯粹意义上的帮忙而已。她其实是这一带名声颇响的裁缝师傅。

歇下了，海云揩揩额角的汗，问碗扣："你们那儿，裁缝生意好不好做？"

"好，逢年过节的，庄上王裁缝都忙翻天了，家神柜上堆的布料，都齐到椽子呢。"

"真的啊，能到你们那做裁缝就好了。"海云两眼一眨不眨地望着碗扣说。

碗扣淡笑一声。

　　回到住所时，整个院落里已是人声鼎沸。海云姨家，有着典型的海边人家的住房格式，朝南的是四间主房，红砖大瓦，七架梁进深。东西两溜儿"鸽子窠"，跨间很是开阔。一排芦竹夹的篱笆，圈就了前院墙。篱笆上开一狭长的洞，算作让人进进出出的大门。

　　这户人家种有百十亩海地，雇来的帮工杂七杂八有十余人，大抵是西乡一带的农妇，也有些未出阁的闺女。像碗扣这样的大小伙子，却是硕果仅存。碗扣在一群婆娘闺女里，就显得很扎眼。其时，大家都收了工，洗脚的，泼水的，捶腰的，盛粥的，嚼咸菜的，各种声响交织在一起，加上来来去去的脚步声，狗撺鸡飞声，整个院落显得忙碌而杂乱。

　　主家已把烧好的大锅粥搁在院子里凉了，眼疾手快的早盛了满满一斗碗，蹲在一边，呼哧呼哧地喝成一条声。碗扣来到堆积如山的棉花包前，卸下重负，这才感觉肩膀被窄窄的带子，勒得火辣辣地疼。他掀开春秋衫，扭头朝后看去，肩头一道深深的红印赫然在目。他龇龇嘴，来到一只盛满清水的木桶前，弯腰，撮了一巴掌水搭上红肿处，一丝惬意的清凉便袭遍全身。他微微仰着头，闭着眼，轻轻嘘了口气。

　　海云不知什么时候已悄悄来到碗扣身旁，等碗扣睁开眼时，一碗薄粥递到他手上，粥面上横着两茎腌得黄澄澄的大白菜。

　　正往阴沟里倒洗脚水的粉娥，把这一切都收入眼帘。

　　此后，粉娥又多了一件事，除了日里在一眼望不到尽头的棉田里忙碌地捉花外，晚间，还得不动声色地以与当地人闲聊的方式，探究海云的根底，她不能忘记母亲的叮咛，她清楚，自己的使命绝不是把时间耗在延伸到海天尽处的棉花田里。

　　碗扣是这群帮工中唯一的男丁，和那些女人同处一室打地铺终究不便，但要主家腾出多余的房间，也是勉为其难。不得已而求其次，主家便将临大田的一小半间农具舍收拾一番，权作碗扣的栖身之所。那舍子，低矮潮湿，只在屋顶开了一巴掌大的天窗，黑咕隆咚的，即便是白昼，舍里也是一片灰暗。碗扣初来时，不太适应，进出曾跌过几次，好在都是松软的沙地，不过是膝盖上磕去拇指大的一块油皮，并无大碍。后来渐渐熟悉了内里情况，哪里高，哪里低，哪里有洼漕，哪里有高坎，哪里是灯台，哪里是粪桶，他都了然于心。他甚至知道，从门到地铺是五步半，多了，就踏上褥子了。荒芦草铺成的地铺上，原先是覆着几张破麻袋的，睡下，一觉醒来，后背硌得酸疼，并且印上了粗粝的布纹。后来，海云带来一块狭长的蓝印花布，刚好容下碗扣的身子。那布半成新，纹理细腻，质地柔软，躺上去不会咬身子，和硬僵僵的麻袋简直不可同日而语。碗扣记得，海云举着蒙蒙亮的煤油灯，帮他铺好时，他特意凑近，留意了一下，那块蓝印花布爽眼、干净。要是冒冒失失地踏上弄脏了，多可惜啊！

海里的媳妇有甚不好呢？碗扣双臂枕着头，在暗中浮想联翩。老喉灯家的媳妇，自己做塑料花，三天两头往苏锡常销，生意红火得如同烧开的大粥锅，那兴冲气，用锅盖都摁不住。才两年，老喉灯家矮趴趴的三间房子，变成亮堂堂的七架梁青砖小瓦屋，新拖了一车家具回来不说，还破天荒在全庄第一个装上了太阳能热水器，十八管的，也不用烧草烧炭，日里上水，晚间就烫得能杀猪。一家五口洗澡绰绰有余。媒婆伍师娘闻讯，仔细察看一通后，心里羡慕得不行，嘴上骂骂咧咧：你个喉鬼，哪里是娶媳妇，讨了个赚钱的锥子回来了。还有，三神经家的媳妇，说是高中毕业呢，人家都在庄上做了好几年代课老师了，一庄人人前人后地恭维一声"先生"，那风光劲，拿钱也买不来。

碗扣心里活泛起来。之前，对"海丫子"的成见像一块寒冰压在心头，现在，仿佛有一缕阳光射进，渐渐消融了。他忽然一骨碌坐起，胸口剧烈地起伏着，海云红扑扑的脸，生动的眼神，往自己袋子里塞棉花的犟劲，还有，在这暗暗的小舍里，抖开蓝印花布的关切，都一一在碗扣眼前晃动。他觉得和海云一起其实挺开心，就是不知道同来帮工的姐姐会怎么想。

粉娥已基本上把海云的情况摸到手了。几天的暗访，她对结果还是比较满意的。海云小弟弟四岁，裁缝手艺是这一带冒尖儿的。不过，隐隐听人闲谈，她似乎早些年曾经定过一门亲，男方家境窘迫，后来海云坚持退了亲，对方也没怎么纠缠，连酒水钱也大包大揽兜走了，没有提出对半开。

当粉娥婉转地向海云的姨娘谈及此事时，那个黑滋滋、人高马大的海里婆娘，把头摇得拨浪鼓一般："没有的事，没有的事，咋想得起来的哟，我们家的伢儿，不是吹，个个如样，没得一丁点歪文的。是哪个在嚼舌头根，访出来，看老娘不撕烂她的婊嘴。"粉娥蹙蹙眉，欲言又止。

霜降一过，田里的成花少了，只剩些脚花僵瓣零星地缀在枝壳上。西乡来的雇工们结算完工钱，收拾好行囊，准备打道回府了。

主家在大院里摆了两桌散伙饭，也没有什么精致的菜肴，大鱼大肉和一些土生土长的蔬菜而已。酒是家酿的糁子酒，力道大，后劲足，封在桌肚下的一只大糙坛子里。平日里忙得不沾油荤的女将们，一见这阵势，纷纷大开酒戒，嘻嘻哈哈闹翻了天。能喝的，不能喝的，手上都捏着酒碗，脸上红扑紫淌的，喷着酒气，在席口上闹来闹去。

劳累了这些天，马上要回家了，碗扣的心情舒畅了许多，他酒量有限，却也经不住别人的起哄劝闹，连喝带泼，灌下两碗。后来，竟双腿打飘，舌头发硬，有些云里雾里了。

海云先是坐在桌角，像有满腹心事。酒过三巡，她迟疑着起了身，来到另外一张桌上，撇开其他人，单单敬了粉娥半碗酒，便酡红了脸。之后，不知躲到哪里去了，直到一行人解缆开船，也没见她露面。

连累带醉，碗扣在家迷糊了几天，才清醒过来。打开床前的行囊，他首先看到了一直垫在身下的那蓝印花布，四角打结，成一包裹。解开，里面赫然一套崭新的藏青蓝男式西装。碗扣头脑中轰的一下，像秋后河滩上一片密密的起了火的干茅草。他感觉口干舌燥，忙飞飞地溜到厨房里，舀了一瓢凉水，含一口在嘴里，鼓着腮帮子，骨碌了半天也没有咽下去。

听完女儿的叙说，兰英仿佛一把黄澄澄的大铜钥匙挂在胸前——开心极了。是啊，呆人自有呆人福，祝英台爱上梁山伯，古戏文里不都是这样的吗？泡灰还发发焐呢，她自言自语着，觉得也该派儿子交上桃花运了。

一家人都觉得有戏。为免夜长梦多，立冬一过，瓦官、兰英老两口便扒着挂在立柱上的日历掐了半天，终于，一指笃上一个适宜嫁娶的黄道吉日。

粉娥自然又要下海一趟了。我们这里的习俗，媒人不作兴成单，一家人权衡再三，决定请三神经媳妇一同保媒。粉娥作为姐姐，难免有王婆卖瓜之嫌，原不是替弟弟作媒的最佳人选，但因为已出阁，于情理上并无大碍。何况，兰英也有自己的算盘，肥水不落外人田，怎么说，这二斤肉三斤面，外加几顿油嘴汪汪的待媒，也是用在自家人身上，随便怎么花销，不心疼。而央请三神经媳妇，是经过一番深思熟虑的。当然，再请一个海里媳妇共同保媒，这是明智之举，一来，去那边人头熟络，二来，"海丫子"相碰，无论是感情还是言语上，都容易沟通。按理说，庄上娶回的"海丫子"不下十来人，其中几家还与瓦官家沾亲带故，为什么一竿子就打上了三神经媳妇呢？这主要取决于兰英。她认为，那媳妇做代课教师，好歹算得上庄上有脸面的人物，况且，人又热情，能说会道，请她出马，一门亲事也就是三只指头捏田螺——稳拿了，就不知人家赏不赏脸。

三神经媳妇很爽快地应承了下来，奉请不奉教，请到不拿瞧，何况，从粉娥漏下的话里，可以看出碗扣和海云眉来眼去已久，一桩现成媒，顺水推舟，何乐不为呢？

也没费什么大周折，下海后，男女双方一拍即合。

翌年开春，碗扣用一条披红挂绿的挂桨船，突突突，一路顺风地迎娶回海云。

这一年，赶麦场的时候，海云开了怀，产下一个大胖小子，八斤足秤。一事不烦二主，孩子的取名也由三神经媳妇一口定下：成龙，取望子出人头地之意。

尽管接生婆显得神秘兮兮的，让人心里有些悬，但一个白白胖胖大小子的降落，毕竟给合家上下带来了喜气。洗三，满月，过周，一切都忙活得热热闹闹，井然有序，丝毫不比别人家差。然而，繁忙欢乐的帷幕下兰英心里总是梗着，有一股说不出的酸楚。见孙子了，自然是欢天喜地，但，海云过门才半年啊！个中堂奥，谁不心知肚明呢，日后，这张老脸还往哪儿搁？唉，儿孙自有儿孙福，麻布袋，草布袋，一袋（代）管一袋（代），随他去吧，好丑也算续了香火，对得起列祖列宗了。兰英揉揉肚子，悄悄嘘了口气。

时光静静流逝。成龙上书房了。这孩子出落得颇尴尬，皮塌眼，倒挂脸。既不像圆脸大眼的海云，又不似狭腮鸽眼的碗扣，倒是整天闷头闷脑的，似乎继承了乃父的禀性。

庄上的流言蜚语渐多，成龙走到哪里，后背总沾上一层意味深长的目光。

巧妈的嘴特别讨人嫌，她总是有事没事拿成龙开涮："大扁头，你是岸上的种还是海里的种啊？你怎地就走了形，跟家里人不合模呢？"小成龙书包吊在屁股后，一脸茫然地望着这个满面皱纹、不怀好意地嬉笑着的老妪。他永远也不会知道，还在娘肚子里的时候，巧妈便和他家结下怨隙。他们两家是前后邻居，瓦官在前，巧妈居后。一年惊蛰，瓦官动工建房，巧妈以遮挡住自家阳光为由，坚持让瓦官矮两仄砖。农村里建房，俗例确是如此，盖因那时房屋坐落零乱，参差不齐。后来，村庄统一规划调整，这个沿袭了多年的习俗便不复存在。

但既然闹了口舌，谁也不肯示弱。瓦官是实心眼，如果一溜儿十大几间房屋，一家比一家矮两砖，那么最前面的一家到底是砌房子还是翻猪圈。瓦官的理是捧得上台盘的，但执拗的巧妈仍然不依不饶，瓦官家的后墙封檐砖刚砌上，她就一竹竿捣下，如此守候着折腾了两天。多次调解未果，村治调主任对巧妈一拍桌子，气咻咻地说："蛮驴子总要归道，你们家的房子也旧了，还没定型，以后也要翻建的，如果你实在要胡搅蛮缠，那好，大家签一笔下来，货卖当时，今后你家翻建，只能按前邻的檐口高两仄砖，否则，任由人家闹。"斟酌再三，加上众人力劝，巧妈这才偃旗息鼓。但两家自此不睦。

如今，眼看前邻出了不体面的事情，巧妈仿佛逮到了人家夹在门缝里的指头，高兴得什么似的。望着成龙远去的背影，她恨恨地咒道："现报小杂种，你们家早晚要出事的。"

164

巧妈一语成谶。

那年夏天，紧着开秧门时，庄上来了一个陌生的收荒人。那人四十挂零，皮塌眼，倒挂脸，一袭黑衣，操着海里口音，幽灵般晃荡在村尾巷末。收荒人划着的是一条小木船，前舢支一矮锅腔，后艄的搭板上，一只破脸盆里的太阳花开得正艳。大部分船身被篾篷遮掩着，看不到里面的情状。船静静地泊在村后河坝旁的一处浓荫下，芦草摇曳，青蒲丛生，成为天然的屏障，轻易里不会被人觉察。收荒人的心计可想而知。

一般，农忙时节，村里都要组织一些长者，在庄上睃巡，防火防盗，一并看管孩童，让在田间劳作的人无后顾之虞。但那些臂膀上套着红箍箍的老人，大抵是轻描淡写、走马观花地在庄上转一圈，然后便几人一起，聚到村中心的大砖街上，披紧粗布大裈，摇着蒲葵扇，品茗博弈甚或看起纸牌来了。也难怪，要一群手无缚鸡之力的耄耋老人看家护院，实在是勉为其难，遇有身强力壮干那月黑风高营生的，岂不白白搭上他们的老命。因此，本质上，这些留守村庄的老人，更接近于插在稻田里轰吓麻雀的稻草人。

收荒人看准了这一点。他和别的收荒者不同，从不大声吆喝招揽生意，只是闷着头，一遍一遍地在村巷里转悠，一副心不在焉的样子。但他的眼神里，分明透出和身份不太协调的内容：焦灼，渴望，仇视。他细心地转遍了巷尾街梢、沟垄河陂，还不时地量量画画。与其说他是一个收荒人，不如说他是搞测绘的。

收荒人在村子里游荡了四天。到第五天的大半夜，瓦官家忽然喧腾了起来，海云不见了。事情也怪，连日来的苦累，碗扣总是挨到床边便酣然入睡，然后鼾声大作。这夜，他是被一泡尿憋醒的。迷迷糊糊上了趟茅坑，正准备接着困述，忽然觉得有些不对劲，一时又想不起不对劲在哪里。正懵懂着，头脑里陡然电光石火般一闪：婆娘没了。碗扣心里挺纳闷，临睡前她还往自己肚子上搭了块床巾，说是怕夜里凉着，这会儿人哪里去了呢？都深更半夜了，还折腾甚的？碗扣想，也许是上茅坑了。可脑筋一转，不对呀，自己刚才在那里，也没有见着她啊！"海云，海云！"碗扣紧叫了几声，没有回应，他后脊一阵发凉。

碗扣惶恐的喊叫惊醒了父母，瓦官呼地下了床，跟着，兰英也头发蓬乱地站到儿子面前。农忙时的慵倦疲沓一扫而光，一家人四处查点，海云卷走了自己的全部衣物，还有一笔不菲的钱财。碗扣目瞪口呆，兰英嘤嘤哭泣起来。瓦官一咬牙，骂道："号甚的丧，先前又不是不曾有过。防得住人，能防得住心？"

瓦官说的是海云初嫁过来的那几年。碗扣的愚木超过了她的想象，她愈来愈难以接受了。这个海里嫁来的媳妇，越发思恋昔日的青葱岁月。最初那个令她怦然心动的渔家小伙子，浑身黝黑光滑，像一条活蹦乱跳的鳅鱼，有着一种蛮荒之美。他能在电闪雷鸣中，把一叶小舢船驾上浪尖，又跌入谷底，而自己却毫发无损。海云常常看着这惊心动魄之举，充满无限感佩。但家里怎么也不肯把姑娘下嫁给一个"海碰子"，渔船上的地位低倒在其次，每天风里来，浪里去，天有不测风云，出海捕鱼，那是把头别在裤腰带上的营生。还是远远嫁到西乡去逸当，吃的是大米，穿的是府绸，拉出的屎尿都少了鱼腥臭。

但海云却是王八吃秤砣——铁了心，全家轮番上阵劝，依然无济于事。最后，母亲使出撒手锏：喝了半瓶农药。母亲抢救过来了，家里人也不再逼迫了，海云心里却像落满了雪的鸟巢，空荡荡的，她忽然觉得，人生其实如同嚼过的甘蔗，一点味汁都没有，尤其是姑娘家，随随便便把自己嫁出门打发掉算了，嫁鸡随鸡，嫁狗随狗，有甚的万年江山好打呢？家里人怕她闷坏了，便在棉花吐絮的季节，怂恿她来到了远房姨娘家，明里是帮姨娘家拾棉花，暗里是让能说会道的姨娘多多开导她。

海云和碗扣，就像两条从遥远的地方蜿蜒而来的路，不经意间交叉在一起。

觉得自己和碗扣之间有了眉目后，躲在芦草丛中的海云，一直到回西乡的挂桨船在视线里变成一豆黑点点，才起身回转。

海云自己都不知道后来是怎么碰上他的，那个黑泥鳅一样的"海碰子"，他不知怎地就摸到了姨娘家，而且在旷寥的棉花田里找到了正在捡漏的海云。目光对视的一刹那，海云浑身热烘烘的，等到那人抱拥住时，海云已彻底软了下来，像那些艳阳下的棉花。他们在棉田旁倒扣着的一只小木船里，完成了肌肤之亲。

但当碗扣家来提亲时，海云还是一口应允了，并迅速出了阁。她想，自己该做的都做了，该还的都还了，不再欠任何人的债了，从此就风平浪静地过小日子吧。

但碗扣实在是一根扶不直的井绳，木讷软弱也就罢了，偏偏还要生事。那天居然替海云洗了内衣内裤，还在大码头上向一群闺女婆娘们炫耀自己洗得如何地干净，惹得大家笑得直不起身。巧妈竟笑岔了气，一下子歪在河坎上。海云闻讯赶去，恨不得有个地缝往下钻时，碗扣还在嘻嘻哈哈地举着他的杰作。这已经不是简单的老实软弱问题了，海云感到一阵寒心。

儿子成龙过周后，海云不断收到海里的来信。她知道，那不是娘家人写来的。起初，她一目十行，飞快地扫完，便丢到灶膛里，生怕让婆家发现。后来，和碗扣的纠斗日多，她生了退心，觉得梁园虽好，终非久恋之家，西乡的风俗人情与老家毕竟有着不小的距离，而且自己在此，孤身一人，举目无亲，要是碗扣发起疯来，把自个儿往死里打，那可是叫天天不应，叫地地不灵，到哪里去喊野冤呢？她觉得，西乡的白米饭虽香，却不及故乡的海腥味亲切。

海云终于回了一封信。

黑泥鳅是在一个静静的黄昏赶来的，海云收拾好包裹，在村后等。他们走的是村子西北的旱路，拐过一片大叶子杨树林，下了高圩，穿越一条机耕路，就能搭上停在蚌蜒河畔的帮船，鸟出樊笼般四处飞翔了。不巧的是，在圩下交档时，他们遇见了本组一个浇菜水的农妇。

帮船准备启锚时，瓦官和一干族人如飞石般弹近。碗扣抓起海云的行囊，闷声上了岸，海云知道事败，也蔫蔫地跨出船舱。一家人倒没怎么为难脸色煞白的黑泥鳅，毕竟不是上风事，大家也不想搂这臭屎缸。倒是碗扣的族叔，咽不下心中的这口恶气，临走，狠狠揣了黑泥鳅两脚，引得帮船上的乘客一片哗然。

后来，海云和黑泥鳅又私奔过一次，在农公车站给截住了。那一次，黑泥鳅付出了惨重的代价，右腿被激愤的瓦官打折了。黑泥鳅拖着伤腿，还被当地派出所关了一阵子，说是诱拐良家妇女。

这是第三回了。

碗扣报丧般喊遍了本家族人。二十多人迅速打着手电筒，水陆两路齐下，沿途拦截。在村东四里处的九顷三闸口，那条惊慌失措的小船，被追堵的人们拉上了岸。

村部里很快灯火通明，大大小小的村干部都被吵醒了，闻听庄上出了桃色新闻，大家不敢怠慢，迅速聚集到村部理事。一些村民听到风声，顾不上日里的劳累，也纷纷赶来看蹊跷事。嘀咕声、哈欠声、捶

168

腰声以及踢踢踏踏的脚步声，让农忙时冷清了一些日子的村部闹腾了起来。

收荒人浑身湿漉漉的，黝黑的脸上河水与汗水夹杂着。水珠汇到眉心时，他本能地抽抽手，想揩揩，却没能动弹得了。碗扣的几个五大三粗的族兄，正死死地反捺着他的双臂呢。水珠融入眼眶的时候，收荒人感到一阵咸涩，他痛苦地闭上眼睛。

海云把这一幕看在眼里，她心里一哆嗦："黑泥鳅，我们拗不过命啊！"

有人在门外指指点点，"看，那个黑皮就是姑佬。"又一声嗔怪，"哎呀，挤甚的挤，鞋后跟都被你踩掉了，没看过姑佬还是咋的？""就是没有见过，才觉得新鲜。""嘿嘿，别光望人家的斜头，有本事自己找一个。""嚼你的瘟蛆。""哈哈哈！"嗔骂声、嬉笑声，鞋底扑打声、拳头鼓捣声响成一片。

"安静，安静！"村长甩开大嗓门，冲门外嚷了起来。待人群静下来，村长朝民兵营长一扭脖子，"我来问，你记录。"后者连忙摊开笔记本，握笔在手。

等到民兵营长的本子上密密麻麻地记下了十几大页后，一声鸡鸣，东边的大泊里，晨雾氤氲，已经有操心的人家，撑着船去秧母畈上起嫩秧苗了。村长一咳声，"时间也不早了，大家马上还要做活计，秧不等田，节不饶人啊！这个事情呢，基本上来龙去脉都搞清楚了。"他看看海云，"你说你这婆娘，儿子都半壁高了，还做这伤风败俗的事，这要搁在从前，是要投井沉塘的，你晓得吗？偷姑佬，偷姑佬，儿子将来讨媳妇都要背你的害呢。"又一指黑泥鳅，"你他妈的真是色胆包天，黑不溜秋，人模狗样的，居然做出这等伤天害理的事情。你知不知道，夜入

169

民宅，非偷即抢，何况还拐了个大活人。如果落在旧社会，你可就麻雀掉在烟囱里——有命没毛了，砍手、剁脚、黥面，知道什么是黥面吗？"黑泥鳅惊恐地摇摇头。"黥面嘛，就是在脸上刺字。"见黑泥鳅这副神情，村长慢条斯理地，"这黥面分两种，一种是生黥，一种是熟黥。生黥，就是直接用刀在脸上划；熟黥，那就先要将刀在炭火上烧红，然后，哧——"村长不知不觉来到黑泥鳅面前，对着他的面门做了个手势，黑泥鳅浑身一颤，随后软软地瘫了下来。

村长意犹未尽，"当然，这黥的字也因人而异，犯什么事，就黥什么内容。譬如你小子，完全可以黥采花贼或采花大盗，那样一来，你他妈的就永远别指望进祖庙了。"村长曾经跟着三先生念过几年私塾，是知道"荣于华衮，严于斧钺"的，他的每一句话，村人都不敢等闲视之。

"不过，现在是法治社会，以教育为主，惩前毖后，治病救人嘛！"村长话锋一转，朝向两个失魂落魄的人，"你们这个事情，也不是一次两次了，事不过三，愿打愿罚，你们看着办。"

黑泥鳅抖抖索索地应了声："打怎样，罚又怎样？"

"打嘛，就是让人家出顿气，然后，送你去派出所消受消受；罚呢，那你是要赔偿人家的名誉损失、精神损失、误工损失，并且落笔立据，保证从此不踏入范家庄半步，否则任由庄上人处置。"

村长话音甫落，黑泥鳅忙不迭地拍着地皮，"我愿罚，我愿罚。"

海云望着软了蛋的黑泥鳅，狠命地咬着嘴唇。被族人追截时，小腿在船帮上磕青了，她都没吭一声，这会儿，她心里忽然一阵绞痛，鼻翼一翕，眼眶湿了起来。透过婆娑泪眼，看着迷迷糊糊的黑泥鳅，她仿佛面对着自己渺茫的前路。

170

　　黑泥鳅最后掏出身上仅有的四张老人头，留下了那条小木船，具结由村里的几个海丫子媳妇担保后，灰溜溜地走人。

　　海云也在妯娌姨婶们一番开导后，投入了繁忙的农事。

　　日出日落，月升月沉。庄西老河上依旧静静地泊着那条斑驳的渡船，粗硕的草绳换了又断，断了又换，光阴便在这一茬茬新旧交替中流逝。

　　范家庄四面环水，村庄和外面沟通的是三处河坝，唯有村西是一条渡船。那船是条两吨半的小木船，两头系着粗硕的草绳。绳子整天浸在水中，什么时候都是湿漉漉的。冬天，那潮湿的绳子便堆盘在船头船艄，冻成一摊，非得要慢慢敲磕去冰碴儿，才能勉强使那僵硬如棍棒的绳索发挥作用。那时，船上总备有一只小木榔头，既可解冻，又少伤绳。而暖和天，尤其是夏季，似乎是绳子的保养期，摊在船上的绳子总被烈日晒得干干爽爽的，尽管不时在水中拖拉收拽，但堆积上船，俄顷便干绷了。而且，夏日的河水似乎特别滋润，那水倒不像在浸蚀着，而是在养绳了。尽管握在手里的绳子已被船舷磨得毛茸茸的，但感觉却是那般柔软舒适。

　　渡船的绳是很考究的，因为日夜露天，长期的风扫霜拍、日晒雨淋，加之时冷时暖的河水的浸泡，一般的草绳显然难以担当。但瓦官的草绳能，也不知是何缘故，别人搓的绳，总经不住十来天的折腾，最多也就是一旬光景，水泡日照，伸伸缩缩，便呈出虚松的迹象，而不耐磨处已是仅悬一线，得重新扯断打结了。次数一多，渡绳上便瘤瘤拐拐的，如同结了无数的地瓜般。时日一久，原先留有余地的绳索显得紧绷了，终于到了渡船拉不拢岸的地步。新绳旧索不合磨，因此，一根渡绳用到七八成旧的时候，就得替换上新的了。

瓦官结的绳的确与众不同，他的绳能保持三月不损。问诀窍，他也不讲，只是矜持地笑笑，然后，有些得意地迈着碎步开溜。后来，到底明白了，原来瓦官在穰草里添了别样东西：他先从荒滩野圩拔回野麻，用石灰水沤过，抽丝。又举着木榔头一遍遍捶打，待麻丝不再硬涩，柔可绕指，便糅合在穰草里搓绳。搓好的细绳五股合成一股编绞成一道粗硕绳索便是上佳的渡航绳了。瓦官白天劳作，都是利用晚间或阴雨天出不了工才搓。因为具有不可比性，村里把渡船绳的搓、接、换都让他包揽了，瓦官觉得很体面，一庄人天天握着自己搓的绳，拉几个来回，嬉笑着，啧赞着，多让人受用啊！自己的手艺得到一庄人的认可，殊非易事。尤其是那些搓绳的老把式，看着碧清的河水里，漾着瓦官新结的黄澄澄的渡绳，忍不住一翘大拇指："真是一手好绳啊！"在船头接桩的瓦官脸上便溢出无限春色，心里像灌了几斤槐花蜜，甜得什么似的。走在巷子上，腰板挺直了许多，脚步也迈得咚咚响，浑身上下精神着呢。兰英也乐呵呵的，自家的男匠终于也有了令人刮目相看的一天了，尺有所短，寸有所长，忠厚老实人也有自己的绝招呢！兰英高兴还有另外一层意思，村里对瓦官的辛劳是有补偿的，多少姑且不论，毕竟贴补了一点家用开销。

　　瓦官常常坐在屋檐口的小板凳上，微仄着身体，搓两下，扬起头，往手心里吐一口唾沫，又闷头狠命地搓。他的屁股下很快就堆盘起老大一摊草绳了。

　　起风的时候，瓦官惯常在西厢里搓绳。西厢临巷的土墼墙壁上，有一孔半开的洞，一尺见方，洞壁俱为煤油灯熏得黑乌乌的。瓦官就着微弱的一豆灯光哧哧哧不停地搓绳。哪怕日里劳累得骨头散了架，瓦官也坚持挺着，他知道，庄西老河上的渡绳又到了换新的时辰了，估摸着就在这三两天。庄上穷，要建一座大跨度的桥实在力不从心，上面又拨不下钱来，看来撤渡是有天数没日子了，这绳不知要搓到猴年马月呢。

有凉月子的晚上，瓦官便省了耗费灯油。他坐在空寂的天井里，身旁的矮杌子上，泡着一壶茶水，茶壶旁盛着满满一碗清水。茶是用来润嗓子的，茶叶是从在村巷里尖声叫卖的那个安徽小贩处买来的，茶叶是劣质的，卷着的叶片经开水一滚，便快速舒展开来，杨树叶子一般，啜一口，涩得舌头老半天缩不回。这里向东三十里是东台城，城里有家百年老茶叶店：海道桥茶庄，龙井、茅尖、普洱、明前茶、雨前茶应有尽有。但庄上也仅有三先生有福消受过。那是后堡一个开绸缎庄的胖老板，为幼子入塾而下的谢师礼。瓦官见过一次，那日，三先生撤了惯用的丁蜀紫砂壶，特意换了一只干净透明的玻璃杯，优哉游哉地捧到大砖街上，一群人围着说恭维话。那时瓦官还穿着开裆裤，挤进去一看，十分惊羡：那真是天珍啊，杯内的茶水呈浅浅的府绸绿色，远望如一块温玉。一枚枚尖细的嫩芽齐齐地漾着，颇似秧母畈上新努出的星星点点的秧针。一阵清香自杯口溢出，沁人心脾。瓦官鼻翼忍不住翕动着，他吸了口气，觉得那香透彻五脏六腑，脑子里一片澄明。

尽管时隔数十年，至今忆起仿佛仍然颊齿留香，但瓦官是不敢存有奢望的，他自嘲道："嘿，种田的都是牛胃子，贱着呢，树叶子泡茶也照样喝，有个引子就行了，穷讲究甚的。"但说归说，当不得真的，家里的门面差事还是要应付。树叶终究泡不得茶，人来客去的，也不能总是清水一杯呀，果真那样，还不是把自己推到一人舍、乱坟葬里。

这样，在那个安徽游贩叫魂似的在巷口吆了十几遍后，瓦官一咬牙，从铺席边捋出一方折叠得整齐的旧手帕，理开，点了一把块票，喊住小贩，和他面红耳赤地讨价还价了几盏茶的工夫，拎回一袋大叶子

173

茶。就这，还被婆娘兰英一顿数落，羞他蒙洋盘，假充人儿灯。瓦官也没回嘴，只用榔头把一束穰草捶得山响。

那茶，初喝，涩得嘴巴抽半天，嗓子眼也怪怪地憋气，日久，渐渐适应了，竟觉出了好处。

那碗清水，在瓦官取壶润口，碰到杌子时，便一漾一漾的，碗里的月亮也跟着晃，幽静的院落便有了一种动态。

瓦官时不时取碗，满灌一口凉水，鼓着腮帮，狠命地朝摊在脚下的穰草一喷："噗——"捶打过的草，又吃过了水，搓在手上柔柔润润的，速度既快，又不苦手，一截截绳索便顺着瓦官的腋窝往后退。旋起忽又拐落下的草绳，像在月光下跳着舞蹈似的。

虫鸣唧唧，夜凉如水。

瓦官忽然停下了手中的活计，仄着头，竖起耳朵，似乎想听清什么似的，但四下里一片寂静，而那断断续续的虫吟越发令夜半格外凄清了。瓦官叹口气，前尘往事过电影般在头脑里一一闪现：抬错的花轿，羞惭的婆娘，悔亲的闺女，木讷的儿子，出逃的媳妇，还有村人轻侮、邻里参商……一切触霉头的事都赶集般涌向自己，真是家门不幸。好在现在，心里扯不直的那些陈年旧事，都像立秋后的葵花匾子一样，为时光之手悄悄摘去了。好日子还长着呢，望着悬于中天的一轮皓魄，瓦官嘘口气，挫挫身体，夸张地扩扩双臂，很舒服地伸了个懒腰。

庄西老河上的渡船绳都损断得不成形了，疙疙瘩瘩的绳结紧绷绷地坠挂着，常常是离河岸还有一臂远，另一边的船绳便扯住了。开始有人嘀咕："结绳的都哪儿去了，不是整包下去了吗？没有金刚钻，揽什么瓷器活？"有人说得更难听："占着茅缸不拉屎，算甚的，趁早拎裤子走人。"后来村长直截了当地问："瓦官呢，瓦官到哪里挺尸去了？"大家

174

这才恍然想起，已经好久不见瓦官搭着一大截草绳，屁颠儿屁颠儿地穿过大砖街的身影了。

被村长说着了，瓦官虽然没有挺尸，却也好不到哪里，此刻，他正静静地躺在东台人民医院的病床上，准备接受手术。一生不沾烟酒的正人，怎么也想不到自己居然被肺癌看上了，而且是晚期。那个穿白大褂的胖医生，皱着眉头，申斥同来的一行人："火上堂屋了，才晓得浇水，你们做甚的大头梦？"他指着拍下的片子上一片渔网状的斑痕，冲兰英一瞪眼："肺子都破落得这样了，还不要命地盘烟，简直是硬把自己往阎王殿里送。"兰英一脸困惑："我们老头子从来不吸一口烟啊！"一旁的三亲六眷都跟着异口同声地证明。胖医生眼睛睁得灯盏大："真的假的？"见众口一词，他推推塌到鼻梁的眼镜，嘴里一叠声嘟囔着："日鬼气，日鬼气。"

农村不比城里，有个头疼脑热、小病小灾的，一般都挺着，也不是讳疾忌医，城里人有医疗保险，对于农村人来说，那是猴子捞月亮——只望见影子的事。因此，生活尚拮据的人家，实在是不得已而为之，谁不指望自己有个好身体呢？病只能是一拖再拖，一般真的感觉身体不适，去医院检查时，轻的要打针挂水，重的手术化疗，甚至有被医院直接回绝了的。

瓦官虽然没有让医院回下来，但也算病入膏肓，命悬一线了。如果不是在搓绳时呕了几大摊血饼子，他还不知道自己病到了什么程度。之前也并不是没有一丝迹象，那天清晨，蹲在阴沟旁漱口时，他就觉得嘴里咸咸的，跟着，白白的牙膏沫变成鲜红色，瓦官翕动鼻翼，一股血腥气直呛脑门。瓦官以为牙龈出血了，他以前老有这样的情况，所以，他对漱口是很反感的，认为这种穷讲究实在是一件劳民伤财的事，尽管一

175

家子人反反复复地劝说、奚落，他依然是三天打鱼，两天晒网。他的口头禅是："有那牢工夫，还不如多扫几遍地，多搓几尺绳。"这次，他一如既往地敷衍着，准备草草漱几口了事，不想，竟漱出了血沫。那血，起初似乎是从牙根处溢出，后来，又仿佛自喉咙里渗来，最后，好像是打胃子里泛上来。瓦官有些不除疑，他仄着头想了老大一会儿，终于没有忆起自己的胃子什么时候出过问题。好在片刻之后，血沫止住了，瓦官倾过瓷缸，灌了半口水，噙着，在嘴里晃荡了几圈，才一口喷出，血腥气已淡了许多。

那时节，已经过了寒露，田里的农活闲落了，剩余的无非是些塍蚕豆、秧油菜类的轻巧活计，那是兰英的事情。瓦官成天坐在西厢里搓绳——箩丝、担索、晾衣绳，当然，河西的渡船绳更是首当其冲，那是养家糊口的活计，更是一庄人对自己的信任呢。瓦官每每想到这些，心里就像熨斗熨过般地熨帖，疲惫蜡黄的脸上遂横过一抹春色。

但瓦官终于倒了下来，呕出的血饼子像兰英夏天做的酱一样，黏黏地附着在搓好的绳子上。瓦官觉得自己的身子像被掏空了似的，软塌塌地就瘫了下去。那时，外面的阳光正匀净地涂抹着屋脊、天井，但他没有看到，他努力仰望天空的时候，只觉得眼前一片星光闪烁。

瓦官是在一天一夜后复如的。甫睁眼，一个白帽白口罩，顶着一架黑框眼镜的胖面孔便映入眼帘。仿佛从阴间地府走过一遭，忽悠忽悠回过神来的瓦官，感到那红润的胖脸真是太亲切了，他艰难地舔了舔舌头，试图润一下干裂的嘴唇，对胖医生说些什么，但终于没有成功，一丝羞怯的笑意僵在脸上。

胖医生忽然对陪护的一行人果断地一挥手，不容置喙："必须化疗，越快越好。"

瓦官忽然面如死灰，尽管神志还不甚清晰，但他知道，化疗对于一个病人意味着什么。

胖医生和颜悦色地劝说着满脸惶恐的瓦官，"你不要怕，化疗呢，是一种高科技，对于清除溃烂坏死的组织呢，这个，这个效果是很好的嘛！"看着瓦官懵懂的模样，胖医生扶了扶眼镜，"打个比方吧，一件毛线衣，袖口线头断了，就要及时打个结，不然，一拉一扯，整个膀子都得掉。化疗呢，就是打结。"见瓦官一脸茫然，胖医生有些焦急，"再比如吧，铜碗，你总该知道吧，碗裂缝了，打一个铜钉上去，不漏了，就又好盛粥盛饭了。"瓦官这回听懂了，他半信半疑地眨巴着眼睛，声音有点哆嗦，"还，还要在胃子上钉钉？"

胖医生有了恼意，他一拂袖子，"原则上，我们不跟病人本人解释，家属代表来我办公室一下，如果没有什么问题，就签字。"

几次化疗后，瓦官已经没有了人形。恶心、焦虑、烦躁、恍惚、惊恐，瓦官迅速消瘦了下去，他原来百十来斤的体重，锐减了三十余斤，头发也变得枯黄，成把成把地往下掉。蜷缩在病床上的瓦官，像挂在檐下一条风干的鱼。

病势并未得到减缓。

胖医生带来了医疗组的决定：准备开刀动手术。

瓦官心里一凛：单这化疗就折腾得自己死去活来，倘若再挨上一刀，还不是到阎王殿前滚钉板。他拉拉薄被，蒙着头，暗地里想着心事。

手术前的那个黎明，瓦官的病床上空空如也。问一旁睡得迷迷糊糊的陪护兰英和粉娥，两人大眼望小眼，半天回不上一句话。大家分头去找，楼上楼下，凉亭厕所，河浜树荫都找遍了，也没见着瓦官的影子。

值班的、查房的医生也都惊出一身冷汗：再怎么说，病人是在医院里失踪的，万一想不开，钻了牛角尖，有个三长两短，医院是逃不脱干系的。一群人正焦急着，眼尖的粉娥忽然一指床下："咦，两双鞋子都在呢，他赤脚能走到哪儿去？"

兰英心头一激灵："这死鬼，难不成溜回去了？"

当一行人赶到范家庄，兰英看到虚掩着的大门时，心里便有了底。她回转头，低声对身后的医生说："没事了，他在家。"兰英知道，儿子碗扣在镇上的一家建筑公司签了长期合同，儿媳海云也在附近租了间门面房，带着几个徒弟，专为人家加工窗帘被套，生意挺红火。他们常住镇上，一般不回家。范家庄老家就剩下老两口守着。现在，门锁开了，不是老头子还有谁呢？

兰英推开门，在门窝子吱溜溜的吟唱中，大家怔住了：瓦官蹲在天井里，挥着斧头，正一下一下，有节奏地劈着木材，那是烧炭炉时引火用的。一堆柴火齐齐整整地靠南墙码着，看来已经劈了不少时辰了。霜降时节的阳光已经没有了夏日的炎势，照在人身上暖暖的。瓦官额角冒着汗，头上热气蒸腾，阳光洒在他的脸上，忽然就有了一种生动。当木材嘎巴一声，应斧而裂的时候，瓦官仿佛忆起了许多年前，在田垄上挑着渣担，健步如飞，把号子打得山响的情景。

谁也不忍心打搅了这位普通快乐的劈柴人，似乎让他多劈一会儿，他的生命便得到延续。

"歇歇手吧。"兰英终于轻唤了一声。

瓦官抬起头，扫了大家一眼，默默地放下斧子。他心里有些愧疚，瞒着大家不辞而别，让别人担惊受怕，实在有点不厚道。但他依然为自己的星夜出走兴奋，他觉得值得。他本不想赤脚的，又怕穿鞋子动静大，惊了人就走不了了。其实，赤脚的感觉蛮好的。瓦官是抄小路回来的，比公路要近一小半的脚程，尽管是蜿蜒坎坷的田塍小径，他感到十分亲切。都说猫有土命，自己和泥土打了一辈子的交道，倒是应了猫的命数，十二生肖里怎么就没有属猫的呢？瓦官愉快地畅想着，深秋的寒露凝上路边的杂草，一脚上去，凉丝丝的。面前是一望无垠的田畴，麦芽早已拱出地面，努力向来春冲刺了。一粒麦，一棵苗，一茎草，一截藤都是一个个鲜活的生命，这无尽天穹下有多少暗暗蓄势的生机啊！瓦官一仰头，满天星斗横陈，他喃喃着，加快了脚步，他知道，最亮的那颗星星下面，就是故乡。

瓦官被医生和族人连拉带劝地弄回医院。

手术经旬，瓦官出院了。胖医生凑着兰英的耳根，悄悄吩咐："他想吃什么，就尽着买吧，人总要过这一关的。"

整个冬天，瓦官都窝在被子里，眼神有些散。

又一个惊蛰来临，正是一切蛰伏潜眠生命的觉醒期，瓦官却静静地睡去。他靠在天井里的藤椅上，嘴角挂着一丝笑，手里拿着一本新皇历。他掀开的那一页，正是自己六旬整生日。也许，他心里明白，自己再也翻不到这一页了。

瓦官的丧事办得很隆重，厢房、天井里摆满了斋席，这还不够，又在巷子里搭了敞棚，斗碗粗的八根毛竹固定在人家屋山头，竹梢，严严实实地绑着两块大篷布。敞棚里一溜儿排了十数桌，总席口不下二十桌。跑忙的亲邻同宗进进出出，年长一些的板着面孔，表情严肃；那些愣头青却和平日里一样，面容上全无悲戚之情，嘻嘻哈哈，毛手毛脚，磕绊得桌歪凳斜。殃榜是请伍师娘那退休了的老先生批的，尽管先前大家有些磕碰，再怎么说，也是本队人嘛，低头不见抬头见，路上不遇桥上遇。何况，瓦官已经走了，在闭了眼的人面前，还有什么争较？话既说开，疙瘩解了，人面账也就一事不烦二主，由老先生一并领了去。坐在堂屋门口的老先生感慨万千，他让碗扣端来砚墨，斗笔深深扣下，一个个碗口大的字浓墨淋漓地铺在洁白的道林纸上。是一副颜楷老挽联：守孝不知红日坠，思亲常望白云飞。碗扣的鼻翼紧着翕动了几下，粉娥双手掩面，一阵闷号。

做佛事的登上台口，嘴里念念有词，冗长琐碎，枯燥乏味，听得人昏昏欲睡。

从十里开外的茅山回来后，披麻戴孝的碗扣捧着父亲瓦官的骨灰盒，打头里走着，三亲六眷们又开始了缓慢的踩街程序。吹打的夹杂在队列里，唢呐、长笛、铙钹、二胡，混在一处，铿锵铿锵的，让人心里直闹腾。

忙完了父亲的丧事，碗扣海云两口子又回了镇上，留下兰英陪着瓦官牌位前摇摇欲坠的七灯。

这一年的处暑，兰英也显出了不好。古稀开外的人了，加上瓦官的逝去，兰英越发老态龙钟了。她常常蹒跚在巷子里，嘴里不知嘀咕着什么。巧妈望着兰英远去的背影，疑三惑四地说："怕是在过阴，和她们家死鬼瓦官拉呱呢。"听得人毛骨悚然的。

白露时，兰英撒手走了，也没查出是什么毛病。碗扣对村里的赤脚医生说："怪了，昨天还好好的，吃了一斗碗菜饭，把家里拾掇得滑滴滴的。"赤脚医生横过碗扣一眼，鼻子里哼一声："那是回光返照。"碗扣浑身像起了鸡皮疙瘩，一缩脖子，瞟瞟头南脚北，安静地躺在堂屋里的母亲，仄着身子，悄悄贴到墙根处。

粉娥早已号成了泪人，海云的双肩也在有规律地耸着，一干本家族人忙里忙外地跑着，四下里都是晃动的身影。

号丧，烧纸，钉材，摔碗，出殡，一长串人头戴孝帽，腰缠孝布，高一脚低一脚挪移在通往村子西北角乱坟葬的路上。从河边走过时，他们的倒影零乱地散在水面，在秋阳的筛照下，有一种说不出的悲壮。

"六七"烧过，碗扣把父母的牌位带走了，他们在镇上新买了房子。一把大锁落下，任由故宅在秋光里衰败。

时已暮秋，巷子里空寂寂的。瓦官天井里的那棵楝树，不知人去屋空，依旧招摇着，将年复一年挂满青涩之果的枝头，探出院墙之外。一只红蜻蜓静静地凝在那锈蚀了的门锁上，一阵穿巷风过，蜻蜓的薄翅上下翕动，光阴就在这动静中一点一点地消逝。

十、大贵

大富虽殁，而其妻小满已经身怀六甲。为留住遗孀，延续家族一脉香火，族人权衡再三，决定叔招嫂。

里谚"叔招嫂，人喊好"，即孀居的嫂嫂与小叔子组合成新的家庭，当然，叔嫂之间的悬殊在所难免，尤其是年龄差距，落差大的竟至超过一轮有余。大贵还好，小了嫂嫂小满七岁又四个月。

族中长辈们的说法是，肥水不落外人田，但个中隐情父亲心知肚明。长子横死，大贵家的经济条件犹如雪上加霜，一落千丈，找个媳妇委实不易。几年耽搁下来，不但长媳带着这个家庭的血脉远嫁他乡，身无长物的大贵亦将成为鳏孤，青灯冷月，终了一生。那时候，一切都是竹篮打水一场空了，悔之莫及。

大贵的父亲朱子善来得更直接："你嫂嫂遗腹在身，即便改嫁出去，也要低人一等。何况，未必有股实人家能够青眼相加。更重要的是，你嫂嫂带走的是我们朱家的种，旁落他家只有吃苦遭罪的份。"朱子善说这番话时尽管理直气壮，但还是有些胆怯地瞟瞟一旁沉着脸的我父亲，他知道，父亲能够非常精准地把住他的脉搏，从他的出言吐语中抽丝剥茧，洞穿他真实的内心。但父亲这次没说什么，只是嘴角扯过一丝不屑，朱子善虽然揣度不出，但还是隐隐感到一息讥讽的意味。

　　坐在家神柜前的大伯按捺不住，"子善啊，你就少说两句吧，没人当你吃了哑巴药。你的小九九蒙得了别人，还蒙得过我。"又一指我父亲，"还有你小舅子，你屁股一撅，我们就知道拉薄的拉厚的了。"

　　朱子善脸上挂不住，"大舅子，亏你还是识字载文的，放出的话怎么这么味重。"

　　大伯勃然大怒，"朱子善，你个嫌疑犯，革命队伍的败类，胆敢侮辱共产党干部，反了你了。"

　　抬杠至此，朱子善悬着的心反而落实，他的油滑劲上来了，"我说大舅子，我好像记得你的官早就给撸了，是让富农家漂亮的媳妇给连累的吧。"

　　大伯旧伤被戳，额角青筋暴突，他狠命一拳擂上方桌，破口大骂，"你，你个历史反革命分子，叛徒，不要忘了，你身上是有血债的，新四军四条人命。"

　　朱子善脸色蜡黄，呼吸急促。并非大伯的话击中他的命门，而是一瞬间，他的头脑里闪现出当初在区公所遭受的非人虐待，如同在阎罗殿走过一遭，命悬一线，幸亏自己咬紧牙关，矢口否认，才熬到云开日出、沉冤得白的一天。而今，大舅子居然翻起旧账，不分青红皂白，把屎盆子劈头盖脑扣向自己，怎不让人三九天吃冰块——寒透了心。

悲愤之余，朱子善刻薄起来，"大舅子，我的事情政府早有定论，泄密者也服刑多年，本质上我就是一个手艺人，凭本领吃饭，不像你们做干部的，靠耍嘴皮子吃千家饭，踏百家门。要说人命，你身上倒是背着一条，你就是干部卸了皮，这命案也卸不了。人家一个活鲜鲜的媳妇，不是和你有那些龌龊事，能做了吊死鬼？是你逼死了人家，粗麻绳，披头散发，舌头伸得二尺长，那是要穿红褂红裤变成厉鬼，回来报复你的。"

大伯忽然打了一个寒噤。

朱子善是个人来疯，说到兴头口若悬河，父亲看看实在不像话，一声喝断了他，"少嚼些蛆，你一门心思留住儿媳，难道不是你亲家母的主意？你当年接济王寡妇，不惜铤而走险，火中取栗，你当别人都是聋子瞎子吗？"朱子善闻言，如秋霜拍草，一霎蔫瘪。

父亲清清嗓子，提高声音，"言归正传，不要被那些陈芝麻烂谷子绊住手脚，还是谈谈招赘的事吧。"

作为事主，大主意当然还得朱子善来拿。他的意见也就是亲家母王寡妇的枕头风，自然是坚持叔招嫂，事情成了，本村本队的，大家相互之间也好有个照应。王寡妇的原话是："小满留在家，我们来往走动也就便当得多，别人再怎么嚼舌头根子，两张老脸也算有个摆放处。"朱子善当时乐得眉毛一颤一颤的，在寡妇屁股上来了一巴掌，啧啧着嘴，是这么个理，屙屎拔茅针——一事两当。

两亲家意满志得的一拍即合，在大贵这里却遭遇顽强抵制。朱子善对着次子磨了一阵嘴皮子后，见收效甚微，忙朝几个本家一使眼色，大家自然心照不宣，轮番上阵，诗书礼易、忠孝仁厚一顿夹七夹八，冀望大贵能够开窍。

但大贵天生的榆木脑袋，任凭一干人嘴说得像钓鱼钩，作为小叔子的他却是王八吃秤砣——铁了心，死活不松口，一屋子前来劝说的人一筹莫展。照理，长嫂如母，小满对大贵的疼爱是有目共睹的，我二姑荒年患肺痨撒手西去，姑父朱子善又是个浪惯了的甩手掌柜，长兄大富常年忙生产队的事情，里里外外，柴米油盐，吃喝拉撒，缝缝补补，洗洗涮涮就都压在小满羸弱的肩头。小满虽出身绳枢瓮牖之家，出落得并不寒碜：面皮白皙，柳叶眉，单眼皮，嘴唇微翘，反而使得整个面部生动起来。尽管父亲走得早，但母亲王寡妇将小满视作掌上明珠，不让她受半点委屈，谁家孩子欺负了小满，王寡妇会像护犊的母狼一样，冲上门去兴师问罪，大有和人拼命的架势。故而，小满虽然髫年失怙，因为乃母的一意护佑，并未经受过多的世态风霜。她骨子里有一种安静娴雅，举手投足间也显得从容。虽说长小叔子大贵七岁多，但从面相上看不出。小满是小家碧玉，整个人逸当，做事得体，心眼开阔，人便不显老。大贵从小跟随父亲走南闯北，栉风沐雨，长得老成，这样一来就缩短了年龄差距。不熟悉的人，猛一眼，还以为小满是大贵的小媳妇呢。

如此看来，小满招赘大贵，也不至于辱没了他，甚至还有些下嫁的成分。

但大贵就是一根筋，坐于门槛，任由别人唾沫说干，他依旧双臂抱头，一声不吭。

弱冠之年的大贵其实有自己的隐衷，他心底有一段刻骨铭心的暗恋，心上人乃本队会计水獭猫的小女儿，玉殒香消经年的冬青。

尽管水獭猫早已被抏去生产队会计一职，但冬青婀娜的腰肢，水汪汪的眼睛，蹦跳在肩头的麻花辫，一直动荡在大贵的梦寐里。一厢情愿的大贵十分清楚，自己不过是癞蛤蟆想吃天鹅肉而已，他和冬青的距离不是门槛里外，也不是一张竹梯便可攀爬的墙头，用云泥之别来形容也不过分。更多的时候，大贵坐在自己家的檐下，遥望远天，觉得冬青就像一朵高高飘浮的云絮，看得到，却怎么也够不着。他常常为此惆怅万分，兴叹不已。

大贵的自卑实在是一种自知之明。

冬青和大贵几乎不是同一个世界的人，尤其在精神层面。

作为"老三届"的冬青，从时堰中学毕业后，以优异的成绩，直接考入东台师范，成为范家庄第一个跳出农门的知识女性。二十出头的冬青后来回母校任教，并迅速陷入一场浓烈浪漫的恋爱之中。男方是她的同事，魁伟挺拔，教体育。周末，他们常常骑着崭新的自行车，扬尘于时堰和范家庄的土道上，一辆凤凰牌，一辆飞鸽牌，十分扎眼，路人多驻足侧目。体育老师开始进村的那些时，西装革履，一脸矜持。时日久了，和庄上人有些熟识，遇见便微微颔首，穿着也随意起来，有时候是回纺布休闲装，有时候是一身蓝的运动服，两侧白条纹自臂膀直贯裤脚，黯淡逼仄的村巷为之一亮。

骑着自行车笑意盈盈的冬青，是范家庄一道不可或缺的风景。

然而，好景不长。冬青忽然卧病在床，而且一病未起。体育老师形单影只地骑着自行车，往来于时堰范家庄之间，眉头紧蹙，满面忧戚。冬青所患乃先天性风湿关节炎，属于沉疴，延迟既久，难以根治。春上发病，尚能见着体育老师旋风一般速来速去的身影，端午时节，体育老师又来过一次，冬青一家人忙里忙外，殷勤招待，庭院里散逸着热腾腾的煎鸡蛋和葱花的香气。新秧栽下后，蛋茶的熟香不复再现，体育老师高挺的身形和那悦耳的自行车铃声，杳然遁迹。

冬青显得很平静，心底波澜在日益消瘦的脸上没有滞留半点痕迹。

冬青和我们家是邻居。我家东花墙外，有一狭巷，俗谓"牛阙口"，乃耕牛于牛棚和田地间穿行必经之道。泥泞中杂以碎砖瓦砾，免却牛蹄深陷之虞。巷其陋矣，仅靠墙根处有一径，窄不盈尺，只容一人贴身而过。巷往北稍宽，近墙根处，遍植桑、楝、槐树。另有一株粗若头盆的白蜡树，枝叶繁茂，阴翳院庭。其叶青碧，枝干绵韧，粒实白净。春秋佳日，与我家天井里的两株挺拔的梧桐相互映衬，枝柯迎风，殷殷招摇。狭巷东侧的一块空地，广约一分许，俱种刺槐，似作圈占之用。这片小树林与对面的一围篱笆墙相呼应，极具田园韵味，冬青卧居的那间草屋茅舍荫蔽其中。陋室之门北向，一株楝树立于门侧。初夏时节，楝花初绽，淡紫光影浮于屋脊之上，仿佛梦幻一般。室西墙开一小窗，临巷。斗室灰暗潮湿，有一股说不出的晦涩气。冬青每常吃力地拿着粉笔，在一方小黑板上写写画画，眼中既蕴蓄恋恋不舍，亦藏匿茫然无助。

冬青的小茅屋里，不知什么时候竟飘逸出插酥烧饼的焦香，葱花的清芬夹杂其中，让人鼻翼翕动，喉结翻滚，垂涎欲滴。在那个清贫的年代，物质匮乏，哪一家窗棂门楣里漫溢出油香，都足可引发他人无限遐思。

冬青虽然久卧病榻，但她是公办教师，医药费用自然全部报销，基本工资也是按月发放，每天享受一两只烧饼，在她不过是小菜一碟，而之于温饱勉强维持的农家实在奢侈，这也是日出而作、日落而息的大人们，断然喝醒家里小馋虫非分之想的根本所在。

夹一只匾子，满村兜售烧饼的大贵，就是这个时候开始接近冬青的。尽管冬青的声音很微弱，大贵的耳膜还是被重重地叩击了一下，准确地说，是心里猛然打了个激灵。许多年后，这种奇异的感觉一直在大贵脑际盘旋，百思不得其解。

大贵循声从黑乎乎的小窗洞看进去，冬青坐在两张房门板拼搭的简易床上，面色有些苍白，头发梳理得一丝不苟。秋分时节，霜气并不重，冬青已经披上夹袄了，她的腿部肌肉严重萎缩，行走已然不便。就近的床头柜上，堆叠一摞书，几盒粉笔，一只瓷杯想必是用来喝茶的，擦洗得特别干净，回泛着青光。

门半掩着，大贵推开的时候，灰尘动荡起来，冬青忍不住咳嗽了几声，随即虚捏拳头，顶住嘴唇。

给我一只饼，就一只，冬青伸出一根手指，朝大贵笑着，露出白灿灿整齐的牙齿，以后麻烦你每天早晨送一只烧饼过来。

大贵有些蒙，这个年岁和他仿佛的女子，身上有一种奇特的魅力，圣洁得让人不敢正视。

冬青的烧饼每天定点，风雨无阻。她食肠小，早餐也就一只薄饼，半碗米粥汤。佐粥的咸菜倒是丰富，应时而换，苜蓿，马兰头，莴苣，薯藤，蔓菁，萝卜，冬菜，从雨水一直吃到大寒，花样翻新，层出不穷。这也难怪，一家人视冬青若掌上明珠，怎么忍心让她受哪怕一丝一毫的委屈呢？何况，冬青的生命已经进入倒计时，这是传遍整个村庄的现实，同在一口大锅里吃饭的家人更是心知肚明，所以大家尽最大努力满足着冬青的每一个愿望，哪怕她要摘天上的星星，也会毫不犹豫地扛来高梯，勉力一试。

冬青很懂事，她没有过多地为难家里，残酷的病痛已经一点一点地摧毁了她曾经风光无比的优越感，销蚀着她的自尊。她觉得自己并不是人们嘴里眉飞色舞地夸赞的所谓时代宠儿，那种廉价的赞美太过苍白遥远。自己只是一个平凡的弱女子，在红尘中度尽劫波，终皆幻灭。一如窗台上的灯盏，闪烁得再辉煌，终究敌不过强势的秋风，成为宿命冬季里微不足道的祭典。

做一个寻常的农家女儿，粗手大脚平安健康地活着，多好。冬青一时心酸起来。

这一天，她脸颊有些泛红，喊住转身欲出的大贵，再拿一只饼。

见大贵怔愣着，冬青提高了音调，"耳朵背了，没听清啊？"

大贵嗫嚅着，"你，你也吃不了啊！"

"吃不了没事，你帮我吃。"

大贵脑袋瓜轰了一下，没回过神来。

冬青和颜悦色朝向他，"你父亲是个精明人，每天买卖回家要和你对账，一旦账目有出入，是要责罚你的，我都晓得。别看你整天扛着热腾腾的烧饼，连一粒芝麻都不敢染指呢。"

冬青和大贵忽然都笑了起来。

"我父亲哪像你说的这么抠门儿！"大贵掩饰着内心的无奈。

"好吧，不说了，不说了。"冬青怜悯地看着大贵，"你吃一只烧饼，算我的，不要紧，我拿工资呢。"

大贵脸色僵硬，羞愧，屈辱，卑贱，落寞，五味杂陈。冬青自觉说漏了嘴，赶紧补缺，"当然了，也不是让你白吃，譬如，我的粉笔用完了，你得帮我赶脚，到镇上的供销社去买。还有，太阳好的时候，我要晒书，晒床板，你也可以帮着搭把手。"

大贵紧绷着的脸缓和下来。

大贵的脚头往冬青的小屋奔得越发勤快了。不仅仅是晒书，抱铺板，跑腿往返十几里路买粉笔，阳光流泻的日子里，大贵常常背着冬青出来晒暖。依着南墙的冬青，手搭凉棚，遮盖前额。蜗居日久，不见天日，现在，刺目的阳光反而让她有些不适应。大贵垂手立于一旁，满面虔诚。

冬青捏捏空荡的裤管，脸上横过一抹羞涩。毕竟，青春妙龄的女子，谁愿意让自己不光鲜的一面，袒露于一个同样年轻的异性面前呢？

夜聆虫吟，晨闻鸟语，度过了一段简朴寂静的村居时光，这一年小寒，冬青花季而殁，一家恸哭，倾村尽悲。

冬青或许没有允诺大贵什么，但她如同一粒生命力极其顽强的种子，早已在大贵的青春骚动的心里生根发芽。

朱子善似乎嗅出了什么，他侧过头，瞪起细眼，狐疑地看着大贵，"二小，你该不是被水獭猫家的那个丫头鬼魂缠身了吧。书三分，戏无影，你真以为卖油郎可以独占花魁？死鬼冬青不是瑶琴，你也做不了秦钟，不要说人家已经翘了辫子，就是活下，那也是你碗里的菜？"

大贵听父亲说话刻毒，心底陡然蹿起一股无名之火。但长辈为尊，他也不好发作，只咬紧牙，在唇边留下一溜深深齿痕。

大贵的一意缄默，惹恼了大伯。大伯不耐烦了，呼地站起，因为太过急迫，带翻了板凳。他横了大贵一眼，"你个细畜生，当初没有定你个现行反革命就是祖上烧高香了，叔招嫂，天经地义自古有之，小满哪里就配不上你了，也不撒泡尿自己照照，就你这歪瓜裂枣的孬样，还想打人家黄花闺女的主意？"

一屋人云山雾罩，不明就里，只是隐隐感到大伯话中有话。

父亲使劲吸着劣质的"丰收"牌卷烟，面色凝重。大伯的一席话，让他想起往事，想起那个遥远的暮春傍晚，落霞满天，收工的人群陆续从身边经过。父亲一动不动蹲守在村后坝头，心提到了嗓眼。其实，并不是父亲一个人，大队主要干部都到场了，他们蹲成一圈，保护着穰草遮盖下的罪证。半个时辰之前，正在田间组织生产队互查的父亲接到举报，村庄之北的河坝口发现反革命标语。父亲随即解散了互查队伍，带着几个支部委员，飞掠至出事地点。反标字迹模糊，分两行，依稀可辨"打倒某某某"字样。父亲心头一紧，这个奉若神明的名字招致如此亵渎，如果查实，这个胆大妄为的作案者，不死也得脱层皮。立马戴上"现行反革命分子"的高帽，五花大绑，脖子上挂块黑板上大砖街游斗是笃定的，更为严重的是逃不脱牢狱之灾。自己遭罪倒在其次，三亲六眷也有池鱼之殃，从此在村里低人一等，只有逆来顺受，贴着墙根走的份。

这条河坝是通往几个生产队大田的必经之路，人来人往，异常繁杂，几个喜欢觅奇凑热闹的，已经放下农具，伸长了脖子，往人圈里探看。父亲不耐烦地摆摆手，"去去去，都累得死狗似的，回家嗵晚饭。吃饱喝足，搂着老婆孩子困述，明天起早盘渣塘。"几个劳力闻言，还真觉得腰酸背痛的，相互挤挤眼，神秘莫测地一笑，讪讪而去。

父亲急于支开这些闲杂人等，是因为他听到了一个不祥的消息，有人告发，反标是他二外甥朱大贵用钩刀划拉下的。事关重大，父亲不敢怠慢，喊上大队长和治保主任，径往大贵家而来。

进得门，怒火中烧的父亲劈头就是一句："是你作的孽？"

大贵已经听到风声，出乎意外地平静，"是我，可那不是反标。"

"还不是反标？"父亲咆哮着，"你自己去看看。"几个人不由分说，挟着大贵来到现场。

扒开铺着的穰草，大贵傻了眼，"怎么会这样？这可不是我之前的意思。"

190

"哦，那你本意是什么？"父亲启发着。

我一共划了两行字，上面是"打倒某某某"下面是"某某某万岁"。

父亲愤然骂道："谁他妈的鞋底这么缺德，偏偏蹭掉了上面的'某某某'下面的'万岁'，这连起来不就是铁板钉钉的反标吗？"

大贵惊出一身冷汗。

"此事纯属偶然，到此为止，就限于我们几个支委，不要再对外扩散。"父亲最后总结性地一扬下巴，"现场可以清除了。"又回头狠狠扫了大贵一眼，"以后手爪作痒，就在南墙上掼掼，别给我没事找事做。"

这一年冬季征兵，适龄青年朱大贵政审未能过关。尽管父亲据理力争，铺陈原委，一意开脱，精瘦的带兵班长一阵犹豫之后，还是在他的登记表上打下重重一笔红叉，说得冠冕堂皇，保持革命队伍的纯洁，"如同我们眼里不能容下一粒沙子，李支书，你也是参加工作多年的老同志了，这点觉悟还是应该有的嘛！"

大贵的行伍之梦就此告破。

旧事重提，令人不胜唏嘘。

陈年家丑被揭，朱子善顿觉无地自容，抽搐着半边脸，"他大舅，我们就事论事，不要放馊屁。"

大伯被呛得一愣，旋即回过神来，指点着大贵，顺带贬损朱子善，"也是，不能全怪孩子，上梁不正下梁歪，老子是历史反革命，儿子怎么就做不得现行反革命？"

朱子善脸红脖子粗，紧瞪大伯，眼珠子差点掉下来。

偏偏大伯又不识时务地补了一句，"真他妈的蛇鼠一窝。"

言犹未落，一只紫砂茶壶径直袭向大伯面门，大伯眼见一团黢黑扑来，脖子后仰，茶壶咣当一声，在墙壁上撞得粉碎。残存的茶叶附着于墙砖，褐色的汁水蜿蜒地画着漏痕。

朱子善高扬的手臂尚未放下，颤抖着指向大伯，"李生劬，你个狗日的，欺人太甚，老子和你没完。"

大伯似乎觉得自己有些过分了，破天荒地没有接话茬，只是心有余悸地看看湿了一片的墙。

因为都沾亲带故，更知道此次聚集的使命，大家并没有隔岸观火，让争吵蔓延升级，而是力劝二人不要冲淡主题，说服大贵才是正经。

在众人的又一番苦口婆心下，大贵开始动摇。说到底，他毕竟还是涉世未深的青皮小毛猴，哪里经得住这些饱经沧桑的老杆子们哄骗撺掇？退一步说，冬青已踏泉路，老搁心里也不是个事，这道坎终归得过。父亲的话也不是毫无道理，即便冬青尚在人世，自己和她之间还是银汉迢迢，相渡无期。

大贵心里涌起一丝愧疚，感觉怠慢了嫂嫂，小满待他的好一瞬如放电影般在眼际闪过。

按照旧俗，丧夫招赘须得由媒人陪同，前往大路交叉处放置两双新草鞋，鞋尖方向相反，意为从此与死者一刀两断，各奔前途。

但好事多磨，起初一口允诺保媒的伍师娘，临阵反卦，说什么也不肯撮合这门亲事。或许是受到高人指点，担心死鬼阴魂缠身，当朱子善第三次心急如焚地来到伍师娘门前时，但见一把大锁横落，门扉紧闭。朱子善一下凉了半截，额角沁出虚汗。询问邻居，说是往远嫁江西的妹妹家串亲戚了。

"臭婊子，你就横死在外面吧，永远进不了范家庄的祖坟。"朱子善捶着伍师娘家的大门，咒骂了半天，悻悻而去。后来临时找了偶或做媒的老保管应急，才将大贵和小满的婚事操办完毕。

但老保管经月暴毙，一村悚然。落得伍师娘说现成话，"我说嘛，这半边媒万万做不得。人不能太贪，图那点白面鲜肉，你倒是要有福气消受啊！"

光阴如后大泊的流水般，转瞬即逝。

大贵的女儿，准确地说，是大富的遗腹女豆娘，不觉已经长成一个大姑娘。

豆娘在我们这里，是蜻蜓的一种，纤弱娇细，常贴着水面飞行。也有在村巷或人家庭院中盘旋的，那地方，必是有瓜藤豆架。豆娘仿佛含着前世的冤屈，幽幽地拍着翅膀，无声无息，让人感到一种难以言叙的落寞。

不知饱读诗书的大伯替她取这个名字有何深意在，或许这纤纤袅袅的小生灵，注定与这个病恹恹的女孩有着某种宿命的关联。

隔着我家的花墙，一条幽巷过去，是一围篱笆，槿条的，那槿条上已开出粉淡的喇叭状的花朵了，花心有一不规则的五角星，豆娘常常掰开花瓣，望着那印迹出神。夏夜，躺在院子中的凉席上，躲在为夜露打得湿重的蚊帐里，豆娘常常睁大眼睛数着天上的星星。先是默默地，数着数着，便出了声：六十五、六十六、六十七……晴朗的夏夜，这是她的必修课。

豆娘一出生便有暗疾，整天蹙着眉，捂了胸口，坐张小板凳，倚住门框。她其实长得挺周正，瓜子脸，杏仁眼，两颊有不太明显的酒窝，一对黑眼珠瞅人时亮晶晶的。她的脸色很白，是一种病态的苍白。她那时十三四岁的样子，大贵小满夫妇视若掌上明珠。

如果是晴天，总见她坐在门槛旁静静地看书。豆娘很文静，不多说话，每次大贵挟着农具出门开早工，她总是目送着父亲的身影消逝在晨霭之中。而那细秀的眉毛也令人不易觉察地颤一下，仿佛浓霜重露下蜻蜓迎风的一抖纤翅。豆娘有时咳得厉害，先是轻微的断断续续，后来便咳成一片。是一种撕心裂肺的猛咳，她有些上气不接下气了。好一会儿，她才颤抖着手，从裤兜里掏出一方显得破旧的手绢，按在嘴角。咳声渐渐稀落下来，小满忧郁地从黑洞洞的里屋蹒跚而出，搀着女儿进去了。门前立时显得空荡荡的，弥漫着一种说不出的凄清，尽管阳光依旧灿烂，院子里的蜻蜓三五成群地绕着篱笆飞。细碎的淡紫色的楝树花，不知什么时候已飘落了一地。

豆娘和人说话，声音不高，很柔和，嘴也甜，逢人必叫，深得四邻宠爱。

豆娘太静了，静得和她的年龄不协调。她那一双蓄满愁苦的眸子，看人时永远幽幽的，好像心灵深处汪着一潭苦水，怎么倒也倒不尽。

文雅安静的豆娘和好动的我们形成强烈反差。她常常坐在门槛处，双手抱膝，像是注视着脚上的那双带搭钩的方口布鞋。那是一双红灯芯绒面子的布鞋，已经被水洗汰得泛白了，红色的底子隐约可见。但她的眼光又时时从鞋上挪移开来，微启唇角，数着飘落在脚边业已泛黄的楝树叶脉。我不知道那叶脉有什么好数的，单调、枯燥、琐碎，真是不可思议。

有时，看着在巷子里呼啸而过，追赶麻雀的我们，豆娘微蹙着眉头，一副不开心的样子。而当我们用面筋把桑树梢的一只蝉牢牢粘定，那蝉在长长的芦竹竿顶端声嘶力竭地悲鸣时，她苍白的小脸便憋得通红，鼻尖沁出细密的汗珠，无措地搓着手，十分心疼。

有一次，我们大胆地跨入豆娘家的篱笆门，在一丛狗尾草上逮蜻蜓。当那弱不禁风的蜻蜓在我手上无助地颤动时，坐在檐下看书的豆娘终于放下了书本，是本《幼学琼林》，书的右下角有五个工整的小楷：李生勉课学。原来是大伯的启蒙读物，难怪大伯老在她们家院子里晃荡，还经常手把手教豆娘写毛笔字，弄得衣袖一片墨渍。

我不知道大伯怎么忽然就和二姑父朱子善一家亲近起来，是插酥烧饼的异香，还是大贵对他的恭谦，抑或是豆娘的招人怜爱。印记里西邻巧妈曾经撇过嘴，小满随她姨娘，看那眉眼嘴角，和死鬼富农媳妇一个模子里出来似的。或许大伯内心愧疚，爱屋及乌，把对曾经相好的思恋，转嫁到了她的姨侄女身上也未可知。

不容我多想，豆娘已经沉下脸来，叱责我了。我冲她一挤鼻子，随即松开捏着虫翅的手指。那蜻蜓便打着旋儿，仿佛惊魂未定，在不大的槿篱编圈成的庭院中忽上忽下地飞起来。豆娘一时忘了责备我，目光一直尾随着那一袭薄翅翩翩而逝。不知什么时候，她的眼睫已湿了一圈。

因为每次在她家门前的篱笆上逮昆虫，豆娘总是横眉侧目地训我，一点情面都不留。我有一次气得把她家的槿篱拔去好几根，一溜烟儿飞了，任她在后面跺着脚心急如焚地喊叫。

晚间回来时，那位从省文史馆下放到我们村的老右派，坐在我家堂屋里，正和父亲交谈着什么。老右派戴着一副近视眼镜，厚厚的镜片如两只酒瓶底覆盖着，看得人有些眩晕。也许是身子单薄的缘故，村里照顾他做些打扫巷道、掏浚阴沟的闲散活计，而不必每天披星戴月地和劳力一起出工。用父亲的话说，陈教授他们是一时落难江湖之远，总有重返庙堂之高的一天。看得出，父亲对他很敬重。

老右派陈教授漠然地扫我一眼，又和父亲叽咕着一些我似懂未懂的人事。我心中忽然起了阴影，我也没有招惹这个瘦削的老头，他该不是来告什么状的吧。尽管，我曾经往他晒在墙头的尿壶里，塞过开秧门时堆漾的泡沫，害得他晒了一天的被褥，那毕竟也是去年夏天的事了，总不能至今还惦记着吧。我正惶恐着，父亲发话，"以后，不要在外面瞎闯惹祸，陈教授想教你识文断字呢，他肚子里的学问深了去了，你以后就和豆娘一起学吧。"

我那年才七岁，还不到学龄，而那些屁股后面吊着书包的学生，也是三天打鱼两天晒网，把精力都用在串联、批斗、写大字报上，庄子里其实并不太平。父亲的话无疑给我上了一道紧箍咒，但我不敢违拗。第二天清晨，在父亲严厉的目光下，我收敛了玩心，很不情愿地在豆娘家那篱笆前站定。豆娘先瞧见了我，这次竟一反常态，非但没有伶牙俐齿地数落我，反而冲我歪了扎着羊角辫的脑袋，伸出双手，蜷曲着指头，吐吐舌头，做个鬼脸，又拿本书跑开了。随即，陈教授出来了。其实，陈教授当时岁数也不大，只是过早地秃顶而已，这一来，他看上去比我父亲显老多了。

陈教授好酒，菜却不怎么讲究。第二生产队位于马家田晒场的酒棚里酿出的大麦酒，父亲一张批条，可以领回十斤。那时，大家都不待见的螃蟹、泥鳅，陈教授和大伯、二姑父他们吃得津津有味，螺蛳、河蚌更是佐酒佳肴。实在无菜可啖，朱子善便捧过一叠烧饼，几人围坐，照样喝得不亦乐乎。进出频繁了，陈教授和大贵一家无比热络，亲授豆娘读书识字，自然在情理之中。

第一天，他让我写字，我写了满满一页三十二开田字格的"木、米、土"，笨拙肥大。大伯摸着光溜溜的下巴，呵呵直乐。接着，又让我背一首童谣："翩翩少年郎，骑马上学堂。先生嫌我小，肚内有文章。"陈教授讲解了一遍，我觉得有意思，很感兴趣，没多久，便背得流流下水了。这时，豆娘总是从门框外探过头来，冲我偷偷地笑。

一天黄昏，在槿篱旁的扁豆藤前，一只纤细娇小的蜻蜓沐着夕光，在微微的南风中薄翅打着战儿，一次次试图栖往豆藤蜷曲的触须。那是一只橘红色的生灵，像满面含羞的新嫁娘，在阒静的院落里忽上忽下地翩翩着，那种矜持和娴雅让人怦然心动。陈教授不知什么时候踱到我身后，他一字一顿地背着："蜉蝣之羽，衣裳楚楚。心之忧矣，於我归处。蜉蝣之翼，采采衣服。心之忧矣，於我归息。蜉蝣掘阅，麻衣如雪。心之忧矣，於我归说。"我一脸茫然。多年以后，才知道那是《诗经·曹风》中的《蜉蝣》篇。大伯说，蜉蝣就是豆娘，一种特别纤细的蜻蜓，朝生暮逝。我心中一凛，静对这小生灵，想着它的暮路，不由悲从中来。

那在书本里被写成蜉蝣的豆娘，曾经和我们多么亲近啊！豆架篱畔，苇丛芦梢，沟汊河荡，墙角檐下，哪里没有它秀气的身姿呢！或黄或紫，或蓝或红，或橙或青，豆娘的衣饰真是五彩缤纷。但繁华过后，终归凋零。迎朝晖而生，伴暮霭以逝的豆娘，于短暂的生命过程中，同样经历了丰富的质地：生、长、壮、老、死，它一步不落。脱壳的痛苦，初飞的艰难，爱恋的酸涩，双飞的欢欣……而当完成了传宗接代的使命后，它又带着大业已成的满足，静静地停泊在晚风中，消逝在暮色里，一叶苇梢，一根蒲茎，就成了它永远的归宿。稍停，陈教授咳嗽一声，又说："苏东坡《前赤壁赋》里写得多好啊：'寄蜉蝣于天地，渺沧海之一粟。哀吾生之须臾，羡长江之无穷……'人和蜉蝣一样是渺小的，蜉蝣的忧愁也是人的忧愁，所伤心者，同样是找不到回归的路，找不到心灵的栖息地。有多少微渺的生灵，唱出了那样庞大的生命绝响啊！"

我痴痴着，似懂非懂。豆娘不知什么时候也把小板凳移了过来，她

197

侧着脸，望着渐渐黯淡的夕光和敛翅而憩的蜻蜓，若有所失。

在豆娘家那槿篱边的草屋里，我学会了一百来个字，背熟了五十多首古诗，虽然懵懂，但感到朗朗上口，劲头十足。豆娘对我也日渐友善起来。但好景不长，先是我父亲靠了边，到村子的西南角蹲白屋反省了，跟着，陈教授也颈挂黑板在大砖街上游斗，大贵写反标的陈年旧事也被重提，一时山雨欲来，人人自危。

草屋里只剩下羸弱的豆娘和她那惊惶不安的母亲小满。再也看不到豆娘在篱笆墙里看书、在楝树下数花的情形了。她们家的门整日虚掩着，听不见一丝声息。门洞幽暗，那是一种令人窒息的寂静。我忽然十分怀念那些时日，总想着黄昏中的豆娘坐在门槛上支颐凝眸的样子，想着她对着篱边翩然而舞的蜻蜓痴痴凝望的神情，想着她噘着细巧的嘴唇，数着落花的情景……但这一切如梦幻般瞬即烟消云逝。

后来，大贵跟着我父亲，被远远发配到骆马湖大型水利河工上去了。由于尚属"三结合"班子成员的父亲执拗坚持，小满也得以带着豆娘前往，替民工做饭洗衣，一家人终究未曾分散。

那一年立秋，我站在豆娘家空寂的草屋前，望着一只翩翩悠悠的蜻蜓出神。那是怎样的一个小生灵啊！通体如一抹血色残阳，薄得透明的翅翼翕动自如，那种缓慢悠然的节奏，都能数得出来。我的心也随着那薄翅不停地忽上忽下，如此短暂的生命尚能应付裕如，从容不迫，这是怎样豁达的一种大境界！

时光之辇，咿呀翻转。不觉已是联产承包之初，彼时，豆娘新嫁，小满又开怀生了一个儿子，夫妇俩绣花般经营着大河南和九顷三两处六亩多责任田，小日子过得顺风顺水。

二姑父朱子善身子骨尚且硬朗，他们家经营着碾面生意，颇红火。

那时，去加工挂面的村人，是按面粉斤两计费的，一、二、三角钱，乃至五角钱不等。我们家几乎不付手工费，沾亲带故的，也张不开口。难得一次，我硬丢了两角毛票，拔腿开溜。稍后，朱子善还是气喘吁吁地赶来我家如数奉还了。不仅加工面条，他还有一样好手艺。他以前开过油面店，是一等的师傅，我吃过他做的插酥烧饼和阳光脆饼，无以数计。手艺绝顶，那饼，酥而不碎，韧而不缠，很有咬嚼劲。直至今日，那滋味仍在颊齿回旋。

他们家的东厢，是厨房。推开北门，是一方逼仄的猪圈，临河而建。夹河陡峭深峻，河坡上是一丛丛灌木。亦有几棵乔木，多为槐榆桑楝，乃本土树种。夏秋发水，水脚一直蹭上东厢房单墙三砖。常有渔人捏一柄铁叉，在动荡的树根间来回穿戳。我有时候会凑到他们家西厢里，尽管早市已过，但闻闻土炉里残存的烧饼余香，亦觉心满意足。

大贵家的正屋是大四间，从中隔开。西边的两间，原先为郭其昌居住，郭残生既了，即改为制作挂面的坊间。院子西南，有一两棵泡桐，不粗，然高挺秀颀。有月亮的晚上，静伫树荫下观赏，当是一件雅事。

但不久，老人地，菜园，猪舍，羊圈瓜分了大贵家狭长的天井，堂屋，侧室，东西厢房亦荡然无存。

大贵一生，命途多舛。少时即随其父奔走营生，吃尽辛苦。经历一次无果的初恋，几近心如止水。反标事件后，更是元气大伤，不但戎装梦灭，而且陪"地富反坏右"们站于堂庙前的戏台上挨斗。若不是父亲随后带着他们一家三口出门远避，躲过风头，还不知道要被那些疯狂的造反派折腾成什么样子。

成家立业后，因为是叔招嫂，心里总觉得别扭，人前人后说话，底气不足，腰板总觉得比别人矮了一截。偶尔路过冬青的旧居，他竟至恍惚，曾经的穰草小屋早已荡然无存，只有那棵楝树还在，无言地绽放一树凄美的碎花。大贵唇角扯起一丝笑意，他想起了那个清晨，熹微初露，当他挟着一匾子热乎乎的葱花烧饼，踏进那个熟悉的低矮的门洞里时，冬青灿烂的笑靥和瓷白的牙齿，让灰暗的室内忽然明亮起来，也令他有些措手不及，头晕目眩。那些日子多好啊，新鲜刺激，让人怦然心动。惜乎流年似水，光阴倏忽，一切都远去了，像逝去的水波，不复回。

大贵暗暗叹息一声，还是过好眼前的日子吧。

现实很残酷。自骆马湖河工回来后，体弱多病的小满情势每况愈下，成了不折不扣的药罐子，对家庭拖累不少。大贵倒是十分勤勉，干过诸多营生。俚语形容"八脚头"，意即从业众多。他先后做过铁匠，贩卖过粮食，装运过窑货，走马灯般变换着生意，却并未发迹。等到手头攒了几个钱，准备翻建祖宅时，却流年不顺。先是被人撺哄着，拆了正屋，而后邻嵌入的猪圈，却死活不肯挪移一星半点。势成骑虎，眼见得砌房成了泡影。

搁了一段时间，灰心丧气的大贵买了河东一户蛮子的二手房，老屋基一任寒来暑往，风雨侵蚀，并逐渐为四邻瓜分。

孰料，搬入新买的房子后，小满病势越发严重，手脚抽搐，衣食不能自理。

大贵心急火燎，请来算命先生，言宅院有凶气。大贵不敢声张，暗自向村中耆宿多方打探，终于得知宅底埋有坟葬。这片地，乃近邻的罗汉寺庙产，岁久弥荒，何时有了丧葬也便不得而知。加之历年"三土"清理运动，坟头坟包被悉数铲去，便成暗冢。累月经年，知情者日渐稀无，更为村人所忘却。

大贵急火攻心，但也只能捂着鼻子，生生吃了一个哑巴亏。他十分清醒，再大的委屈也只能放在心底，原来的蛮子房主已经卷款回了老家，倘若前去争吵纠缠，不但于事无补，分文难以追讨回来，反而会成为悠悠众口茶余饭后的谈资。一旦真相大白，再想让这座令人心烦的凶宅脱手，无异于登天揽月。

尽管大贵的隐瞒显得不地道，但毕竟成功地将房屋卖给了后邻，何况，他自己也是受害者。

挖出坟墓的时候，大贵已经悄然离开范家庄，那个后邻买家脸色暗灰懊悔不迭，估计连死的心都有了。那是一个细雨蒙蒙的秋天，现场挖掘一片狼藉，东南西北向一排四穴无主坟，棺木森森，横卧在天井里，中间主棺正对着堂屋明间。甫视之下，触目惊心。

大贵卖房后，辗转购得村后王家尖一块宅基地，但他并没有在此扛梁砌房，只圈了屋基，便草草丢下，携妻将雏，决绝地离开生活了大半辈子的范家庄，回祖籍北朱庄安身立命去了。饱经人情冷暖的大贵，犹如寒露时节的一尾青鱼，划鳍动处，劲尾一摆，消逝于茫茫秋水深处。

十一、九顷三

那一年，不知怎的，忽然就厌倦了上学。

从我们村子到学校，有十八里旱路，都是曲曲折折的田塍小径，偶尔也会出现一段大圩，圩旁长着茂密的紫穗槐。我每个周末回家，脚底下都像抹了油似的，一溜烟儿就到了村口；而周日黄昏返校，双腿如同灌满了铅一般，怎么也挪不开。

隔巷的胖婶看着我蔫蔫的模样，忍不住惋叹一声，"孩子要真吃不进，何必让他遭这洋罪。"胖婶的话是有道理的，我考上高中，除了语文是全年级第二，别的科目都一般，尤其是倒霉的英语，竟弄了个最大的个位数，想想实在寒碜。大学梦怕是要等到转世。左思右想，退心顿生。

　　说来也巧，正当我和班主任为三十元学杂费的退留争得面红耳赤的时候，物理老师一溜儿小跑地赶来打了圆场。原来，他的一位不够录取分数的远房妻侄想来找找门路，正愁没有课本呢。物理老师朝我笑笑，"你呢，把书丢下，三十块钱我出。不过，你可不要后悔噢。"

　　我那时头脑里就想拿了钱，早点离开那个是非之地，闻言，立马将书本全部拍到了他面前。物理老师笑嘻嘻地从中山装内袋里摸出一沓十元人民币，指头沾了唾沫，数给我三张。我接过，斜了他们一眼，把空荡荡的黄帆布书包甩上肩头，扬长而去。

　　我知道，父母在几亩薄地上捞钱十分不易，所以，学杂费我是一定要分文不少地拿回来的。而且，我退学也不知道父母是怎么想的，我忐忑不安，从学校出来后，一直挨到天擦黑才回了家。"从小一看，到老一半"，母亲恨铁不成钢地咬咬牙。父亲闷在一边没有吭声，他狠命地吸着水烟，那黄铜的水烟袋里咕噜咕噜地发出声响，父亲嘴巴鼻子里喷出粗重的烟气，胸脯剧烈地起伏着。尽管他在努力克制自己，我还是看得出，他是非常生气的。

　　第二天一早，父亲叫醒了我，"你不上书房，我也不勉强，但你自己要想周全，从现在开始，你就和我们一块下田做活计，哪怕苦得煎油，你也要兜走。"我惶恐地点点头。随后，父亲派活了："我们到老河西拾棉花，你去九顷三，薅最后一遍秧草。"

九顷三是庄东的一大片田，我们家承包的二亩责任地夹杂其中。

从家门口向南，东拐，过大砖街，踏东坝，登牛桥，不过三里的脚程，那块田便遥遥在望。

我们家的责任田，呈条块状，东西短，南北长。畦之南端，路渠所隔。北出大河，对岸即是遥茫的窦家荡。我是第二次来这块田里劳作。

最早涉足这片大田，是在一个闷热的仲夏向午，为松苗松土的母亲送饭。炎阳毒辣辣地刺着，风云无迹，树梢一如凝于空中，纹丝不动。临渠的数丛水杨柳，叶片已为洋辣子（青刺蛾）啃噬得百孔千疮。我小心翼翼地绕避开，来至田头。

母亲大口大口地啖着简陋的饭菜，我仰面朝天，双臂反撑地面，艰难地喘着粗气，像条行将干涸的塘里的鱼。咸涩的汗水瞬间漫溃眼眶，生生地疼。

母亲收拾完竹篮里的碗盆，回到田头的水渠旁灌水，见我这样子，便开导着，不用心读书，以后就只有捧牛屁股了。我明白她的意思，不想让我步其日出而作、日落而息之后尘而已。

母亲的话如今却像一句谶言，重重地烙在我的背上。我暗暗地叹口气，凭着模糊的记忆来到田边。

天倒是出奇地好，云絮不断变幻着，风情万种。微凉的风缓缓掠过面颊，让人游目骋怀。田里新上的水在密密的秧叶间泛动着，一星半点的水光忽然溢出，像一脉活泼的眉眼。

我知道，自己的任务是薅去秧田里的杂草，舍此而外的任何闲情都是不相宜的。那一年，我们家栽种的是晚粳。我挽起裤腿，弓着腰，一脚踩到田里。水有些蜇人，毕竟是大清早上，凉意拂拂。闷在稻棵间的杂草既吃不到露水，又被遮了阳光，大部分已经枯黄，随手一带，就连根拔起，并不需要费多大的力气。我在秧行里双手交错地拔着，时间不长，窄窄的田埂上便甩了一排带着淤泥的各类杂草。但稗子和扬花期的秧棵太相似，刚出校门的我还不能很精确地区分它们，尽管《尔雅》里说：莠者，害苗之草。而为了使真正的秧棵不受株连，我还是决定放弃对稗子的清除。

太阳很快升到头顶，像一只油黄黄的烧饼，但它的炎势迅速让我停止了不切实际的想象。炎热是从四面包抄过来的，风不知什么时候歇了，半空中漾着触摸不及的热浪，我仿佛能听到它哗哗的流淌声。齐小腿肚的田水，也不知不觉地温了起来。忽然，田埂间密密的草丛里传来窸窣的声响，由远而近，那是令人头皮发麻的游动声，我一激灵，马上猜到了向我逼近的不速之客的面目，后脊沁出一层冷汗。那是一条尺半左右的水蛇，绿颈青梢，两只小绿豆眼闪着寒光。不过，也没有我揣测中的狰狞。我在秧田里一动不动地看着，那蛇仿佛并不曾觉察到什么，盘着身子，仰了一会儿脖子，又吐着鲜红的芯子，咻咻地梭远了。

我有些愣神，转转微微僵硬的颈项，四野一片空旷，太阳仍然明晃晃地挂着，柳枝、秧苗、杂草都蔫蔫着，了无生机。空气已经不似清晨那样凉爽，在热气的包裹下显得非常混浊。我擦擦额头的汗，感觉像是在村后大泊里钻了一个长长的猛子，很憋气。望着无边的秧田，我忽然沮丧起来。我想，我的那些同龄的伙伴们此刻定然惬意地躺在树荫里读书，读《项脊轩志》，读《湖心亭看雪》，读《滕王阁序》，读《讨武曌檄》，"一抔之土未干，六尺之孤何托""请看今日之域中，竟是谁家之天下"。何等淋漓尽致！而我，现在只落得伍稗草、伴虫豸，左思右想，不由悲从中来，一声浩叹，在空旷的田野传布着。我开始怀疑自己的弃学之举是否有些盲目了。

正恍惚着，忽觉脚脖子一阵奇痒。我惶然地跷起脚，见一条蚂蟥（水蛭）牢牢地叮着，尖细的身子已经被我的鲜血喂得鼓鼓胀胀。实在，我对蛇有股子畏惧，对蚂蟥却是一种与生俱来的厌恶，那土黄的躯体上，排几线墨绿纹，简直令人作呕。老农曾经告诫，遇有蚂蟥叮咬，千万不要硬往外拉，那会让它本能地往肉里钻得更深，如果用力过猛，甚至会使那肮脏的身躯拉断，残留在伤口里，麻烦就大了。最好的办法是挺起巴掌，对它狠拍，两三下，那物便蜷曲着，从叮咬处滚下。我毕竟心里有点虚，想想在火辣辣的太阳下，偌大的一片稻田里，竟然只有我一人，真是匪夷所思。那种无边的旷寂让我心里悬悬的，一种悚然感也在脑际徘徊。我努力镇定了一下情绪，终于在第四巴掌上拍落了蚂蟥。那东西仿佛心有不甘，跌落到水田中后，打了一个旋儿，又试图靠近我的小腿。我曾经在一本书上看过，水蛭的听觉非常灵敏，在水里，几百米处，它都能听到人和动物血管里血液的流动声。我觉得不能草率处理这条贪得无厌的蚂蟥。我不可能像有心的庄稼汉一样，来水田之前就带上一撮盐粒，以为渍腌之需；也不比那些大烟鬼，烟窝里蓄着浓稠的烟油，以作涂抹之备，但我想起了邻居麻老队长教的法子。我用一片宽宽的秧叶托起蚂蟥，走到田头的圩上，随手扯下一根狗尾草茎，按好那物，从其吸盘处穿入，不过几分钟光景，那条先前还在水里波动不息的家伙，整个就被穿翻了，内外置换地曝晒于九月毒辣辣的日头之下。

我来到圩沟底，在水渠里掬了一捧水抹抹脸，真是沁到骨子里的凉爽啊！我倚着一棵小楝树，看着光影在慢慢移动，我的眼皮开始涩重起来，一种莫名的情绪让我昏昏欲睡，我的脑子里胡乱纠缠着许多事情，像一团乱麻，又像眼前鳞波闪烁的一渠活水，我的思想慢慢游移于躯体之外。

我不知道自己睡了多长时间，被叫醒的时候，母亲正从柳条篮子里往斗碗中舀汤。那是咸菜蛋汤，陈年的咸菜有股霉腐味，蛋倒是自家院子里的草鸡所下，特别鲜美。但只是几丝蛋花漂着，我明白，勤俭持家的母亲是不会妄为的，那时，咸菜汤里夹点零星的蛋花，已经十分奢侈了。另外还有一小碗炖螺螺和炒韭菜，韭菜是屋后自留地上的，螺螺是母亲在老西河浅水处的柴秆上捋下的，菜油滴得不少，炖功却差多了，嘬起来有股子泥腥味。

　　母亲看着我一脸的泥污，手上也被尖利的稻叶划出一条条血口，她轻轻叹口气，把头扭向别处：你这是自己作践啊！说完，她挽起裤腿，拢拢被汗渍贴在额角的乱发，噗地踏入水田，忙飞飞地帮我薅草了。正是这一次，我彻底地把秧棵与稗草区分了开来。母亲拔起一株肥硕的稗子，指点着我，这草，芯里有一道白杠。又按下一片稻叶，这苗就没有。我如有所悟地点点头。母亲注视着远方，仿佛自言自语着，农活你终究不在行，走到哪步算哪步吧。

　　母亲带来了薅水草的专用农具：三叉手耙，操作起来至为娴熟。在每株已近分蘖的秧棵间转扯一圈，力道拿捏得恰到好处。术业有专攻，薅草的学问亦不容小觑。过轻，则杂草不起；过重，则损根伤苗。薅水草兼有松翻板泥，利于作物根系发育之功效。对于杂草，处理方式亦不同。柔弱者，若绿藻、牛毛毡、矮茨菰、鸭舌草类，就手揉捏成团，深深陷入淤泥中，任其腐烂发酵成肥；粗大硬挺者，如稗子、莎草、斑蓼，则连泥带水拔起，集为一束，圈挽，远远甩上田埂，一任脚板踩踏，炎阳曝晒，熏风揉搓。不过半日时辰，便失却水灵，枯黄颓萎。

　　此等薅草兼松根之法，《天工开物》记为"耘"。《稻工》所述，至为明了："凡宿田芮草之类，遇籽而屈折。而稊、稗与茶、蓼非足力所可除者，则耘以继之。耘者苦在腰手，辨在两眸。非类既去，而嘉谷茂焉。"久浸水田，躬身劳作，腰酸臂麻可想而知。

得器之利，母亲薅草的速度极快，而我因为惊惧蚂蟥缓缓蠕动于腿肚，贪婪吸血，尤生愤怒。每每停下，蹓上田埂，抽草茎翻串，横陈于道。如是者三，拖延农活，不觉远远落后。而母亲早已趋前十数竿，隐于茫茫青秧深处。

那一天，落霞铺满西边村子的上空时，我们薅完了最后一把秧草。

但父亲对我成见依然。掌灯时分，一家人坐在榆木桌上吃晚饭，暗红的煤油灯芯一跳一跳的，映照着碧绿清脆的腌萝卜缨和溢着腐香的苋菜梗。苋菜梗是夏季封坛的，现在启出，正当其时。吃在嘴里，韧性十足，很有一番嚼头。萝卜缨是棉田隙地上的，掐回来，切细，盐压。十多分钟的光景，手捏成团，挤去涩水，漏几滴菜油，再用筷子搂匀，便好就粥下饭了。

我一时忘了日里的疲惫，沉浸于田园诗情之境，想，古人云，"著书只为稻粱谋"，我走捷径，直接稼穑，又不用费心劳力地读书，岂不快哉！

但我的黄粱梦突然就被父亲一筷子拍断。当母亲不经意间说出薅草的事情后，父亲勃然大怒，他黑着脸，右手戳到我鼻尖，"我就知道你不是块种田的料，四体不勤，五谷不分，秧棵和稗草都不识，你还有什么用？"母亲小心翼翼地替他拾起摔到墙角的筷子，父亲余怒未息，"你小子以为种田这碗饭就这么好吃的吗？"

我低垂眼睑，大气不敢出一口。听着听着，心里忽然觉得挺好笑的。父亲的斥责，不过是借题发挥而已，一切都源于对我辍学的不满。父亲的举止，使我想起樊迟请学稼圃时，孔子的气急败坏。我想，孔圣人尚有鄙农之心，何况凡夫俗胎的父亲呢。这样思量着，一不小心，竟漏了一声笑。

母亲有些担心地扫了我一眼，又盯着父亲看。我的不慎果然让父亲难以容忍，在他看来，子女对长辈这样大不敬的态度实在是一种忤逆。他冷冷地横我一眼，"明天开始，你去积渣盘塘。"言毕，推开粥碗，抬腿而去。

愁云笼罩在母亲脸上，她皱紧了眉头。盘渣塘是大劳力听了都吐舌头的活计，一个还不到半壁高体质单薄的十七岁小伙，行吗？

翌日凌晨，我喝完两碗粥，带着半锅摊饼，倔强地扛着钉耙大锹，志在必得地迈出了门槛。父亲坐在堂屋里，一言不发，只在我临出门时抬抬屁股，似乎想站起来，但终于又忍下了。母亲一直送我到巷口，嘴里不停地叮嘱着，她的日渐枯老的脸上写满了疑问。

我要去的是我们家承包的另一块责任田，在九顷三尾梢，离家更远。那是一片低洼地，秋水涨起时，半边河坎都淹去了，捞水草积渣正当其时。只要用钉耙将漾在河面的水草顺势拖搁上田坎就成，并不怎么费力气。我首先必须在坡上挖好沤渣塘，然后才能进行后续劳作程序。说真的，长这么大，除了一年的稻场，挖过一条歪歪扭扭不到十米的墙口外，我几乎没有动过大锹。我在坎子的临水处下了锹，先兜着挖了一圈，将泥块码好，圈成倒簸箕形状的浅塘。然后，站到里面不停地挖。在我挥汗如雨，左一锹右一锹的挖掘垒积下，渣塘逐渐变深。一包烟的时辰，塘口已没过了我的膝盖。看看收拾得差不多了，我一甩手，大锹狠狠地戳在塘沿。我拣了一处盐巴草长得泼皮的斜坎，双手抱拢，枕着后脑勺躺下。背脊下的草软软的，惬意极了。我跷起二郎腿，眯缝着眼，盯着遥遥的天宇间倏忽涨落的云潮出神。我知道，在那片荇叶般飘着的云片下，是我永远走不出的村庄。歪脖子楝树，忽浓忽淡的炊烟，老火砖铺就的巷道，打更人的一声沉重的咳嗽，忽然一齐在我的脑海回旋，在我的眼前晃动。尽管村庄仍在我的视线之内，一种空前的孤独落寞依然包裹着我，我觉得自己仿佛被熟悉的村庄放逐了，在完全陌生的地方艰难地进行心灵的迁徙。

我的思绪是被一条跃出水面的翘嘴鳌打断的，那一豆清凉的叮咚声让我心里一下子亮堂起来。摸着起了血泡的手，我想，自己与农事为伍才刚刚开始，漫漫长路还在后面，凡事总得悠着点，千万不能像出不了师的徒弟箍桶般，急吼吼地一把就上足了，那是要炸箍的。耐下性子，细水长流，这么多农活绝不会因为我的加入一夜间就做尽了。眼下，把塘挖了、草填了、泥庈了、渣沤了，就是一件了不起的工程。一番前思后忖，我已经少了清晨出门时的意气用事，逞一时之勇实在于事无补。我计划着用半月左右的时间，彻底整好这口十多方的渣塘。

这样，休息了会儿，我也不急于捞水草，在塘周围仔细查查，把可能经不住漏的地方拍实。

遥望村子里炊烟四起的时候，我洗净手上的烂泥，踏上通往庄子的那条蜿蜒田塍。

下午是剐塘前芦苇。那是种野生植物，顺河沿长了一溜儿，盘根错节，密密麻麻。好在父亲磨的镰刀极快，我抡圆了臂膀，三下五除二就放倒了一片。当然，这也有个巧劲，剐时，不要平着刀口，须上斜，乘弓下的腰身直起时，顺势拖刀，芦苇便触锋而断。

清出一块三吨水泥船档时，我甩飞满脸的汗珠，嘘口气，在渣坞旁坐下。我盘的这塘，与大集体时的可不一样。那时，生产队里是有专门的绿肥田的，多种着红花草或黄花草。沤渣塘也不是夏秋，而是春末。

头二十个劳力挑着花草，在田埂健步如飞，很是壮观。妇女们则高挽裤腿，扎着头巾，聚集盘塘，趣闻私房，笑语嘻嘻。那是一种壮阔的劳作，是一种恢宏之美，我曾被深深地感染。

而现在没有花草可填塘，我必须捞起河里的水草取而代之。

在将田头一段河面的水草拢入渣坞后，就要到更远的地方去捞了。这时，所需的农具范围扩大了。

稍后的日子，我从屋后水码头旁，将一条破旧的三吨水泥船磕磕碰碰地撑到田头。船是四家合伙用的，因为前几天别家一直在忙着用船挑水、施肥、上粪，连轴转着，故而我得以喘了口气。当然，对于正在气头上的父亲，我还是遵循小杖则受，大杖则逃的，是为至孝，我总不能让自己的父亲背上不慈的劣名吧。好在父亲后来看出我的隐忍，也就不怎么给我出难题了，这是后话。

船头横着罱子和笆口。罱子由两片组成，可以连草带泥夹起；笆口对付河心吃水深的淤泥正好。联产承包之初，大集体的痕迹还没有完全销声匿迹，譬如这罱泥，河床的淤泥仍然很少，一笆口上来，黄板土滚滚的，让人心里不是滋味。我放下竹篙，拿起笆口，在船中舱罱起泥来。船在偌大的一段水面随意漂行，我也是罱到哪里算到哪里，几乎不知到底是船随我走，还是我随船行。

之后是戽泥入塘。我每天只扒半船泥，歇歇，再戽。我们这里惯常叫戽二道手，一般是两个人接力，一人在船上，戽到半坎的小坞里，一人再从小坞戽到大渣塘里。有时是四人，两两对开戽，那戽锨此起彼落，令人眼花缭乱。彼时，号子声、船晃声、水波声、淤泥落塘声，组成了那样浩博庞大的劳动绝响。

和那时比，我是小巫见大巫。我那渣塘既小，又逢涨秋水，船使劲

210

往上凑凑，几乎就到了坞口，因而，戽泥并不是太费力气的事。倒是盘塘比较麻烦。我长得瘦弱，个头又小，倘若踩渣塘，一脚下去，泥陷半腰，显然不行；用钉耙，力气不足，又难免搅拌不匀，影响沤渣效果。所以，最后，我干脆光着上身，只穿一条裈头，腿蹚手搅，好不容易才将泥草拌匀，而我自己也成了一只泥猴。

我最后在渣塘上又覆了一层油泥，用木塌子将塘面抹得平平整整。然后，汰洗干净所有农具，撑着拾掇得清清爽爽的水泥船，打道回府。在坞塘，我顺手捡拾了不少随河泥一起罱上的小鱼小虾，活蹦乱跳的，很吊人的胃口呢。还有螺蚌，铺了半个船艄。

那一天，我在屋后水码头桩上挽好船绳时，旷美的火烧云仍然笼罩着村庄。

母亲非常麻利地收拾好我的额外收获，喜悦之情溢于言表。父亲也破天荒没有在饭桌上找碴子挑剔。那晚吃的是菜饭，老灶铁锅硬火煮出的饭真是一院喷香。我可能劳动强度太大，消耗多，那顿饭吃得风卷残云般。母亲收拾碗筷时，我又溜到厨房里，狠狠铲了一斗碗脆锅巴，嘎吱嘎吱地嚼得山响。在一旁吸着水烟的父亲，脸上难得地有了笑意，喃喃地朝向我，"吃吧，吃吧，一碗锅巴三碗饭呢。"

渣塘封沤一段时间后，便可以出渣了。我那渣塘开挑时，已是处暑尾梢了。

秋渣主要是为麦子接力。我不让父母插手，决计有始有终，从开塘始，扒草、罱泥、戽泥、盘塘直至出渣，自己一手承揽。母亲以为我在怄气，撇撇嘴，有些不快。父亲依然咕噜咕噜地吸着他的水烟，面无表情地望着对门人家的屋脊，不说好，也不说丑。我忽然觉得有些委屈，心中酸酸的，一扭头，撞出大门。

在季秋的天宇下，在村东九顷三浩旷的原野上，我用稚嫩的肩头，把渣一担一担地挪到我们家承包的那二亩条状责任地里。一摊摊渣墩，从我脚下一直铺排到远处歌吟不绝的水渠边，那是一种怎样的绵延壮阔。我蹲下身，用双手把渣摊一一扒开，抠细，然后，均匀地密布于大田里。渣方没有我想象中那样腐臭，水草与河泥的自然交融，透出的是另一种生机。我花了整整两天时间，放完积沤了一月之久的渣塘。那种青涩的泥腥味，至今仍然萦绕在我周遭。

麦子种下，农活闲落了。我掸去笔上的尘埃，铺开廉价的道林纸，又开始了自己另一场艰难的人生之旅。此前，我已瞒着父母，偷偷参加了南方一家文学院的函授，并悄悄写下十数本《村居笔记》，我以自己独特的方式，抵赎着当初弃学的轻率。那是一个心中尚存理想的年龄，我尽管刚刚辍学在家，对前路一片迷茫，但灰的是心，意却没有冷，总在暗暗蓄势，仿佛前面有一场激烈的赛跑在等着我。我庆幸自己一直没有让心里的那盏灯熄灭。

但父亲对我擅自退学总是耿耿于怀，尽管我挑灯夜读的身影常常感动着他。他一直坚持认为，一个连学都不肯好好上的人，能有多大出息呢？直到一年的初秋，写了两麻栗袋废稿的我，终于把自己的名字送上了省报。父亲的眼睛几乎贴着那散逸着油墨芳香的报纸，一字不落地看完了我的那篇千字散文，他无声地扯扯嘴角，笑意漾满了饱经沧桑的脸。

这些文字的见报，使得我在一方小有薄名，并由此深得蹲点村里的一名乡农业科长的青睐。也许注定和我们家族有缘，这位老科长不是别人，正是当年主持大伯复出的王科长。

1986 年，开春在即，位于村后的一处院落，一庭幽静，两株疏桐上，不时有枯脆的枝条嘎嘣而落，更添季候萧瑟落寞。我正于阴冷的南屋中呵冻临帖，村支书领着王科长踏上门槛。

父母赶集去了，家中只我一人。

招呼，让座，泡茶，寒暄，一番客套后，村支书说："老王科长听说你是庄上的人才，文水不错，专门过来看望。"

王科长却没有搭话，只是翻看着我已经临了一摞的《玄秘塔碑》，不住地点头。尽管那只是一沓劣质的道林纸，但我临池十余载的功力还是有所显现。那时候，小半个村庄人家的春联都被我包揽，为此，惹得几个靠年关铺纸濡墨换点烟酒钱的老先生很是腹诽。

"他不但字漂亮，文章也写得好，名字老上报纸。"村支书是大集体时的生产队长，在父亲的一手提携下，坐到了而今的位置，他懂得知恩图报，一直替我说着好话。

"很好，很好，铁画银钩，有家族遗传基因。"王科长直起身朝向我，"我和你父亲共事很早，多次在你家落脚，不过，你那时还躺在摇车里吮手。你父亲和你大伯的毛笔字都是出类拔萃的，看来你是得到真传了，了不起，了不起！"又眉宇舒展转向支书，"小伙子水平、人品都是没有问题的，村支部一定要注重培养。"

"回头我们开个支委会，再和老支书通一下气，怎么样？"

"行，就这么定了。"王科长神色庄重地看着我，"风华正茂，世界是你们的，一定要为人民多做好事实事，担当村庄的栋梁。"我不但被弄得一头雾水，而且陡觉肩头一沉，仿佛真有一只杠子压了上来。

父亲后来很平淡地告诉我，他们想要你在村里做事，要不就试试。

在他们的力荐下，我得以顺利出任范家庄村团支部书记、科技组长兼第六村民小组长。

前面两顶官帽还好，不过是介绍村里的青年入团，出出农情简报什么的，在某种程度上，是吃的软饭，不是力气活。但村民小组长这顶小小的"十二品官帽"，却常常压得人透不过气来。

一盏马灯，一身晨霜，嘶哑的喊上工声回荡在村头巷尾……提起生产队长，这种图景当会在那些从大集体时代过来的人们脑海中定格。"民头官尾"的生产队长们，如同一本本农业历书，一任岁月的手指翻阅着、村民的目光浏览着。

而今，我忝列其中，成为沾满村民们各种眼神的一道新的身影。

20世纪80年代初，随着农村家庭联产承包责任制的兴起，生产队长也同时为一个新的名词所替代：村民小组长。我走马上任后，农村体制改革业已全面完成，村民小组长的职能已和当初有着本质的区别。出工、收工、记工这一系列烦琐的程序已不复再现。

我乐得清闲，可以有更多支配的空间，做自己喜欢的事情，不必如大集体时父辈们那样"眼睛一睁，忙到熄灯"，上管刮风下雨，下管吃喝拉撒，而且在派工与记工上常常左右为难，众口难调。

彼时，范家庄村所属八个村民小组，除我而外，组长俱为老杆子。要么是原封不动，要么是由联队会计兼任，一起摸爬滚打了这么多年，谁的老底子都心知肚明。大家见面照例客客气气，只是在职务称呼上觉得别扭，总改不过口来，叫不顺当。支书在一次"秋播茬口布局计划"会议上干脆宣布："芝麻大的官，还为怎么称呼纠缠，真是笑掉人大牙。从今往后，一律直呼其名，又不是封建社会搞什么避讳。"

立秋，处暑，白露，秋分，寒露，霜降，那一年三秋，新官上任的我杂七杂八包揽了许多分内分外的活计。会议记录，农情简报，秋播茬口布局表，冬季水利工程任务分解表，分发冬小麦种，组织验收丰产方，清墉理沟，疏浚渠道，甚至整个村庄敌鼠钠盐的调配分送，我也自告奋勇地承揽下来，浑身仿佛有使不完的劲。那些日子，亢奋，喜悦，活力四射，看着每一个人都特别亲切，对未来充满无限憧憬，走路都是一阵风。

这种发自内心的快乐，其实还有一个更重要的原因，我和初中时的一位去村三十里的女同学秘密谈起恋爱，鸿雁往来已近半载，我一直守口如瓶。女同学成绩很好，肤白如雪，面若朗月，眉眼极其周正。其时，她正在我之前就读的学校复读高二。我们同学时比较熟络，但并没有什么感觉，泛泛之交而已。那天，我从地里回来，顺拢村部，见有一封我的信。字迹娟秀，启开一看，原来是她。无非是一别经年，音书两绝，幸得相知，愿以为续。重点是在后面，说她喜欢文学，尤喜朦胧诗，辗转得知我困居村庄，仍孜孜不倦读书写作，并小有成就，感佩之余希望能够得到我的帮助。

信末抄附舒婷的《致橡树》：

我如果爱你——

绝不像攀援的凌霄花，

借你的高枝炫耀自己；

我如果爱你——

绝不学痴情的鸟儿，

为绿荫重复单调的歌曲；

也不止像泉源，

常年送来清凉的慰藉；

也不止像险峰，增加你的高度，衬托你的威仪。

我一时有些恍惚，不知今夕何夕。待回过神来，心里十分受用，如同细腰蜂蜇过一般，麻痒痒地酥暖。我手头正好有一本《朦胧诗选》，黄蓝双色晕染的封面，倒也十分贴题。

我是半月后收到女同学的回信的，除了士别三日当刮目相看外，希望从此不要再走散。

庄上没有人知道这件事，包括我的父母。

看着我每日激情澎湃，脚底生烟，没日没夜地干村务，父亲欣慰之余有着隐隐不安，总是提醒我要悠着点，不要一下子铆足，凡事要留有余地才能够长久。那一个霜晨，我和父亲坐于檐下，从初级社一路走过来的父亲感慨颇深。和大集体时相比，他觉得在农村做个村民小组长并不吃亏，一来有一笔稳定的报酬，二来工作不是满负荷，更多的时间是在自家责任田里忙活。我心里咯噔一下，暗忖：除此而外，我还可以小隐于村巷，染翰笔耕，何乐不为！

父亲的话很有代表性，在农村，一般而言，村民小组长都是十分健壮的汉子，他们强壮的体魄，精湛的农田技术，往往使自己在工作上的付出效益得到最大限度的发挥。这些人都是村中的人精，正值人生鼎盛时期的壮年，成年累月与农事为伍，他们练就了一副好身板，粗壮得三铁棒都打不倒。

这些小组长不仅通晓大量的农业科技信息，而且由于长期从事稼穑，自己又肯钻研，对农业机械亦熟门熟路。拖拉机、收割机、挖墒机，样样拿得起放得下。在田间耕作的机器出了小故障，他们同样手到病除，那种熟练程度不亚于专职机工。一技在身，能服众人，这样做无疑为集体节省了一笔可观的维修费，因而村民拥戴，领导赞赏，小官做得有滋有味。由于科学的精耕细作，他们的稻、麦，几乎每年亩产都要高出别人家五十公斤左右，不能不让人叹服。故而，村里乃至全乡秋播丰产方的验收，都必须依托村民小组长的责任田为样板。

经年磨砺，我渐渐融入了这个行当。

村民小组长如同一粒棋子，这枚棋子作用的大小在一年一度的冬闲河工这盘棋中尤见高低。

挑河工，乃强劳力，数以万计的民工硬是凭着自己一双粗粝的大脚板，在松软的田地上蹚出一条条路来。他们从凌晨五点钟便开始上工了，天还只是麻麻亮，寒气逼人，清霜锁道，这些厚道朴实的劳动者个个已是单衣薄衫，额角冒汗了。他们紧闭厚厚的嘴唇，吭哧吭哧地埋头扛担子，没有一句怨言，即便粗茶淡饭时一声戏谑的"自己的扁担压自己的腰，自己的公路自己挑"也充溢着底层生活的豁达。

那一年，我们村领受了一项浩大的冬季水利工程任务，施工地带穿越范家庄九顷三东侧。繁忙的工地上，人头攒动，笑语喧天，红旗猎猎，喇叭声震，播音员一忽儿用清脆的嗓音报道着工地上的好人好事，一忽儿又播送着雄浑抑扬的歌曲，应和着一阵阵此起彼伏的号子声，真是壮阔非凡。由取土区往路基，十几趟下来，个个身子热了，气也粗了，而担子一担压着一担，脚头却慢不下来，随着一阵嘹亮的歇号声，民工们释下重负，都歇坐于田埂河坎，密密麻麻的民工队伍弥望无尽，人山人海。

这时，附近村庄卖馒头、卖橘子的便乘隙而至，他们挑着小箩筐在工地上来回逡巡叫卖。挑馒头的多半是粗手大脚的大嫂，一筐热气腾腾的馒头雪白雪白的，挺赢人的眼，招惹得民工们来不及披好棉袄，左一批右一批地哄抢着来买。卖橘子的常在下午，民工们挑得口渴，带的开水又喝光了，加之冬日太阳懒洋洋的余威，生意便相当好。卖橘子的小媳妇挎着竹篮，满面春风，一路甜润地叫着，不消十分钟篮子便见了底，遇有开玩笑插科打诨的民工，卖橘女嘻嘻一笑，伶牙俐齿地回敬去，让对方吃个软亏，不失阿庆嫂的风度。

正午时分，民工们歇晌了，喧腾的工地忽然冷清了下来。纵眼望去，大锹林立、泥担陈横，仿佛在默默诉说着劳动的艰辛。

龙沟里的水哗哗地往外河里排着，几个村干部正赤脚挽腿挥着大锹在清理浚深着淤泥沙土，老河工们都知道，淤泥是拖垮人的祸根，而挖不好龙沟就会形成一层又一层的人造淤，那局面如同下棋般，一着不慎，全盘皆输，是怎么也难以收拾得了的。一个偌大的土方工程竟因为一场人为的失职而功亏一篑，这种责任谁也担当不起。故，三锹下去，地下稍有水痕渍出，每个人的心都会揪起，同时迅速闪过一个念头：排龙沟。

村民小组长虽说不用为全村土方工程操太多的心，但他们扛的是硬活。挑河工，每个村民小组长都必须压头阵，不仅要和民工们一起扛担子，而且要同食同宿，管好民工。橘移淮北为枳，人亦有此怪异现象，循规蹈矩的村民们一旦上了工地，即如出厩之马，纵缰飞驰，野性十足，难于管理。这也无可厚非，生活习性的改变，劳动强度的陡增，很容易使人气粗。

这时，村民小组长的山水便显露出来了，如何一句话下去，便使人心服口服，没有还价的余地？能和民工一起吃苦耐劳，这是主要的一条。作为一组之长，必须担担在前，且担头不能比别人小，行动就是无声的响箭，远比那些空洞的说教管用。

邻组小组长在弹压一"斜头"时，对方不服要比试担头，组长二话没说，大步流星跨到河沿，往手心里吐了口唾沫，哼哧哼哧手起锹落，

218

利索地往泥担里送了两大块黑黏土，每担不下四十公斤，旋即起担，健步如飞地奔向能望上一眼的积土区。那"斜头"在众人的哄笑中乖乖地排入了担土的行列。

我倒没有遇过这样的尴尬事，按照分工，我在河工的任务是测绘计算，工地宣传，纠纷调解。而且，二十挂零的我身子单薄，那些劳力压根儿不会把沉重的泥担子和我瘦削的肩头联想在一起。我在大家亲和温煦的目光下，穿梭于喧嚣的工地，有条不紊地尽着分内之职。

但曾经被父亲解职的会计水獭猫终于瞄上了我："团支书，我们都在一粒汗珠摔八瓣地出力卖命，你就这么轻松地在一旁看闲？"

"我有我的工作，分工不同，怎么就闲了？"

"能不能换我一把，让我歇口气，抽袋烟？"水獭猫有点阴阳怪气。

"可以。"我平静地看他一眼，"但时间不能太长，我有我的事情，而且，很惭愧，杠担挑土真不是我的强项。"

言语间，已经到了歇晌时间，民工们听见我们有些话不投机，都纷纷撂下泥担，凑上前来看热闹。

水獭猫见围观的人涌过来，声音越发高了八度："既然杠担子不是你的强项，那你的强项是什么？使出来让我们见识见识嘛，大家伙说是不是？"

有人开始跟着起哄。

见我没吱声，水獭猫更加刻薄起来："嘴上没毛，办事不牢，是骡子是马拉出来遛遛。还强项短项的，你倒是把撒手锏使出来啊！"

"我当时能够在村里做事，是因为粗通文墨，领导看重，你不要信口雌黄。"水獭猫出言不逊，让我心中不快。

"哈哈哈，还粗通文墨，要不是靠你父亲的老面子，偌大的一个范家庄，凭什么就提拔了你？"水獭猫仰面朝天，笑得十分放肆，"这年头，庸者上，能者下，没有裙带关系哪能在官场混？"

人群里窃窃私语。

"手扛肩挑我未必是你的对手，这样吧，你也算是庄上有文化的人，我写十个字，只要你认识一个，我在村中的所有任职全部归你，怎么样？"我一时气血冲头，和水獭猫较上劲，"如果你输了，怎么办？"

"好，我若是一个字都不认得，连开十个夜工都算你的。"水獭猫是老三届，自恃有些文字功底，很爽快地接受了我的挑战。

水獭猫犯下的一个致命错误是，他没有想到，热衷于临帖的我，此刻正对书法中的异体字感兴趣，博闻强记，区区十个字还不是信手拈来。

在幕天席地的河工，当然没有笔墨，早有好事者拔来一根棉花秸，削尖，递至我手上，又用大锹就近铲平一席之地，作为勾画之用。人群安静下来，只听到粗重的喘息和压抑不住的细微骚动。我走到平整处，缓缓蹲下。水獭猫两眼一眨不眨地盯着我手里的棉花秸，神情凝重。

随手划拉间，第一个字赫然在目：秚。水獭猫凑上前，揉揉眼睛，摇摇头，一脸茫然。

继续啊，有人在身后喊。我又划下第二个字：卮。

第三个字：雦。

第四个字：劄。

等我划拉出第八个字的时候，水獭猫额角冒出汗珠，在冬季的天空下，热气蒸腾。

闛、籥，最后两个字我一气勾出，人群里一阵喧嚷，连邻村的民工都飞奔过来看稀奇。

"都是些什么字啊，天书似的，你自己认识吗？别是在糊弄人。"

我扫视四围，人头攒动，心中甚为自得："大家放心，这些字可不是我生编硬造的，字典上都有。"

手腕动处，棉花秸尖点在一字之上，"厄，古同厄。《说文解字》，厄，隘也。从户乙声。於革切。"

人群里一片啧啧称赞。

我越发卖弄起来，棉花秸在地面快速游移，"雠，即是仇的异体字，《诗经·邶风·谷风》：反以我为雠。至于闼，更简单，就是门板呗。"

"十个夜工白送了，"水獭猫长叹一声，一屁股跌坐于地，朝我一抱拳头，"服了服了，愿赌认输。"

我没有为难水獭猫，开工后，依然抢过他的担子，替他挑了小半天。

歇担之时，侧目四望，蓝天之下，一队队挑担人群燕子衔泥般将公路向远方延伸。这样的场景足以使人由衷地感佩劳力的艰辛，劳动的伟大，而走在前面间或一嗓高亢的号子引发遍地兴奋回应的，正是那些默默无闻的领头雁——村民小组长。

力气，是村民小组长们扛梁问鼎的资本，而公正更使他们成为村民信赖的人。

在乡村，每个农民家庭都如同五脏俱全的麻雀，从理论上说可以独立存在，但聚族而居的村民们因生于斯长于斯，守望相助亲密往来，尤其是居于同一村民小组，更是鸡犬之声相闻，隔篱呼应，村民小组长是这一圈中当之无愧的核心人物，组中村民每有婚丧嫁娶、红白喜事，都情愿请他们出谋划策。遇有家中娶媳妇的，还愁请不到小组长陪新亲呢。村民小组长大小也是个"官"，农村中有一种约定俗成的说法：自县官七品往下推算，至村民小组长这一级，也是标标准准的"十二品"呢，常有村民小组长被邀至酒席上座陪客，于杯盏往来中侃一些从报上贩来的消息或村规民约之类的，借以暗示自己的身份，主客脸面上便很觉光彩。

陪新亲，范家庄人谓"陪招客"。

招客亦即女方之娘家人。

正日这天，千邀万请方始姗姗来迟的招客：新娘的兄弟人等，被主家恭恭敬敬地请上了桌子东北角的上首席位，一番寒暄之后，随着一阵鞭炮炸响，杯盏开始交错了。

那次，陪村子东头的一户人家招客，那是个长得白白胖胖的小伙子，很豪爽，一上来就显出了海量的气势，让一桌人不敢小瞧，作为主陪，我先敬了他一杯，小伙子一仰脖，"咕噜"一声，酒盅见底，为了表示客气，他又回了我一杯。就这样，一桌人轮番敬，他轮流回，几个回合下来，招客面皮红涨，眼角生白，口齿不清。几个陪酒的趁兴起哄，又撺掇着他喝了十多盅，招客仍然犟着，硬撑着坐在那里，但我见着不妙：他的一双小腿肚筛糠般抖得正紧。忙唤人扶了去，最后是挂了几天的点滴。

事后，主客俱不悦，说是陪过头了。

遇有阴损的招客，吃了亏的往往是作为陪家的小组长。

一年的雪天，在一村民家中陪招，招客是个年近五旬的小老头，下颏一绺山羊胡。一桌八人坐定后，照例是我这个主陪先敬酒，但招客连连推让，说是在家中不曾沾过一滴酒，劝推再三，我也不好拿人为难。就这样，每次敬酒，我们都是酒盅亮底，而招客只是用嘴唇偶一点杯沿而已。十数巡下来，个个脸上有了春色；再下来，有人开始打晃，有人舌头发硬，眼看着最后一道刹酒菜鱼就要上桌了。孰料，一直缄默恭谦的招客忽然"嘿嘿"一声阴笑，从座位上站起："诸位，承蒙关照，本人不善杯酌，但今天乃表妹大喜之日，再不放开喝，就是不近人情了。我敬诸位一杯，先干为敬！"话音甫落，"咕噜"一声，酒水入唇。招客既然发了话，陪客的还有什么好说，大家纷纷起身，饮尽了杯中之酒。然而，事情并未就此了结，招客夹了一筷菜，又高举满满一杯酒，再敬大家，如是往复六七回合，陪招的已被扶下了好几人。坐在桌角，年岁稍长的村治调主任实在看不下去了，仗义执言："你这招客，大家喝时，你装着不喝，看大家都要沉了，你再往下按一把。要喝，我陪你单打独斗。"治调主任因有患在身，故喝酒时大家也未强求他，如今招客做了落井下石之举，他便挺身而出了。招客慑于其气势，加之理亏，只好悻悻坐下，这时，随着跑忙的一声吆喝，鱼也上了桌。

结果不言而喻，主人的脸拉得老长：陪招的没有尽到责任，招客的酒未喝足。

最令人捧腹的是一次陪一嗜酒如命的招客，替他斟酒时，他客气地摆手："欠学。"偏偏酒倌又是个愣头青，随即把酒瓶转向了第二家。那次喝的是大肚子洋河，是招客最为心爱的一种酒，他却只能干咽着唾沫，听我们把酒水咂得吱吱响。

陪招，实在不是一件容易的事。张宗子云："天下学问，唯夜航船中最难对付。"其实，天下陪酒，又何尝不是招客最难对付。

因为相知，所以懂得。更由于浸淫日久，我深谙个中堂奥。

村民小组长是农村基层干部队伍中精力充沛的一群，是村组之间的纽带，他们不可或缺的作用已愈来愈使自己成为农村现代化建设中一道独特的风景。

其实，和大多数村民小组长一样，一路忙忙颠颠之余，我也难免有一种隐忧，担心如联产承包伊始那样，说不准一觉醒来，扣在自己头上的小小"乌纱帽"已挪了窝了。被精简下来，心里总有些别扭，觉得自己做得好好的，忽然间就没了，仿佛做了亏心事似的。

随着市场经济浪潮的汹涌而至，村民小组长的工资报酬在社会阶层似乎显得相形见绌了。这种严重不平衡的心态在悄然侵蚀着农村最底层的干部队伍。熬得满头霜华，一脸沧桑的村民小组长，虽是堂堂正正的"十二品正官"，手下管着百十号人，却更多地经历了岁月的风霜雪雨，人生的酸甜苦辣。

从大集体时一路走来，在生产一线摸爬滚打的村民小组长，直至区划调整，村庄合并，才黯然谢幕。曾经的青春年华，曾经的热血沸腾，他们把最美好、最金贵的岁月，贡献给了那个时代。华丽地登台，凄凉地转身，那些曾经披星戴月领着村民挑圩挖河的小组长们，多入迟暮，每每坐于堂庙口的石板上，懒洋洋地晒着太阳，一任时光剥蚀身心。他们曾经矫健的身影、洪大的嗓门，都成为一种记忆，日渐模糊在时光深处。

我幸运地没有成为石板上的坐客，两年后，处暑甫交，我调至乡政府担任文书，开始了另一段人生岁月。

十二、村长

等到我再度回村任职，已经是1991年农历六月，那场百年未遇的洪灾肆虐前夕。

小暑初交，油饼似的太阳明晃晃地悬于天际，火辣辣地炙烤着万物生灵，热浪在地面蒸腾，沟渠干涸，翻卷起的泥层次第龟裂，向远处延展。草蔫树颓，蒙蔽尘垢。麦秋已毕，秧棵进入分蘖期，布谷鸟穿梭于炎阳之下，犹自劝耕不绝。村庄倒是格外宁静，猫狗躲于树荫下歇晌，凉棚里有人躺在藤椅上酣眠，偶尔卷起的穿巷风，拍到脸上也是闷热熏人。

一切都和那些过去了的夏日一样，自然平常。

我没有惊扰父母午睡，在大门外徘徊俄顷，拔脚径往后坝而去。

乡里对我的任职行文，三天前已经传达到范家庄村两委会，我正式回村报到的时间是明天上午。此前，我已经收拾好自己的所有东西，腾出了办公室，迟早总要走，也不在乎一天半天的。除了行囊外，我带回了一大摞办公用的方格稿纸，算是揩了公家的油。不过，随后也就释然，我必须写文章啊，这个哪能少呢？与其让那些文盲白白浪费，还不如在我这里发挥作用，多出锦绣文章。这样一路想着，也不觉得燠热难耐，从乡政府到家，七华里的脚程竟比平日缩短了许多。

大小包裹依门槛放着，我嘘了口气，心头踏实下来。父母睡醒了，自然知道怎么回事，会替我拎回的。父亲初闻时心里起了疙瘩，说你好好地在乡政府做文书，怎么就被贬回村里了，是不是犯了什么错误？我说哪会啊，乡里让我下来锻炼锻炼呢。父亲还是直犯嘀咕："村里工作千头万绪，哪有在乡政府闲落。"我苦笑笑，"清闲什么啊，通宵值班，收文发文，调研报告，会议记录，汇报材料，领导讲稿，哪一样少得了？"父亲挫挫脖子，没吭声。

思绪信马由缰般，忽觉眼前一亮，脚已踏上河坝，后大泊清明如鉴。

伏天的午后如此寂静，芦苇肃立水塘，菰草默默抽薹。浮萍星散一河，水葫芦紫艳半开，绿菖蒲珠胎暗结。红蜻蜓钉子般栖于草尖，细腰蜂于土墙间寻寻觅觅。蝉鸣盈耳，覆盖诸音。这些蛰伏经年的昆虫，以铺天盖地之势，成为夏季多部头交响乐的最强音。"鹁咕咕——咕，鹁咕咕——咕"鹁鸪于遥遥的槐荫间传递一两声清啼，足可洗濯耳膜，荡涤尘心。

那一年雨水特别丰沛，自谷雨始，灰青的天穹便如同锈蚀的锅底一般，累月不曾断漏。时而倾盆如注，时而淅淅沥沥，没完没了，丝毫不见放晴的迹象。虽说春雨贵如油，但过犹不及，随着节气推移，小满在即，小麦进入抽穗期，尺麦怕寸水，农人们早已从原先的欢天喜地转为忧心如焚。

好在芒种甫至，天公作美，麦子经过几阵艳阳照晒，迅速成熟。走在田埂上，放眼一片熟黄，耳畔隐隐着庞杂的毕毕剥剥声，眼见得开镰在即。

那一年，我们家二亩六分麦茬地，位于老河西。

对于麦地，只有那些道地的农民，一粒汗珠摔八瓣地躬身于密不透风的麦垄上的庄户人家，才能真正体味出它的金贵来。麦地是什么？是荒凉的冬和稚嫩的春之后，五谷的第一个成熟期，是青黄不接中大地慷慨及时的馈赠。没有了一大片一大片赭黄色挨挨挤挤于蓝天之下的熟麦，我们还能将生命的季节一截一截地支撑下去吗？

如果说稻禾是秋风祭典中的唯一完成，那么，麦子呢？麦子曾以它的热烈和饱满，喂养了整整一个焦灼不安的夏季。稻子是温饱之后的收获，是秋天的必然；而麦子是救命粮，它有点像急火饭，虽然嚼在嘴里有一种夹生的感觉，究竟，在经历了季节的荒芜后，它是最先可以填充我们辘辘饥肠的谷物。

我膜拜麦地，对麦子深怀感念。在所有的稼穑中，麦子的经历尤为艰辛。它跨越了岁月的门槛，经受了凛凛寒流和炎炎酷暑两种季节征候迥异的历练。尚在头年深秋，芦花飘絮，宿雁南飞，辛勤的农人便忙碌在田间，犁地、挖墒、破垡、施肥，而后，又从淘箩里撮起一把把坚韧饱满的种子，扬着手臂，均匀地撒下，麦粒便蹦跳着，沉入土地温暖泽润的怀抱中。

农谚云:"麦有穿山之力。"这实在是长期实践中得出的睿智之言。麦子的隐忍、顽强足可令人愀然动容。霜令萧萧,朔风猎猎,麦苗仍知难而出,先是从干硬僵冻的泥垡中探出一豆豆绿芽来,接着,又将圈卷着的细嫩的叶片舒展开,由星星点点,到绿意遍布,秋收过后显得枯寂空旷的稻茬地,刹那间溢满生机。一俟交冬数九,寒潮遍袭,萋萋秀秀的麦苗已褪却浅妆,翻转成老练的墨绿色了。它们密密铺陈在辽旷的田畴,耐心地等待着第一场瑞雪的降临。

麦子真是一种充满生命力的神奇的农作物。在漫长的冬季里养精蓄锐的麦苗,一嗅到春天的气息,便像长跑运动员,开始了它的最后冲刺。立春、雨水、惊蛰,麦子离自己的目标愈来愈近。春分起身,谷雨怀胎,立夏吐芒,小满齐穗,芒种时节,已是南风翻处,伏垄而黄了。

稻熟一季,麦黄半晌。麦子的成熟是一种水到渠成的迅疾急迫。在农历五月明艳灿烂的阳光下,它们忽然就完成了生命的行旅,奏响丰稔的序曲,那是怎样沉雄博大,恣肆汪洋的大地交响啊!清晨尚沾着凉露的青绿穗头,在午间一阵熏风的席卷,一片炎阳的烘烤中,渐次失去水灵,麦芒枯黄蜷曲,麦粒沉滞凝重,麦节澄亮硬挺。已有按捺不住的孩子,握着锃亮的钩刀,一步一步地逼近。他们沉迷于草虫的歌吟,志在必得的眼神里,早已印叠着檐牙之下蝈蝈笼精致的形状。

动荡着细碎楝树花影的村庄,弥漫着忙碌的气息。

割麦如救火,故而,收麦重在一个"抢"字。仓促急切的麦收和秋日割稻真有云泥之别。那是怎样的一种场景啊:天高气爽,云淡风轻,一切都显得平和从容。农人站在行大棵稀的稻田里,割上几把,又安闲地用搭在肩上的毛巾揩揩挦挦,举镰向天,兴致勃勃地和地邻叙说着什么。那真是一种举重若轻的大闲适。而在麦地,多是赤日炎炎,热浪扑面，天上云丝纹然不动，远处的树梢也仿佛凝固在灼热的空气里。头顶的布谷鸟心急火燎地催促着"麦黄草枯，麦黄草枯"，那尖锐的促迫，犹如火上浇油，让田垄上所有收割者都似芒刺在背，焦虑忧心。也难怪，五月人倍忙，嫩秧苗已在母畈上油油地招展着叶片，等着麦收一完，田畴耕翻，上水沤田，然后栽秧。一圈紧比一圈的农事，让人不能偷闲片刻。即便是毒辣辣的日头当空的正午，也少不得有人拼命钻入麦地抢割。辽旷的天宇，沉寂的村庄，平静的河流，一望无垠的赭黄色麦地，真是一幅长轴立体风情画卷。宁静祥和的画面里，动态的收获者益发突出了。他们弯下宽厚的古铜色脊梁，大幅度、快节奏地劳作，一串串汗珠便如雨点子打在桐油新刷过的门板上，想留都留不住。先是一粒粒钻出，而后，由小至大，积少成多，终于凝聚成一滩，仿佛风荷托举着的水珠，悠悠晃晃着，冷不丁就滚落了下来。

麦地如同战场，一熟收毕，是要脱落一层皮的。烈日的暴晒，热流的熏蒸，汗水的浸渍，弄得人手脸都如酱过了一般。尤其是背脊和胳臂，油黑发亮，纯粹是一种釉釉的质地。斜对门的麻老队长每每肆虐地张开大口，咬着手腕大声嚷嚷："晚上下酒，就不要买熏烧蹄肘了，瞧瞧，都是熟的呢！"满田的人轰然而笑。麻老队长也禁不住咧开了嘴，他的斧劈皱般的脸上，透露出疲惫、忧虑和隐隐的力不从心。六十开外的人了，再不是大集体时一呼百应、手可托碾的粗壮汉子了，一天劳作下来，时有腰酸背僵的感觉。但他不服输，人前人后，大嗓门永远洪亮着，像村部大榆树上成天价架着的高音喇叭。

年暮心壮的麻老队长，夏收时节，常常只穿一条粗大的蓝布裤头，光着上身，在滚烫的日头下挥镰。他自有一套理论：种田的，从小到大，什么苦没吃过！穿得水袜香鞋的做活计，汗斑还不把衣裳都渍黄了，洗都洗不干净，穷讲究什么！也怪，尽管他晒得像条黑泥鳅，但身上就是不起疱卷皮。不像那些愣头青，为逞一时之勇，也脱得只剩裤头背心，穿梭于田间拿麦把。往往挨不到傍晚，他们便摸着火辣辣灼痛的肩背，精疲力竭地瘫在布满盐巴草的田埂上。

在麦地，长辈们总是不动声色地令我们惭愧。我的父亲在古稀之年仍有挥汗如雨开镰割麦的壮举。那时，天气闷热，咸涩涩的汗不断地从额角眼梢渗出，整个麦田像一口硕大的蒸笼，让人憋不过气来。我在上风割麦的速度明显地慢下来，父亲有些焦急：上口的麦子不及时放倒，下风便格外燥热，因偶起的小南风不能越过厚厚实实的麦垄。父亲丢下自己正割的畦子，几步跨至我身边，弓下腰身，"嗖嗖嗖"几大抱圈割下来，麦子放倒了一大片。下首立时凉风流畅，人也显得精神起来，再割，手脚格外敏捷。

正午时分，阳光之辇在广袤的麦地逡巡，我似乎听到熟透的麦粒一片"毕毕剥剥"的炸响声。这辰光，是要搁下镰刀，稍微避让一会儿的。不然，酥脆的麦穗一触即落，遗漏过多，未免可惜。所谓"九成熟，十成收；十成熟，一成丢"意即此。

父亲和麻老队长陆续坐上了田塍。我们两家不仅处所一巷之隔，且是地邻。我家麦地的南边，是一条终日潺潺的清亮水渠，渠边有两棵树，一桑，一楝。麦收时，楝树已落尽淡蓝色细碎的残花，小小的青绿的楝果正在悄然孕育。而最具母性的桑树，早就挂满了黑红的桑葚，清凉甜润的气息回旋在地头。一渠活水，两棵荫浓叶茂的夏木，烦琐忙碌的麦收便有了情趣。不单是我们家，即便远隔着十几节田的，也常在炎炎午时，疾足奔来纳荫。大家聚在一处，拉开话匣子，吸吸烟，灌灌水，舒活舒活筋骨，周身的疲劳顿消。

父亲蘸着渠水，忙中偷闲地磨起了镰刀。地头的那块磨刀砖日渐凹陷薄瘦了下去，那是父亲专门从窑场捡回的一块老火砖，青幽幽的，泛着金属的冷光。这块砖头已不知销蚀了多少把镰刀了，家里那些丰满厚硕的镰刀，就在父亲"哧啦哧啦"的磨砺中，成为记忆里的一弯月牙。我看了一眼正用大拇指试着刀刃的父亲，他的一双嶙峋的手，骨节峥峥，青筋纵横，老茧布陈，像极了一段粗糙的老榆树根。等到父亲拿起斗碗，喝下一口凉茶，放下，燃起一支烟，平静地望着远处被麦地包裹着的村落的时候，他的眼神是那样地邃远豁达。那是一种饱经沧桑后的彻悟。父亲在正午炎阳熏染下显得越发红黑的脸，纹路密集，横如折带，纵若披麻，分明就是一块刚耕翻过的麦地。《诗经》有云："黍稷重穋，禾麻菽麦。"我想，麦子远古的渊源，土地厚博的蕴藏，父亲奇特的阅历，定然合订于一本浩瀚的农业大典中，厚重深邃、亲切温暖，恪守着一脉一脉理性的传承，我必须用一生的心血去阅读参悟、攀缘丈量。

不肯闲着的还有那些姑娘家。火球般的日头下，她们穿着粗布衣裳，套着胶鞋，挎了竹篮，在收割后显得凌乱的麦畦上捡漏。虽然衣、鞋上沾着泥土麦芒，额角也沁出细密的汗珠，但她们依然如一群喜鹊，叽叽喳喳地从一块麦地哄落到另一块麦地，双手如鸡啄米，快捷果断。坐在田埂歇晌的便对着她们指指点点，嬉笑声响成一片。

倘是黄梅雨期，时雨频至，那就不得了。不但白昼休息不成，还得连轴转开夜工。那时辰，人们满面忧戚，心事重重，生怕一场瓢泼大雨泻伏了在田垄上站得笔挺的麦管，打湿了在晒场上码得好好的麦堆。那样的话，就得耽搁农活，重新翻晒了。旷野里沉静了许多。大家闷声不响，埋头弯腰于无边的麦地里下狠劲，四下里唯听得一阵阵"哗哧哗哧"的挥镰声，如蚕食，如雨骤。不知不觉中，一片片麦地收割干净了，人们又打着号子，忙着起把往晒场上码堆。随后，脱粒机的轰鸣便回荡在村庄、田野的上空。

收割后的麦地，略显憔悴，像忙碌过后迅速沉入午梦中鼾声大作的农妇。

这时，随着一声吆喝，犁铧深深地剖进麦地，新耕翻过的麦茬地散发着泥土的清鲜气息。过不多久，一行行生机盎然的秧苗将成为麦子的接力，那是另一道撩人的风景，是生命的又一次轮回。

但，这一年，收获止于夏熟，禾稼的接力棒于小暑奔向大暑之际悄然滑落，功败垂成。

征兆其实在梅雨季节便已经十分明显。入梅之初，天色一直阴沉，未几，雨如瓢泼，噼噼啪啪。木檐大瓦之上，水花四溅，一片烟雾迷茫。往年，每逢黄梅时节，我总喜欢于檐下静坐，看天井对面的屋脊上飞溅的雨珠，翻滚弹跳，琮然作声，感到造化真是无限神奇。这时节，适逢端午，新麦已收，嫩秧初插，空气中飘逸着诱人的粽香。粽子惯常是母亲和姐姐们裹，我蹲于一旁，见淘箩里的糯米又蚀了不少，便添加一点，不致让他们兜米时抄到淘箩底。而后，静静坐于书房听雨。觉得那时的雨极有诗意，雨点敲在屋瓦、墙头、树梢、缸盖、台阶、地砖上的声音各异。一霎如春蚕噬叶，一霎如击缶传歌，一霎如调弦试音，细细听来，仿佛不同的乐器在奏响，我因此想及那些遥远的泛着铜绿的金属编钟。先民们的这一创举，是否也缘于一场豪雨对耳鼓的震撼、心灵的神启？

雨滴在檐下，天井沿墙根的一溜儿老铺砖已呈微凹，水滴石穿在这里是绝好的演绎和注脚。母亲常常嘟囔着："水滴子有牙齿的，尖着呢。"这句话从一位普通农妇口里不经意地说出，我心中忽然有了敬畏，对浩博的文字，更对一生厮守在这方水土上的父老乡亲。有些东西可以从书本上获得，有些则不行，必得有了对生活和生命的切肤之痛，方能警醒。母亲劳碌一生，文史经哲，于她，完全是一个陌生的世界。但她在屋檐下随口而出的一句话，却有着深奥的哲理。它是人生经历过无数沧桑后的喟叹，是对日常习见的提炼。也许，母亲并不懂得，但她这句话，却让我终身受用。水滴尚且有牙齿，做着那些让我们认为根本不可能的事情，人，为什么不去搏一搏呢？坚韧，奋进，果敢，这是一滴水的精神，尽管它纤柔的外表给了我们一种初始的软弱感，但它却切实地做到了令人瞠目结舌的事情。我们应该如何去做？以一滴水的姿势，准备下坠，源源不断，终将有所收获。

但残酷的现实，已经容不得我多作遐想幽思、析理辨哲。我现在必须直面造化的恣睢肆虐、面目狰狞，以一座村庄的力量与之放手博弈。尽管在大自然面前，人类显得那样微渺。

入伏前老天更是给予严厉警示，苍天如漏，竟日淫雨不绝，令人心绪不宁。

整个七月上旬，持续不断的雨滴硬蚕豆般往下打，雨挟风势，枝叶簌簌，鳞瓦琤琤。树梢、屋脊、檐牙、花墙、巷口、坝头、田园、河道，目之所及俱皆笼罩于一片蓊郁水雾之中。母亲置于庭院的空桶，俄顷漫溢，可见降雨量之大。

新官上任，我到底坐不住了，随手拿起一柄蒲葵扇，横于头顶，大步迈出门槛，往后坝而去。雨滴透过薄衫，斜袭背脊，如指笋敲叩，隐隐生疼。我不知道那一年的雨珠为何如此坚硬，多年以后，犹让我感觉无比湿寒。

倾泻的雨水，使得后大泊水势更其浩渺，弥望，比平日开阔了许多。烟雨迷蒙中，隔河的肚肺垛几不可见。雨脚密泻，微波急簇，人家十边隙地所植山芋、黄豆、芋艿、玉米，已有不少为河水淹渍，低处的墒沟已然凑口。旱谷怕渍，即便稍高处的作物，亦因阴雨连日浸蚀，根系受损，茎叶已有萎黄之势。母亲在王家尖临河处塍下的芦穄，也遭灭顶之灾。

水天一色，四顾茫茫。宿水尚未退却，客水又源源不断，脚下的土坝正一点一点地为混浊的河水侵吞。

我抬起头来，雨水迅疾冲刷着脸颊，双眼迷离。我摊开手掌，狠狠抹了一把，甩去水珠，努力探望着烟雨迷蒙的天际。我相信，博大恢宏的天宇深处，一定有我读得懂的文字，予我以神启。这一刻，我忽然端庄起来，并迅速而深切地感受到了什么叫临危受命。比这更文雅的说法是"受任于败军之际，奉命于危难之间"，当初诵读《前出师表》，很为乱世出山的诸葛先生担心了一回。

现在，轮到我自己。

已经是凌晨三点多钟，范家庄村部依旧灯火通明，烟雾缭绕。十七名村组干部双眉紧蹙，面容憔悴。一百瓦白炽灯耀眼的光晕下，烟蒂横陈，唾痕历历。几个受灾严重的村民小组的组长们坐于一隅，神情疲惫，大口大口地吞云吐雾。吸进的劣质卷烟，从鼻孔里喷出，粗重疾速，仿佛发泄着对老天爷的怨愤。透过窗棂，光影里依稀可辨对面一排房屋，被淫雨冲刷洗劫得一尘不染的瓦楞间，水柱浪里白条般游窜，至檐口，排成一挂厚厚水帘，跌落于阶沿砖巷，四处漫溢。

这排房屋原是村小学所在，墙砖早已风蚀。这座校舍废弃经年，后来修茸一番做了村部附属用房。淙淙雨声里，耳畔仿佛回荡着陈年的钟铃之声。我们于此度过了懵懂的小学时代。

校舍凡六间，沿大砖街东西走向三间，其最东处是五年级教室，兼课任朱沛昌先生的起居并灶间。朱先生乃塾师出身，曾坐馆执教，开启蒙学数年，传统国文功底颇深，一笔蝇头小楷尤佳。我们小学毕业证书，所填项目，皆由他沾墨拈毫，一丝不苟地写就。结体端严，铁画银钩，实见临帖之功。朱先生彼时在我们眼中，俨然一老者，尽管亦不过知天命之年耳。他的老式做派，沧桑面容，精光四射之眼神，都让人觉得他的涉世之深和儒者大雅。他惯常捧一水烟筒，咕噜咕噜地吞吐。有时候逢考，他一边监考，一边吞云吐雾。但从老花镜后透射出的犀利目光，足以让行将作弊的小热昏们暗抽一口凉气。课程不紧的间隙，朱先生也会让我们帮着卷纸捻。他在一旁惬意地吸着，咕噜咕噜，撮唇，提颈，眼珠下翻，一口气吸吮进去，半天没有动静。有顷，在我们的讶然中，朱先生闭唇，鼓腮，两股烟雾自鼻孔喷出，徐疾有致，全在他一念掌控。升入初中，就再未和朱先生谋面，闻听其已逝经年，冢草枯荣数度。

南北走向亦有三间校舍，居中辟作老师的办公室。互为直角的屋墙间，留有一扇大门，北面大砖街。那时，是两扇厚重的木板门，而今空洞，唯有横梁上斑驳的门轴和墙缝间的衰草，无言叙说如烟往事。

操场略呈扇形，临南大泊，及西，则为曾经秀水潆洄的夹河。操场临河处，原有一棵粗硕楝树，谷雨时节，一树细碎的楝花，仿佛淡紫色的梦，在烟雨迷蒙里氤氲。一俟霜降，那些吊于树梢的褐黄色楝果，勾引了多少孩子馋馋的目光。那是和蝉蜕一样，可以到供销社废品收购站换取零花钱的。物资匮乏的年代，这种诱惑的力量无疑是巨大的。

只是，时光之辇无情地驶过。河塞树淹，一切尽留于陈年。

"这狗日的天，是在拿细麻绳勒人的喉咙嗓子啊！"

"棉花是笃定泡汤了，去年的僵瓣按等外花算，多多少少还能打发一家老小油盐酱醋，今年是小媳妇喝粥——不想（响）了。"

"唉，上熟半年的心血都丢到水里了。"

"老天爷能修修行，晴上一两天，让人喘口气就好了。"

"做你的榔头梦，你看这屄天，哪天不阴灰得像个痨病鬼。"

村部一片嘈杂，几个村民小组长开始怨天尤人。也难怪，太平年成享受惯了，人们思想麻痹了，刀枪入库，马放南山，大集体时修建的联圩，早已为地邻翻筑扩地，毁损殆尽。加之闸站也不配套，整个村庄农田水利工程几乎无以凭借。谁承想，大自然的惩罚竟然如此迅疾严酷。

天如漏筛，沸沸扬扬了二十来天的雨水，几无歇下的迹象，村庄、农田、河道、人畜，一切都暴露于泱泱夏水之前，束手待毙。大田临水的棉苗，长已及尺，也渐渐没入水中，一行，两行，三行，看着让人揪心。几处低洼田块更是险象环生。

> 陈家田塍沟凑口。
>
> 老河西尾田浸水。
>
> 九顷三水渠平河。
>
> 窦家荡一片汪洋。

全村一千二百余亩耕地，已有五六个方位，近六百亩大田告急。尤其是村庄东北处的窦家荡，田地极低，地面真高尚不足一米，宿水客水，对这片地都是致命的。早在夏水襄堤之时，这里的承包户们便感觉着不妙，成天神情惴惴，心有戚戚，仿佛祸事临头。而今，冥冥之中预感成谶。

这天早晨，我们村组干部坐在挂桨船上巡查时，才愕然惊觉，入伏初始尚且生机盎然的窦家荡田地，一夜之间消弭于无，取而代之的是浊浪铺排。稻棵在簇波里隐现，偶有高秆棉苗，顶一二枚为河水浸蚀得蔫黄的嫩叶，如溺水者无助的手掌，于水面绝望地招摇。

荡之西畔，几户人家的园地里，一只只西瓜在水里浮泛着，都是半熟。我们靠过去，摘了几只，拳击，瓜瓤呈淡红，尚未到成熟之艳红，大家掰开尝尝，一股寡水味。

窦家荡不保，乃客观原因使然。尽管受灾村民对此表示体谅，没有苛责我们，但他们哀怨无助的眼神，像一枚钉子，深深揳进我的心窝。

　　连续几天彻夜未眠，大家的眼际浮肿泛黑了一圈，眼球布满血丝。我的嘴唇也因为焦虑而开裂了，喉咙隐隐作痛。白天的声嘶力竭，指挥抗洪排涝，加之晚间斗室村部里的劣质烟灰呛刺，更如骨鲠在喉，每说一句话，都疼得丝丝地倒抽凉气。我抓起搪瓷茶缸，狠灌了几口，虽则是走贩村巷叫卖的廉价大叶茶，此刻却也无比熨帖，生理上的因素倒在其次，主要是来自内心的沉笃。

　　一口茶咕咚下肚，我重重顿下茶缸，"闲话不说了，现在拍板，各组长立刻行动，连夜向户家收集蒲包、麻栗袋，完不成任务的，撤！"

　　几个组长面面相觑。

　　"通知所有劳力立马出动，机械同时配备到位，哪个环节出了问题，唯该责任人是问。"不容他们置喙，我的眼神又向机工组长扫去。

　　乱世用重典，若非情势危急，谁忍心对朝夕相处的同事说出这番参商之言。

　　"把我们的行动情况报告乡政府值班室，大家各司其职，目标九顷三，出发！"

　　这一夜，马灯，矿灯，治虫灯，手电筒，流成一条灯的长龙，风声，雨声，蹚水声，拍门声，呼喊声，踢踢笃笃的脚步声，吵醒了半座村庄。

　　好在一夜无事。

　　黎明，天色依旧阴沉，灰暗的云层抹布般飘浮于天际，撕扯切割出一块块不规则的空间。游荡的云絮，让一切充满了不确定性。人们的心揪着，愁容满面。

　　九顷三这一片田畴，最大的隐患是一条贯穿腹地的内河，与外河汹涌的波涛承接，无圩闸可扼水势，险象环生。

这是大集体时，依傍老渠新开的一条生产河，东西走向，绵延近三华里。河堤遍布芦竹，累月经年，一茬一茬的芦竹被地邻刈割回去，编筐织篮，制篚压箔，成为家居日常的温馨点缀。也有心思缜密的人家，于秋霜初降，芦竹尚有韧性之时，抡圆臂膀，以亮镰贴地割回，精心编制成门扉，明黄油亮，安于一色灰不溜秋的土墼泥坯墙间，顿觉蓬荜生辉。但芦竹质地松疏，经风沐雨则易霉变僵脆，于物什，难以作为长久之计。因而，更多的时候，种田人家将其插圃作篱，遮拦家禽。再不济，送入灶膛，成为一束暖冬的薪火。

芦竹年年砍斫，而其庞大的根系却毫发无损，愈见丰茂。开春时节，生产河两岸土丘微隆，盘根错节，新茁的芦竹嫩芽，如簇举的绿色生命火焰燃成一片。

沿河稍西，有一座砖拱桥。乃父亲于大队支书任上所建，时间当在1972年夏秋季节。桥之主体为单拱，南北两边各有三小拱洞，共承来往辐重。桥拱并不是一味平整，而是隆起两脊，可以负重更多。桥面有钢筋模嵌下的菱形花纹，既可防滑，又颇美观。我初中时，学到《中国石拱桥》这一课，很为赵州桥的精巧工艺折服，遗憾的是不能亲见。所幸，可借村东的这座拱桥，聊作遥思。我曾携了纸笔，在河沿写生，春水桥影，夕照长虹，都颇费了一番心思。而这些少年时的倾情之作，早已湮没在岁月深处。

等我辍学回村，和父辈们一起埋首于沉重的农活时，对这座拱桥已经近乎熟视无睹了。我们家在九顷三有二亩四分责任田，从初春麦子起身，直至霜降麦种播下，隔三岔五，就要自拱桥来来回回。寒暑易节，周而复始。春秋经年，拱桥容纳过无以计数的脚印，忙碌的人群的，奔跑的牛羊的。磕过钉耙锄头，压过灰担粪桶，甚至碾过各类拖拉机、收割机，拱桥日益苍老斑驳了。

而今，夏水泛滥，老桥缄默，孤影横陈，时光的啮噬，已经令它百孔千疮。但它的使命仍然没有结束，依旧终日承载着两岸劳作的农人。我静静坐在桥沿，耳畔仿佛听得一阵急促的脚步声和喘息声。那是一年的芒种，我从老河西的秧亩里挑着一担青秧，疾行在通往九顷三的田塍。汗流浃背的我跨上拱桥时，一袭凉沁沁的河风拂面而来，那种快意，至今犹在。

这条河里曾经淹死过人，一个劳力，水性奇好，却命殒当场。目睹者皆言乃是水獭猫作祟。

獭，故里谓之水獭猫，是一个充满神秘感的生灵。

《月令七十二候集解·雨水》："獭祭鱼。獭，一名水狗，贼鱼者也。祭鱼，取鱼以祭天也。所谓豺獭知报本，岁始而鱼上游，则獭初取以祭。徐氏曰：獭祭圆铺，圆者，水象也；豺祭方铺，方者，金象也。"獭在这里，已经被描述得颇有人性，似乎也有着自己的宗教礼仪。我们可以想见这样一幅生趣盎然的远古图景：临水的岸边，旷阔的河滩上，春草初发，芦芽新生，慵懒了一冬的水獭闻时而动，开始忙着四面布陈它的战利品了，而且不是一般的鱼，乃贵重的鲤鱼。《诗经·陈风·衡门》载："岂其食鱼，必河之鲤？岂其取妻，必宋之子？"已经把鲤鱼和宋国高贵的子姓美女相提并论了。可见，水獭献鱼场面之铺排、之隆重。而这里面，又无不显露着水獭的骄矜自得和踌躇满志。

这或许是一种古风、一种仪礼、一种对生命和自然的敬畏，书写者借水獭这个切实的物象，表达那种玄远肃穆的意象。

但现实往往如此残酷，具体的命案远不是这样的诗意。

砖拱桥建成不久的一个夏天，在生产河东侧，三队的几个劳力歇晌。抽烟喝水的当儿，一人心血来潮，提议，谁能够从我们脚底的这棵芦柴，一猛子拱到夹河出口，就可得一包烟。反之，则输一包烟。有一篾匠，自恃年轻力壮，水性又好，遂在一干人撺掇下钻入水里。起初，大家还有说有笑，毫不在意。然而，半支烟下去了，不见人露头；一支烟下去了，水面仍然纹丝不动。歇在河坎的劳力们都慌了神，纷纷站起，顾不得拍拍屁股上的泥土，一路沿河奔跑呼喊着。

人是在靠近夹河出口浮起的，捞上岸时，口鼻中俱为淤泥堵塞。为向逝者家人好交代，参与者咬紧了口，绝口不提赌烟之事，只说是天热下河洗澡，为水獭猫所缠，溺水而亡。当时村里人无不惋叹：真上了那句俗语，淹死的都是会水的。后来人们分析，逝者或是突发急性疾病，或是下潜时，突遇河底凉水手脚抽筋而酿惨祸。水獭猫攻击的可能性不大，盖，獭乃喜静之物，其时，人声沸沸，脚步纷纷，水獭猫避之唯恐不及，焉有一反常态，趋前袭扰之理？不管如何，那次，水獭猫是实实在在背了一回黑锅。

直到现在，我只见过水獭一次，而且是隔着遥遥的河塘。是我九岁那年的初秋，傍晚时分，我从小位子的大队菜园里，扰得小半篮韭菜回来，至家鱼塘西岸时，忽见河对面人家自留地河坎处，相互缠杂的榆树杨树洞里，两道暗红的光亮直朝我射来。暮霭渐起，四野旷僻，我和那物对视着，心里开始发毛。惊魂未定，一只栗色的大猫般的动物，倏然穿洞而出，在空中划过一道弧线，"咚"地揳入茫茫秋水之中，涟漪像谜一样扩散开去。

现在，水獭猫已经无足轻重，要紧的是如何阻止新河不断上涨的水位。挑土打坝，隔断外河水流，只能缓解一时。风高浪急，加之暴雨如注，根本不是人力所能抗衡的。在肆虐的大自然面前，人类一如草芥，微不足道。有些抗争，不过是螳臂当车而已。

那一天，季候进入小暑腹地，天暗如晦，铅云凌人，压迫得平野村庄几乎窒息。灰色布幔般的天宇下，是一张张仰起的脸，惊悸犹疑。晌午，天空的绒幕漏下一息冷凛旋风，让人激灵灵一颤。随即一声炸雷，天边撕裂开一道口子，帷幕迅疾扯净，白茫茫的雨点泻豆般砸下，凌厉犀利，劈得人猝不及防。河水挟着风雨威势，冲刷拍击着新加高的堤岸。水位上涨急剧，临河的岸埂压力陡增。几处鼠洞密布的田埂不堪重负，已然出现险情。平日看上去一臂之宽的圩岸，此刻成了窄窄一脊，裙带般飘摇于风雨中，微渺无助。

昨夜，村组干部会议已经达成共识，说什么也要保住九顷三这一带的近千亩良田，哪怕倾全村之力，也要和老天爷搏一搏。几个组长都拍红了胸脯打包票，这次豁出去了，就是脱掉一层皮也不让孕穗的水稻、吐蕾的棉花呛一口水。

但事实远比人们想象的严峻。

抗洪之初，老天便给了二组长一个下马威。

二组长徐春锁和我们家沾亲带故，他是豆娘的丈夫，小满招赘在家的女婿。按辈分，人前人后，他得尊我一声表叔，尽管他的块头和年岁长了我一大截。因了这层关系，加之表哥表嫂的央求、父亲的叮嘱，在村委会上，我力排众议，将这个小学尚未念完、大字识不得一箩筐的木讷汉子列入村民小组长候选人。但要真正坐上这个民头官尾的宝座，实在不是一件容易的事。

严格地说，村民小组长必须经过本组村民选举这套程序，方可走马上任。以前，农民对于伦理、秩序的基本追求便是"上下有序，讲信求睦"，自己也便在这网络的和谐中得以安居乐业。至于权势的纷争，并不是他们关心的热点。但由于现代思潮的冲击，这种观念已显见陈腐。随着社会的不断发展，村民参政议政的欲望和能力都大为增强，全组人坐下来讨论落实组长人选，有时难免唇枪舌剑，出现分歧。尤其是同一组中出现多宗家族势力，民主选举甚至会变味成家族权势的争夺。同一家族人多势众的，往往选自己这一方未必有能力担任组长者，而人少势寡的一方，尽管不乏年富力强的佼佼者，却因投票数不敌而作罢，这就为本组工作顺利开展埋下了隐患。

徐春锁的竞争者是一位高中毕业生，能说会道，精通账理。两人对阵，轩轻立下，但家族势孤力单是他的致命处。为防止僵局出现，此前，我已悄悄找高中生谈过几次，希望他能够顾全大局，体谅村委会的苦衷，放弃这次竞选，村里的团支部书记一职虚席以待。而且，年轻人朝气蓬勃，可以作为本年度入党积极分子培养。我的声调舒徐有致，但诱惑力不容小觑。高中生倚着门框，快速旋转着眼珠，然后甩甩七分头，满面春风，一口应承。

竞选那日，高中生瘦狭的身影未能在会场如期出现。等待了五分钟，主持人宣布其自动放弃。成为唯一候选人的徐春锁，最终以险过半数之票当选。

因为肚子里货色寡薄，徐春锁落下不少笑柄。

一年冬训班学习，循旧例，村组干部轮流读报。至徐春锁，因为经过淘学，他算得上粗通文墨了。起初，倒也颇为顺畅。未几，忽然停顿。我伸颈而视，见他食指点于"态度暧昧"处。口中先自念出"态度"二字，又侧面朝向我，声如蚊吟："暧味。"我生生咽回急欲喷出的茶水，调侃他："乡下只听说人家婚娶，有表兄弟暖铺的习俗，或食物久置腐败，称为馊味，不知道你这'暖味'是什么味道。"一室哄然。

大水压境前夕，为防涝灾，我挑灯拟出一篇广播稿，点名由他诵读。这其实暗藏了我的一份私心，冀望以此让他更多地进入公众视野，为以后提拔暗埋伏笔。孰料，弄巧成拙，于为文一道，徐春锁还真是扶不直的井绳，百十字的短稿，居然念得断断续续，漏洞百出。先误"未雨绸缪"之"缪"为"谬",实在说,"绸缪"一词,可以追溯至《诗经·唐风·绸缪》:"绸缪束薪,三星在天。"古雅如此,于读讹者亦不必苛刻。至"无动于衷"句,他亦声若洪钟,振聋发聩:"各位村民,切不可无动于哀。"饭后茶余,村巷笑谈半载。

优劣得所,好在徐春锁没有绝我的嘴,他的为人和能力逐渐为村民认可。

大水压境,徐春锁所在二组首当其冲。

他们组的大田,地势低洼,积水已经爬上了棉苗脖子,再浸泡两天,即便抽干排净,棉苗根系受损,也是回天乏力、凶多吉少。因估算不当,第一次挑筑的拦坝位置出现偏差,一帮人忙着返工。就近两处棉田,一是徐春锁家的,一是本组五保户家的,初次打坝,身为组长的他必须做好表率,首先在自家责任田里开挖了近三分地,表层肥腻的优质黑土悉数被挖,只剩下阶梯形的黄板泥,恢复地力实非一日之功,须得几熟作物的精耕细作方可勉力为之。谙熟种植的徐春锁自然懂得,地表肥力的损耗如此之巨,这块地或许从此便接近废弃了。但现在不是考虑这些的时候,几十号劳力撑着大锹,眼巴巴地等着呢。他拧紧眉头,一咬牙,一反平日憨厚木讷之态:一事不烦二主,还是我们家的田,挖!甩开臂膀,一道锃亮的弧线落定于脚下。

但烦心事接踵而至。

他们家临河的西院墙在雨水里浸泡日久,轰然倒塌,圈养的鹅鸭报销了一半。加之此前因淫雨不绝而致脱粒的麦子霉烂于晒场。他的女人,平日娴静优雅的豆娘,终于忍不住一屁股跌坐于泥水里,号啕大哭。

正在坝头挥汗如雨的徐春锁闻听,朝着村庄、朝着家院的方向默默凝视有顷,伸出粗大的手掌,狠抹了一把脸,又一脚重重踹上锹镫。

但天公毫不悲悯，风雨交织，变本加厉。抗衡旬日，九顷三堤坝崩溃，良田隐没于茫茫惊涛，招致灭顶。

那一日，西下的夕光涂抹在浩渺的水面，瑰丽悲壮。我们村组干部坐着一条挂桨船，沿村庄四围巡查。至九顷三，一望白茫。渔人在稻穗隐现的田地里撒网捕鱼，收获颇丰。一处老圩堤突出水面，芦竹繁茂，菰草青青。蛇鼠一窝，鸟雀栖落，相安无事。此起彼伏的蛙鸣，让人恍惚，这样的年成，还会闻到曾经熟悉的稻花之香吗？

我坐于船舷，抠着脚丫，竟日赤脚蹚水，脚趾泡得苍白，看上去尤其瘆人。虽则已经用明矾敷治过，收效甚微。脚丫间水疱罗列，每有磨破，奇痒无比。前掌业已略现溃烂，撕去老皮，露出桃红色的嫩肉，即便在泥水里轻轻荡涤一下，也疼得人嘴角扯至耳根。我裹好脚，仰面苍穹，暮霭渐渐合围，一群灰暗的蝙蝠正拍闪着肉翅，在低垂的云层下嘶鸣。这些暗夜行脚的精灵，似乎也预感到了什么，惊恐惶惑。其实，人类面临泱泱水患，一如蝙蝠之倒挂檐角，都是逃不脱的宿命，坦然承受才是唯一的救赎。

"蛇，没得命，好大的蛇。"我正痴痴着，船身倏然一晃，差点滚落浑黄的河水中。惊魂未定，徐春锁已经手横竹篙，跃至船头。机工在他的吆喝声中，一个利落的左满舵，船侧出现的景象令人讶然不已。几个人眼珠瞪得如同灯盏，我的心也怦怦直跳，自此而后，我再也没有亲历如此惊心动魄的场景。两条蛇，严格地说，是两条水蟒，足足有一扁担长，粗如把叉柄，簇浪而行。穿梭于浊浪中的水蟒，时而耸起脊背，青幽幽的鳞片在日渐黯淡的天光水色中格外诡异。这两条蛇大小略有差异，应该是雌雄一对。从它们蜿蜒而去的方向推断，归宿地当是前方不远的一截荒圩。也许是感觉到机器轰鸣，危险逼近，两条蛇游移速度明显加快。说时迟，那时快，徐春锁待船稍近，一嗓断喝，劈手一篙，机警灵性的蛇倏地沉潜水底，他一篙落空，收势不住，一个趔趄，差点从船上跌落水里。幸亏及时以篙钻顶住河床，才勉强支撑住。

"往死里追，我就不信这个邪，非要逮到这两条畜生不可。"徐春锁自觉丢了面子，老羞成怒，双脚齐跳，跺着舱板，连声催促着机工。

两条蛇潜行数米，在一丛漂泊的菰草旁浮游上来。狡黠地吐着鲜红的芯子，它们警觉地扭转长身，四下逡巡，圆眼里透出一股令人惊悚的寒光。它们死死盯着愈逼愈近的挂桨船，身子开始蜷缩，隆起于水面，如一张绷紧了弦的强弓，蓄势待发。

这些生灵看透了一切，也看穿了一切。它们的眼神里充溢着风萧水寒、慷慨赴死的从容和悲壮。

我心底打了一个冷战，一股凉气兜升而起。

我套上胶鞋，准备起身制止徐春锁，但还是慢了一拍。

徐春锁手中嵌着沉重铁钻头的竹篙已举过头顶，我的喊声尚压在舌底，未及发出，一声沉闷的撞击声便传至耳边。

一船人惊呼起来。

近船处稍粗的那条水蛇先是快疾扭动身子，缠上竹篙，旋即骨节嘎嘣，疲软软地瘫落下来，像一汪黛绿裙带，铺展水面，随波逐流。另外一条蛇见势不妙，猛一甩尾，旋起水涡，趁势深潜，不知所踪。

徐春锁凝神望着逶迤远去的水痕，鼓着腮帮，心有不甘。归途中，他犹自喋喋不休：蛇身虽软，但在水里游动，须得用尽全力，因此身子骨是硬挺的，经不住敲打。我这一篙下去，起码也是百八十斤的力神，哪有它活命的份。可惜溜走一条，不然，真是一顿海喝狠吃。

晚上，村组干部碰头会餐，鱼肉并一应蔬菜之外，主打菜自然是满满一钢精锅水蛇肉。我脚痛难耐，了无兴致，回绝了徐春锁、豆娘夫妇的盛情邀请，早早回家歇息了。

隔日，听说蛇肉的奇香异味，绕梁三日不绝。徐春锁家碗橱里，熬出的蛇油就有足三斤。说来奇怪，自从炖了一罐蛇油后，他们家的碗橱蚊蝇不沾，蜒蚰绝迹，徐春锁为此在村中很是风光了一回，仿佛家藏至宝。

但时日未久，徐春锁一家便如同霜打的茄子，人前人后收敛了许多。原来，一天的清晨，他打开西厢临河的门，去水码头洗漱，忽觉门槛有些异样，像棉花苗床上覆盖了一层地膜。近前细看，心底倏凛，背脊抽凉。哪里是什么塑料薄膜，分明是一具完整白粲的蛇蜕，包裹着榆木门槛，尾梢搁至砖阶，头部正对庭院，微微昂起，空荡透明。晨风拂过，宛若趋前。骇人的一幕，让这个粗壮的汉子一屁股跌滚至河沿，毛巾牙刷四散零落。对门人家念经吃斋的老婆婆，瘪嘴里半天吐出两个字：报应。

我一直心存狐疑，我们这一带地属平原，水乡泽国，比不得崇山老林，兽猛蟒巨，习见之蛇，无非是水蛇、青梢、黄风梢、火赤练类。至毒者，亦不过地避蛇，这是蝮蛇的一种，多居于荒滩乱冢，深洞静卧，遇有人畜惊扰，方始袭击。

而这两条偌大的水蟒从何而来，是旧宿还是客迁，不得而知。抑或是这场百年未遇的大水，让它们和这座村庄从此有了瓜葛，恩怨不绝。

蛇，和我们如此切近。我们这里，几乎每家墙缝，每条田埂都潜伏着目光幽冷的蛇。

一个炎炎夏季，我去老河西秧亩打农药。从渡口河坎上来，沿着东西走向的杂草茂密的埂岸一路而去。几乎每跨三四步，便听得草丛里"嗖"的一声，一条青梢箭矢般射向田畴深处。如此屈指，这条田埂上的蛇不下四五十条。与蛇相处，总为不美，蛇蝎之心，农夫和蛇，给了我们先入为主的固定思维。其实，有时候，和一条蛇相遇，也可以让人心境平和的。黄泥沟的下晚，像极了一幅油画重彩的涂抹，那种暖暖的色调，摒弃了喧嚣红尘的冷漠无情。我蹲于河埂，静静持竿垂钓。忽然，从河湾处的菜花影里，悠悠漾来一尾小青梢，黄花碧草倒映的如镜水面，一圈圈涟漪荡逗开来，稍远即逝。那小青梢在我的钓竿前驻留俄顷，又疾速地划开一道水痕，迤逦远去。落霞，流云，熏风，吐出新芽的意杨，浓香四溢的菜花，青翠欲滴的繁缕，特别是小青梢在渺渺春水中那逗奇特的眼神，时于梦寐乍现。

但如果遭遇一条地避蛇，这样的诗情画意便纯属梦呓。它带给人的不仅是悚然，更是死神的骷髅之爪。

我的表嫂小满，多年前曾遭此厄运。

那一年芒种，她去王家尖园地。天热人慵，单衣薄衫的小满趿拉着一双拖鞋，蹲于蔓藤纠缠的菜畦，捏着钩刀，正贴着青翠的韭菜根部专心剐割，忽觉脚踝如有锥刺，一阵钻心疼痛。回首望去，一条灰不溜秋的蛇，正疾速向菜地旁的一溜坟冢游窜而去，秃尾角头，长不盈尺。小满心悸，俯身看看伤口，两枚齿痕正沁着血，仿佛朝霞辉映下的两瓣露珠。俄顷，伤口炽热，如火燎般。半盏茶工夫，却又没有感觉了，嘴唇隐隐有些涩。尽管神志恍惚，小满心里毕竟有数，丢下钩刀，飞也似的的向村庄掠去。

但她没有能够挨到自己家门口，奔到河坝尽头的时候，小满软软地倒下了，她的眼前布满闪闪旋转的星斗。

小满醒来时，映入他眼帘的是一张和善沧桑的面容。从省城下放的右派陈教授，第一个发现了她。精于古瓷器稽考的陈教授，不知怎么对中医也有不俗造诣。侧躺于河坝的小满，面色绯红，一摊乌黑的瘀血凝于脚踝。陈教授伸出右手，摒起食指中指，试探鼻息，宛若游丝。又绷开眼睫，瞳孔明显收缩。陈教授扭头呵斥在一旁目瞪口呆的大贵："都火烧堂屋了，你还木痴在这里做甚？快去泡盆盐水来，赶紧地，赶紧地。"大贵鼻翼急剧翕动几下，红了眼圈，一溜烟儿地去了。等到一溜儿小跑地回来时，大贵的手里已端着一脚盆冷盐水了。大贵席地而坐，拥着小满，陈教授撸起衣袖，将小满的伤脚浸于盐水中，双掌发力，自小腿肚朝下挤压。如此循环往复，半个时辰过去，脚盆里一片污黑，而小满脚上两枚齿印里，开始渗出殷红的血液。

陈教授停了手，揩去额上缀满的汗珠，伸长颈项，嘘了半天的气。

小满随即被机帆船送到公社卫生院治疗。

几天后，危险期过去，父亲安排机帆船又将小满接回家。

小满说，自己这条命是陈教授从阎罗殿拉回的，再生之恩无以回报，希望拜于老人膝下，晨昏侍奉，以尽孝心。陈教授闻言失色，连连摆手推脱。也难怪，在阶级斗争为纲的年代，以一个下放右派的戴罪之身，受收贫农成分的小满为义女，就是借个豹子胆他也不敢。

小满仰面看着父亲，目光里流泻着哀求。

父亲别过身，扭头望着窗外。

大贵连喊了几声："娘舅，娘舅。"

父亲缓缓回转身，"按理，受人滴水之恩，当以涌泉相报，何况事关身家性命？陈教授对我们家族的大恩大德，怎么报答都不为过。但目下的形势你们也清楚，拜仪，以陈教授的身份诸多不便，还是不要节外生枝的好。"

陈教授应答着，唯唯诺诺。

"我不怕，批斗游街，挂黑板，戴高帽，我都认了。"小满咬着嘴唇，一脸倔强。

"不是你怕不怕的事，"父亲点拨着，"你们成分低，造反派自然是狗咬刺猬——无处下口，但陈教授不一样，他有苦衷，你们不要为难更不要连累人家。"

"好好养伤，你们的孝道我心领了。"陈教授怜爱地看着小满，嘴角扯了扯，一丝苦涩的笑意漾起。

小满嘤嘤抽泣起来。

父亲有些于心不忍，"这样吧，一应仪式你们照行，我就当什么都不知道，你们呢，在外面也不要满嘴跑火车，这事，就我们屋里几个人闷在肚里，这样对大家都好。"

父亲说完，拔腿便走，是非之地，和他的身份不切合。

礼仪也简单，无非是红烛高香，陈教授端坐明间上首，接受大贵夫妇叩拜。临了，小满去厨房里泡了一碗红枣茶，高擎过顶，毕恭毕敬地捧至陈教授面前。

本来还要放鞭炮志贺，因为父亲再三交代，更怕隔墙有耳，故而省略。

既受叩拜，担了长辈名分，陈教授自然不忘义父之实。工毕事余，他常常出没于十边隙地，坝坎沟沿，荒园废圃，断垣颓墙，甚至，更偏远萧森的野树林、乱坟葬，决意以草药之力，尽去小满体内的残毒，让她早点恢复如初。在那个医疗水准低下、药品匮乏的年代，这无疑是明智之举。功夫不负有心人，陈教授草鞋竹杖，苦心孤诣的寻觅钻研所得颇为丰厚。几个晨昏的努力，他已经采集到十数种专门消减蛇毒的本草。小满家狭长的天井里，摊铺着村人熟视无睹的救命药草：三棱针、夏枯草、川芎、半边莲、七叶一枝花，甚至还有不知何时在里下河一带落地生根的锦天三七。

芒种的阳光，炎势直逼大热暑心。几个回合下来，青韧的草芥失去水分，渐次焦枯脆薄。陈教授一一分罐储存，又在庭院里摆起作场，三仄砖垒台，瓦罐蹲上，中盛汰洗干净的夏枯草，清水半漾，徐以穰草文火煨之。有顷，罐盖漫溢，哧哧作声。陈教授熄火移罐，待凉，让小满汤服渣敷。夏至始溃疮疗，小暑近尾，小满那条百孔千疮的小腿，已神奇地恢复如常。

大暑初交，漫溢的河水渐次退却。大砖街的砖缝里，残留着来不及随水而撤的鱼身。人们忙于灾后自救，补种玉米荞麦，疲于奔命，也懒得清理，任由那些腥臭味四下飘散。几天后，气味淡薄了，砖缝里嵌着一排排完整的鱼骨，篦子一般，在阳光下白得瘆人。

夏水漫过疏落的篦齿而去，那些往事却被篦落下来，历历在目。

那一年，我们家补种了荞麦。荞麦生长周期短，便于应急救荒，故而为大多数人家首选。那一季，也是我平生第一次和荞麦如此亲近。荞麦茎弱微翘，渐次翻转淡红。叶色青碧，开小白花成簇，繁密粲然，那种素净之美，独一无二，仿佛细言轻启苍凉往事，令人心尖一颤。

处暑末梢，荞麦结实累累，可以开镰收刈了。晒干的荞麦作为一年里上熟收获，大部分储入缸瓮。小部分须得舂成面粉，作为家居日常饮食，擀面摊饼都行，一家老小二寸半指望着它呢。

碓房里忙碌了起来。

范家庄仅此一处碓房，位于村庄中枢地带。

村庄布局尤为精致。四面临水的庄内有一条清亮的小河直贯东西，至河中心处，又有一弯清流圈拱过来，将庄子南部一分为二。大小不一的两块庄地被称作大河南、小河南。庄子里水多，树木便格外葱郁葳蕤，春嫩秋熟，风情万种。尤其是长夏季节，绿树婆娑，枝柯相触，舟行夹河，仿佛穿越在一顶硕大的凉棚之中，而一两声脆滴滴的鸟鸣，更让人身心如有潀潀清泉抚慰、柔柔南风轻拂。多少年来，一庄人就在这潆潆水汽、荫荫夏木的浸润护佑下，度过了一场又一场溽暑。

临河遍布水码头，与巷头街尾衔接。晨昏向午，码头上总是聚满汰洗衣服、淘米涤菜的人。一时间笑语喧喧、人声嘈杂，多少家长里短、奇闻逸趣俱在此发布。夹河如一方硕大的布景，而码头就是舞台，将人家的悲欢离合一一演绎。夹河向南分流处，正对着村中的一座庙，就是现在的碓房，一口老石臼斑驳沧桑。

沿夹河东西走向铺成一条长长的巷道，村人谓为大砖街。再以大砖街为干线，分别向北呈"T"形铺出九条笔直的巷道。那铺砖为庄东罗汉寺里的老和尚所捐，清一色的老火砖，烧炼得略约走形了，敲起来铮然有铜铁之音。

那一年，尽管遭受洪涝之劫，但市井繁华依旧。暑气日炽，那些熟悉亲切的赁货叫卖之声不绝于耳。

传统的叫卖声婉转悠扬，辞藻丰富，描摹逼真，带有强烈的季节感。我常常在行商坐贩们或嘹亮，或暗哑，或畅达，或凄咽的叫声中，感知斗转星移、物候交替。

晨曦初露，一星钩天，清寂的巷头便传来悠长的嗓门："拾，豆腐噢——拾，豆腐噢——"这是从邻村赶来的粉娥挑着两担白嫩嫩的豆腐上庄了，耳朵尖的能听得见她的两只铅桶里，水在"咣当咣当"地漾动。粉娥为人心善，甚而有些胆怯，故叫声尖尖细细的，带着点颤音，暗含着一种乞求和希冀。合着粉娥节拍的，是小满绵长柔和，像歌吟似的叫卖声："卖，噎啊——馓啊子——噎啊——卖，噎啊——馓啊子——噎啊——"欹枕拥被，仿佛已经闻到那诱人的油烟香。小满人很勤快，有点小气，铢锱必较，买卖中时常和人红脸，也是艰难的生活使然吧。

伴随着我们衣食住行的叫卖声，由于地域之距，风俗淳醨，乃至货贩才性工拙，自然有高下之分。有简单粗糙、短促窘迫的，有心急火燎、迫不及待的，当然也不乏高亢悠长、拐弯抹角，如臂抖丝绸、风行水上的。那是一种田园式的，带有浓郁抒情色彩的吟咏，声辞繁富，叫

250

卖者自己也好像沉迷于其中了。也难怪，古人尝谓市井吆喝为吟叫，甚至说唱艺人亦纷纷摹仿。《梦粱录》载："今街市与宅院，往往效京师叫声，以市井诸色歌叫卖物之声，采合宫商成其词也。"

聆听那些柔媚有韵的叫卖声，仿佛闻着泠泠古调。

"卖蒲扇凉枕，补——凉席细条席子啊——！"词虽咬得不甚清爽，音色却颇佳。

在这一气呵成的声音里，老婆婆们早已摇着蒲扇，三三两两聚于凉棚里拉呱了。阳光的斑圈一点一点地在山墙上移动，一溜儿缀满青苔的墙脚，让巷子显得古朴而幽深。老篾匠的身影消逝在巷子尽头，而他的拖得老长的尾音却依然在狭狭的巷道里游走，怎么也走不出去似的。

"卖小葱芫荽，瓜果茄子咧——卖小葱芫荽，瓜果茄子咧——"卖菜人戴着一顶半旧的凉帽，看不清他的脸，那"咧"字被他两片宽厚的嘴唇扯得起伏跌宕，余音袅袅地绕在人家门楣。同样卖青货的口面就差远了。或是人腼腆，不大好意思叫卖，迫于生意，又不得不为之。那声音闷在喉咙里，总悠不出来："卖，唉，唉——青菜啊——！"一声下来，面红耳赤，直令人忍俊不禁。

"卖芋头籽儿哇——卖芋头籽儿哇——！"这是从垛田下来的芋艿船，叫声中带着兴化城里的调儿。

"卖毛篙叉柄儿哪——卖毛篙叉柄儿哪——！"溱潼来的小贩子，卷舌音十分重。

"卖野兔野鸡野鸭喽——！"从东台吴堡一线过来的铳手，吆喝起来，中气十足。

"卖水萝卜嘎——一咬一个脆啊——！"似乎还隐隐着"嘎吱嘎吱"的咬嚼声。

"磨剪子来，戗菜刀——！"间杂着饰件的摩擦摆动声，有一种旷寥苍凉感。

卖陶器的大船一般都停靠在东坝码头，那是从宜兴一带贩来的粗瓷大碗，糙罐砂盆，乃寻常人家生活之必需品。另有一种细白瓷、镶着小蓝花的茶碗，非常精致，但那种奢侈品，只有手头阔绰的大户才肯散金购回。货主并不上庄叫卖，他只站在高高的船棚上，双手拢在嘴边，对了庄子，陡地一嗓子："丁——山，陶器啊噎啊——！"加了许多衬字，听起来富于节奏感和音乐性，当然，也深深地揳着无限的疲惫意和辛酸味。仅此一声，便如石投水，俄顷，村巷传遍，人们纷纷奔涌而来。也难怪，那时人家子女多，且淘气，吃饭喝粥总不安稳，捧着碗，或转悠于天井，或穿梭于邻里，或溜达于巷道，稍有不慎，便会失手，碗破食翻是常事。因而，每隔半年才来一次的陶器船，自然成了热门，谁家都得赶来添置些碗盆家什，弥补那些业已破损了的。

与陶器船结伴而至的还有大贵的卖大缸的船，糙缸居多，釉缸很少。那时，生活清贫，多数人家都用泥瓮子储粮，大缸是少数豌豆户才买得起的。大贵音粗喉直，他在村巷里悠着，至巷头、巷中、巷尾处各吆喝一声："大缸，大缸，大缸卖嗷——！"短促急迫，很有些不耐烦的样子。在他的叫喊声中，会陆续走出几个人来，神情漠然，懒洋洋的，全不像买卖碗碟那样热火。

货声可以辨乡味、知勤苦、纪风土、存节令，在各行各业的货声里，足可略窥碌碌民生，生活的清贫寒碜，岁月的丰厚温润，尽在一声长腔。

荞麦收割后的那个深秋之夜，我和母亲一起往碓房舂荞麦面粉。至后半夜，推开碓房门，一月斜挂，夹河里已结了一层薄冰，在月华下闪着粼粼清光。河两岸木叶落尽，那些嶙峋的枝条在月色中如剪影般，神奇而有魅力。

我心中一热，我的村庄如此美丽。

敬恭桑梓
（后记）

　　这本书里的内容，大部分来自父亲茶余饭后的讲述，从容舒徐。斗转星移，寒来暑往，父亲无形的话本，陆续贯穿着我的成长历程。累月经年，时空与往事在我脑海里交织成一张立体的网，夏夜秋晨，凝露聚珠，晶莹剔透。我仿佛置身于时光的空巷里，静对一座偌大的草台，遥望生旦净末丑——登场，群角毕至，或粉墨，或淡妆，或劲捷短打，或水袖轻扬，演绎那些业已远离的前尘往事，熟悉的，又是陌生的；切近的，又是遥远的，一切俱如梦似幻，唯有父亲的讲述实实在在地叩击着耳鼓。

　　因为在异地工作，我只能在每个周末的下晚，驱车百余里，回到我的衣胞之地范家庄，聆听父亲不厌其烦的叙说。

　　父亲年齿已暮，他那洞悉的双眸如一口深深的古井，让人见不着底。每次携凳，坐于屋檐下和父亲闲话，他总要叙及诸多往事。曾言及弱冠之年，背负大筐，行于沟侧渠畔割草为牛羊食。一个秋日的黄昏，父亲一人割了满满一大筐青草，在距村庄三里远的窦家荡憩息。晚风拂拂，落霞满天，一切都笼罩在一种宗教的庄严神秘里。在四起的禅机中，父亲对着遥不可及的西天发呆，这一呆，竟是一个甲子已过。

那一个迟暮，节属小寒，父亲和我坐于檐下，叙谈既毕，我表示可以将这些陈年旧事付诸笔端，借以为一座村庄的沧桑历史编年。父亲眼眸里闪过一抹欣喜的光亮，又迅疾扭头，凝视着檐牙。此刻，那里滴水成冰。冬阳虽薄，可融霜冻积雪。彼时，堂屋上的雪水滴漏般淅淅沥沥，溅落阶沿。甫离檐口，尚为水珠，于下坠中渐次僵冻，只于一眨眼间，重归原形，落地稍弹，旋即成冰。俄顷，檐瓦下一溜，凝成一条玉带，微隆阶砌，日光下彻，恍若霓虹，五色炫目。

父亲面色平静，他的胸中气象，心底波澜却在那惊喜的一瞥中尽显。

衡门之下，多少往事历历在目。所谓往事，其实便是村后那一片荫翳的榆树林之上的星光，时而朦胧，时而清晰；时而远在天际，时而近在咫尺。当我们孤悬异乡的客栈，枕颈待旦；当我们独自一人，坐于空落阒旷的岸埭，静对残阳，许多往事便不期而至，义无反顾地温暖着我们。

两年前，父亲开始竟日困绻于床上，懒得起身，体质已大不如从前矣。如果说，之前可以用清癯来形容父亲的话，现在，这个词离他已经愈来愈遥远了。羸弱，成为他宿命里的烙印。

尤其是隆冬腊月，对于年齿渐高者，无疑是致命的。村巷里寒意散溢，难觅人影。只在正午时分，薄阳寡照，才有三三两两的佝偻腰板，龙钟之态，半掩门户，去往大砖街朝阳的木凳坐晒太阳。于光阴的剥蚀中，一些面孔陆续不见，一些新的面孔又沐浴在晴光之下。人生一如节气，不歇脚地更替着，斗柄轮转间，村庄物事人情，恍若稻田里的水，又换了一茬。犹记得之前，堂庙口的水泥凳上，挨挨挤挤，坐满了皓首霜发。经历独特的友仁，善编三句半的明西，油面师傅邦信，五保户七寿，扶柩的正海，大厨明亮，机工正江，一群人嘻嘻哈哈，颇为闹腾。而今，鹤翅西杳，江潭柳落，一干笑貌，凝于墙壁。

村中老人陆续故去，村庄的历史亦离我们愈来愈远，如渐行渐远的孤舟，终有消逝于渺渺水天尽头的一瞬。那时，我们还有记忆吗？纵然有，又是何其浅薄和短暂。村庄的历史是一笔财富，是需要接力的。昆虫学家说，世间少了一种昆虫，便少了一座基因库。而村庄，少了一个老人，又何尝不是少了一段记忆、一段历史。

难以忘怀和父母一起的村居时光。

那是一段温煦宁静的岁月，如同丝绸般平缓的后大泊，云影悠悠，纤尘不染。

有时候，独自一人倚着南墙，眯缝着眼，看秋阳的光斑一点一点地挪动，倒也不失其趣。因为南屋翻建，天井显得狭窄了，非得日上三竿，才有几丝斑线斜斜而下。更多的是投过树叶罅隙，筛漏下来，地面便影影绰绰的。西风拂树梢，光影微漾，幽静的庭院便有了动态。

夕光漫过来的时候，东墙下的花台便升起暖意。小桂树依旧香气馥郁，萝卜丝菊开得正盛，甚至，我从河沿挖回的一株红蓼，花穗颤荡，亦是一片妖媚。墙头的红扁豆，在光晕中愈见明艳。这些家常菜蔬，喂养了我们整整一个夏秋。还不仅如此，于满足了我们口腹之外，扁豆尚带给我们更多的惊喜。于目，以碧叶青茎，粉蕊霞实，令人眼饱；于耳，借蝈蝈金铃，金声玉振，令人耳清。如是，一挂青藤在墙，则万般秋色近在咫尺矣。

一溜排在南墙的农具，静静地沐浴在绵阳下，缄默不语，仿佛在忆及曾经的耕耘收获。尽管已无大田可种，年迈的父母，依然舍不得将这些陪伴了自己大半辈子的锹耙刀锄丢弃。园地里的杂草须赖锄头，扒山芊离不开钉耙，剐黄豆依然靠镰刀的锋芒。父亲常常坐于台阶旁，凝神磨刀。半盆清水，一块刀砖，左手轻捏刀尖，右手大拇指重重压下，双臂有节奏地来回拖拉。镰刀的寒光凛气，便在父亲的不懈劳作中骤然溢出。那块磨刀砖，亦于周而复始的磨砺中，呈出弧形。这块不起眼的磨刀砖，销蚀了多少刀锋和岁月。

而今，东花墙下，一应农具依旧，而稼穑已远非昔日光景矣。九顷三的田地，早已转让给地邻；老河西的二亩二分地，亦已修路建厂，植树绿化。站在西大桥头，放眼昔年的一片田畴，而今已是厂区棋布，不禁生沧海桑田之慨。犹记得耳顺之年的父亲，挑着六七捆麦把，在一脊窄窄的田埂上健步如飞，丝毫不逊正值壮年的我们。

最惬意的当是歇晌，一溜人坐于田埂，家长里短，时事趣闻，神侃胡吹，海阔天空。农事急迫，诸事讲究不得，女人们也少了顾忌，可以隔着一畎之遥撒尿，可以背过身去喂奶，大家见怪不怪，习以为常。这种纯良古朴之风，而今或已成为绝响。父亲和一帮长者倚着渠道边的一株桑树，慢吞吞地吐着烟雾，话说着天气阴晴，年成丰歉。我低头在一只大陶罐里牛饮，看陶罐里飘逸的流云，清朗的天光，真有咫尺千里之趣。复见自己晒得黝黑的脸，眨眨的眼睛亦清晰地倒映在罐里，浑忘酷暑烈日，觉得身心清凉无比。而头顶的布谷鸟依然不懈地催促着，"麦黄草枯，麦黄草枯……"于是，一干人打起精神，直起身，舒舒腰肢，投入又一轮繁重的活计中。

其实，父母并没有我们想的复杂，宠辱荣衰，于他们不过是过眼云烟，耄耋老人，更注重的也许是最为本质的东西，亦即人心的终极之处：生老病死。天伦对于他们，比什么都重要。在他们眼里，天空，河流，旷野，树林，乃至一茎秋草，一抹春痕，一逗夏波，一薄冬冰，才是亲切而切实的。一辈子打上稼穑与泥土烙印的人，他们的宿命只能是回归。双脚落在土地上，他们心里才踏实。

2017年5月，立夏过半，久卧床榻的父亲闭上了眼眸。一直在农历二十四节气里穿梭的父亲，没有能够挨到小满。但他的人生，庶几可以抵达。小得盈满，当是父亲一生的绝佳写照。

父亲仿佛一团凝重的云絮，去往西边天际，愈飘愈远。落寞无助如同一张密密的网，罩得我透不过气来。南风翩翩，晴光寂寂，一如多年之前的那个黄昏，少年的我趴在人家土墼墙头，眼见得夕光一点一点消隐，毫不虑及我眼神中的眷顾留恋。身后，葵花的灯盏已渐次黯淡，蝶翅收敛，倦鸟返巢，暮色开始晕染我的瞳仁。

凌晨启扉，生炉煮水，于烟雾袅袅中和邻里大声招呼的父亲，其形也遁，其声也喋。或许，待得又一阵小南风拂过，父亲仍与往年一样，执一柄破旧的蒲葵扇，啪嗒啪嗒地扇着炭炉口门，烟火呛人，却漫溢着俗世的温馨。

"麦黄草枯，麦黄草枯……"布谷鸟炽烈急迫的鸣叫，开始在村庄田畴回荡。立夏已过，小满在即，这种熟悉的殷殷叮嘱，催逼农人，促迫农事，让我们在节气里时时警醒。曩年，父亲总是闻声即起，置一碗清水，于门槛边霍霍磨镰。磨蹭几下，父亲伸出拇指，以指肚及锋而试，直至打磨得薄如蝉翼，锋芒毕露。

而今，驻足东花墙下，遥望远天流云，凝神谛听布谷鸟鸣的父亲已不知所踪，唯小南风依旧，袅袅拂过我的村庄。

谨以此书献给渐行渐远的父亲。

2017年小满时节